JOSHUA COHEN

LES NÉTANYAHOU

*Ou le récit d'un épisode somme toute mineur,
voire carrément négligeable, dans l'histoire
d'une famille très célèbre*

*Traduit de l'anglais (États-Unis)
par* Stéphane Vanderhaeghe

BERNARD GRASSET
PARIS

L'édition originale de cet ouvrage a été publiée en 2021
par Fitzcarraldo, sous le titre :

THE NETANYAHUS

Photo de la jaquette : © Gettyimages.

ISBN 978-2-246-82795-5

À la mémoire de Harold Bloom

« Si vous n'éliminez pas la diaspora, la diaspora vous éliminera. »

Vladimir Ze'ev JABOTINSKY,
Discours du 9 av 1938

I.

Je m'appelle Ruben Blum et je suis historien, oui, c'est ça : histo*rien*. Quoique d'ici peu de temps, je suppose que je serai devenu moi-même histo*rique*. Je veux dire par là que je finirai par mourir, moi aussi, et ainsi devenir de l'histoire ancienne, au gré d'un type de transformation assez rare, traditionnellement réservé aux plus purs des savants. Les avocats meurent sans pour autant se fondre dans la loi, les médecins meurent sans pour autant se fondre dans la médecine ; or le décès des professeurs de biologie et de chimie les fait se décomposer en matière biologique et chimique, ils se minéralisent pour rejoindre la géologie, ils se disséminent dans leur propre science, aussi sûrement que les mathématiciens deviennent des statistiques. Il s'avère que c'est un processus identique qui nous touche, nous, les historiens – dans mon expérience, nous sommes d'ailleurs les seuls pour qui c'est le cas en sciences humaines. Nous sommes les seuls à nous transformer en notre objet d'étude : nous vieillissons, nous jaunissons, nous nous flétrissons et devenons aussi fragiles que les matériaux que nous analysons, jusqu'à ce que nos vies se laissent happer par le passé et deviennent la substance même du temps. À moins que ce ne soit le Juif en moi qui parle… Les goys croient au Verbe fait Chair, mais les Juifs croient en la Chair faite Verbe – une incarnation plus naturelle, plus rationnelle en somme…

En guise de complément d'introduction, j'aimerais citer une remarque que m'adressa à l'époque le président (dont je tairai le nom) de l'Association américaine d'histoire, lorsque je fis sa rencontre au cours d'un colloque juste après la Seconde Guerre mondiale, du temps où j'étais encore étudiant : « Ah, fit-il en me serrant mollement la main, Blum vous dites ? Donc juive, votre histoire ? »

Quoique l'homme m'ait sûrement lancé cette remarque en vue de me blesser, elle ne réussit qu'à m'enchanter, et je me prends encore aujourd'hui à sourire à cette formulation. J'apprécie son flou accidentel, ainsi que la façon dont son ambiguïté peut faire office de test psychologique : « "Histoire juive" – lorsque vous entendez cela, que vous dites-vous ? Quelle image vous vient à l'esprit ? » Là où je veux en venir, c'est qu'en l'état l'adjectif est à la fois correct et erroné. Si mon histoire est bien juive, je ne suis *pas* pour autant spécialiste de l'histoire des Juifs – en tout cas pas sur le plan professionnel.

Non, moi je suis spécialiste d'histoire américaine – du moins l'étais-je. Après un demi-siècle de professorat, j'ai récemment pris ma retraite et quitté ma chaire – créée en hommage à Andrew William Mellon – à l'université Corbin, dans la petite ville de Corbindale sise dans l'État de New York, au cœur, parfois sauvage, parfois rural, du comté de Chautauqua, à quelques encablures du lac Érié vers l'intérieur des terres, au milieu des vergers, des ruchers, des laiteries – autrement dit, et comme s'évertuent à l'appeler les New-Yorkais dédaigneux pour qui la géographie est une langue étrangère, « Upstate ». (J'ai moi-même été, jadis, l'un de ces citadins, et quoique cette vieille croyance soit fausse, selon laquelle l'enseignant en apprend toujours plus de ses élèves que l'inverse, j'ai réussi pour ma part, très tôt, à retenir une chose : ne jamais dire « Upstate » pour parler de Corbindale.) Si je me suis initialement intéressé à l'économie de l'Empire britannique dans la période coloniale pré-datant l'Amérique, ma réputation, telle qu'elle est, s'est forgée dans le champ de ce qu'on appelle aujourd'hui les études fiscales, grâce, notamment, à mes recherches sur l'histoire de l'influence qu'ont pu exercer les pratiques fiscales sur les révolutions et la politique en général. Ce qui est sûr, c'est que ce champ d'études ne m'a jamais plu ; mais il était libre. Ou plutôt, ce champ n'existait pas jusqu'à ce que j'en fasse la découverte ; or, tel un Colomb empoté, je n'en fis la découverte que parce qu'il se trouvait là. Lorsque je suis entré dans le monde universitaire, il y avait déjà foule en Amérique, il y avait même foule, déjà, en histoire économique américaine, et il se trouve que j'ai toujours été assez doué pour les chiffres. Me pencher sur l'histoire de la fiscalité m'a fait sortir du ghetto de la catallaxie coloniale et même de l'Amérique en tant que telle, pour m'emmener dans les cités-États de l'Europe et m'introduire aux questions d'affermage féodal, à la dîme des Églises, au développement, durant l'Antiquité, des taxes et autres droits de douane, et ce jusqu'à la pierre de Rosette et même la Bible, qui en substance – ce que la plupart des gens ont tendance à oublier – ne sont dans les deux cas guère plus que des feuilles d'impôt…

Quoi d'autre d'essentiel ? J'aimerais savoir. Mais sait-on jamais ? J'avais pris l'habitude de débuter certains de mes cours en paraphrasant Mark Twain, qui lui-même paraphrasait Benjamin Franklin, qui pour sa part plagiait probablement une foultitude d'Anglais anonymes : « En ce monde, rien n'est certain à part la mort, les impôts et la date de rendu de vos devoirs… »

J'aimerais croire que ma profession m'a fait devenir plus sensible que beaucoup à l'utilisation sélective des faits et à la façon dont chaque époque et chaque mouvance idéologique parviennent à bricoler des annales sur mesure pour répondre aux buts qu'elles se fixent, tout en flattant les conceptions qu'elles nourrissent d'elles-mêmes, et ce, depuis le fameux « Je ne sais pas mentir » de George Washington lancé après avoir attaqué à la hache le cerisier de son père, jusqu'aux cerises sur le gâteau graveleux mitonné par les films et récits télévisés revenant sur l'assassinat de Kennedy, qui tous colportent l'idée selon laquelle la mafia, la CIA, le KGB et Marilyn Monroe aient pu se retrouver pour une petite sauterie planifiée à l'abri des regards dans un box à l'arrière du 21. Ma version à moi de cette histoire-dont-vous-êtes-le-héros tient dans ma biographie universitaire, qu'on trouvera en ligne. Veuillez pardonner à un vieux monsieur son zèle explicatif, mais rendez-vous sur le site Corbin.edu, cliquez sur Liste des enseignant·e·s, puis sur Département d'histoire, et cliquez sur mon nom ; vous trouverez alors ce qui en gros est une copie de mon CV, faisant uniquement état de mes hauts faits : mes neuf prix d'Enseignant distingué de Corbin (en 1968, 1969, 1989, 1990, 1992, 1995, 1999, 2000, 2001), le prix de l'Historien de l'année décerné par l'Association américaine d'histoire (en 1993), mes diplômes *honoris causa* décernés par la London School of Economics et l'université nationale de Singapour, ainsi qu'une liste plus ou moins à jour de mes publications. Parmi mes livres publiés encore disponibles : *Une histoire générale de l'imposition* ; *Taxation sans représentation, ou Une histoire de l'Amérique en 10 taxes* ; *Quotas d'import, subsides d'export : Voyage au cœur des obstacles non tarifaires aux échanges* ; *Embargo (Une histoire)* ; *Le prix du sang, ou L'imposition de l'esclavage* ; ainsi que *George Sewall Boutwell : Comment un abolitionniste suffragiste enfanta l'IRS.*

Entendons-nous bien : je suis fier de cette réussite, ou du moins m'a-t-on appris à dire et même à penser que j'en étais fier, principalement parce que chaque corde ajoutée à l'arc de ma réussite croissante était censée m'éloigner toujours un peu plus de mes origines – celles de ce Ruvn Yudl Blum, né en 1922 en plein Bronx, d'immigrés juifs originaires de Kiev qui m'élevèrent jusqu'à la classe moyenne. Et qui voulurent me garantir une éducation impeccable en me faisant fréquenter de bonnes écoles puis en me tançant dans leur yiddish sans vergogne dès lors que je leur apparus comme un intellectuel.

Le lendemain de l'attaque contre Pearl Harbor, j'épousai mon amour de lycée avant de rejoindre l'armée américaine, où je servis en tant qu'assistant contrôleur de gestion, puisque j'avais commencé à suivre (sur l'insistance de mes parents) un cours de comptabilité, que je me tenais mal (légère scoliose : courbure de 12 degrés), et que je possédais de prodigieuses compétences en dactylographie (76 MPM). Je traversai la guerre sans quitter mon pays, passant la majeure partie de mon service à dactylographier des thésicules élégants et précieux traitant de la suffisance avancée chez Eliot (« La bougie fumante de la fin des temps / Décline. Sur le Rialto jadis ») et Pound (« L'usure frappe l'enfant dans le ventre de sa mère / Elle frappe le jeune homme qui fait sa cour »), que j'adressais à de petites revues de poésie, élégantes et précieuses, qui toutes me les refusèrent ; alors je préparais des chèques et versais des indemnités de déplacement entre Fort Benning et Fort Sill.

Après la guerre, j'entrai à CUNY, l'université de la ville de New York, où mon penchant naissant pour les sciences humaines, et la littérature en particulier, fut redressé à l'aide de divers moyens de pression (parentaux et pratiques) jusqu'à en faire une sorte de colonne mieux à même de soutenir une carrière consacrée aux additions. Le compromis était le suivant : la littérature, à laquelle allait ma prédilection, se transforma en histoire ; la comptabilité, à laquelle allait la prédilection de tous les autres, se transforma en économie ; quant à l'Amérique, elle demeura l'Amérique. Je restai ainsi à CUNY jusqu'à l'obtention de mon diplôme de fin d'études et, après m'être vautré misérablement dans le shéol de l'enseignement temporaire, je devins le tout premier Juif à être recruté par l'université Corbin (à l'époque, l'université Corbin n'était encore qu'une petite faculté) – je veux dire par là que je n'étais pas seulement le premier enseignant juif à être titularisé par le département d'histoire de la faculté Corbin, mais bien le tout premier Juif à intégrer la communauté universitaire dans son ensemble, ce qui inclut aussi, pour autant que je sache, tout le corps étudiant.

Van Wyck Brooks, excellent critique désormais tombé aux oubliettes, forgea l'expression « un passé exploitable » pour parler du passé que chaque intellectuel·le américain·e « moderne », marqué·e par les troubles dissociatifs et le déracinement, devait s'inventer afin de trouver une signification à donner à son présent, et un sens à donner à son avenir. Cette expression me revenait à l'esprit à chaque fois que j'empruntais la voie rapide Van Wyck, roulant au pas depuis l'un des aéroports de la ville jusqu'à chez mes parents, tour à tour frustré et heureux du retard que je prenais ; ou, pour le dire autrement, j'avais horreur de la circulation mais j'étais heureux du délai qu'elle engendrait. Car ne m'y attendaient que des réflexions désobligeantes, des services à rendre et d'interminables reconstitutions des querelles intestines entre voisins : tu le crois ça, ce qu'elle a dit Mme Haber ? (mais non, l'autre Mme Haber enfin !), et ça, tu le crois ce qui est arrivé à Gartner ? (mais non, voyons, le Gartner qui avait déjà perdu sa femme en plus de ses problèmes de cœur, d'un enfant atteint de polio, et d'un furoncle par-dessus le marché !) ; sans parler de la liste des péchés sous-évalués mais surestimés de ces indécrottables boucher, boulanger et épicier du coin, des rabbins et de leurs infatigables collectes pour des œuvres caritatives – en gros, tout le poids de ce que je voyais comme « un passé inexploitable » : le passé juif, celui que j'avais fui pour me réfugier dans le monde académique païen, niché au cœur du relief vallonné de ma paisible région boisée sub-niagarienne.

En bref, pendant presque toute ma vie – jusqu'à très récemment, à vrai dire, depuis qu'une série de blessures au pied/à la jambe/à la hanche m'a contraint de troquer mobilité contre mortalité –, je ne trouvai aucune force à puiser dans mes origines et je saisissais la moindre occasion de les ignorer, lorsqu'il m'était impossible de les renier tout à fait.

Je suis venu au monde avec une peau qui, si elle n'était pas tout à fait blanche, s'épaississait à mesure que je grandissais – en pleine Grande Dépression et dans un quartier juif coincé entre ceux des Italiens et des Irlandais, il le fallait bien. Les rues se déversant dans le Grand Concourse du Bronx bruissaient d'insultes gratuites, mais contrairement à certains de mes pairs, je n'étais pas d'humeur belliqueuse. Mon éducation m'avait plutôt appris à réagir aux provocations en imitant Jésus-Christ – qu'on m'accusait régulièrement d'avoir crucifié, d'ailleurs. On me moquait, on me narguait, et moi je tendais systématiquement l'autre joue, nourrissant tout à la fois l'espoir que tout irait bien et la crainte du pire, nourrissant surtout l'idée que, quand bien même la vie était pleine d'embrouilles, on ne gagnait jamais rien à se plaindre, aucune consolation ni aucune revanche, pas même une once de dignité. Seule famille juive habitant ce village anodin situé du mauvais côté des Catskills, dans un environnement d'après-guerre, les Blum (moi-même, mon épouse Edith et ma fille Judith) subirent des affronts réguliers. Pour sûr, ces affronts n'avaient rien de la violence de la ville : ils étaient toujours ou presque plus passifs qu'agressifs, et ce qui nous aida à les supporter ne relevait pas tant d'une quelconque fortitude interne que de la pensée que nous n'étions pas Mme Johnson (notre femme de ménage qui venait une fois par semaine), ni aucun des employés de la fac affectés à la cafétéria, à l'entretien ou au jardinage – nous n'étions pas noirs ou, comme on le disait alors, des « gens de couleur », voire des « nègres ». (Edith et moi avions l'âge de ceux qui employaient l'expression « gens de couleur », tandis que la génération de Judith disait « nègre ».) Les boutades idiotes que lançait le type de chez Maytag en réparant nos appareils électroménagers, comme quoi ils ne nous avaient pas coûté bien cher, n'étaient – et ça n'échappait à personne, du moins pas à moi ni à Edith – que des armes singulièrement douces et inefficaces dans les annales de l'antisémitisme, de sorte que les juger offensantes aurait été une marque d'indécence, un manque de respect adressé aux ancêtres. Après tout, les Grecs étranglaient bien les nouveau-nés juifs avec leur cordon ombilical ; les Romains écorchaient bien les sages à l'aide de brosses ou de peignes en fer chauffés à blanc ; l'Inquisition avait bien recours aux supplices de l'estrapade ou de l'écartèlement ; les nazis se servaient bien du gaz et du feu. Comparé à ces maux historiques, quel tort peut causer une blague telle que « Combien de Juifs peut-on caser dans une voiture ? », ou même un « youpin » ou un « sale youtre » soufflés d'une voix basse aux relents d'halitose ? Qu'est-ce que ça pouvait faire, quand je mettais notre racoleuse Pontiac au garage de Corbindale, si le vieux mécanicien couperosé sortait de la poche de son jogging une main couverte de graisse pour se saisir de mes billets, que je lui tendais car je devais le payer d'avance, tandis qu'il me caressait la tête en disant : « C'est quand que vous avez fait vérifier vos cornes la dernière fois ? » Plus fréquemment, ce qu'Edith et moi devions endurer, en tant que premiers Juifs installés à Corbindale, était une sorte de condescendance indéfectible et assez basique : cette impression que nous devions nous estimer heureux d'être là, tout simplement, que nous avions été admis et qu'on nous avait accordé un laissez-passer. On nous prenait de haut, on nous dédaignait, tolérait, étudiait. Notre présence, pour certains, était une nuisance ; pour tous, une curiosité. L'opposition s'était surtout manifestée dans les premiers jours, lorsque le Club de Golf et Sports de raquette de Corbindale prétendait inlassablement avoir égaré nos formulaires d'inscription (et lorsqu'ils se mirent à solliciter notre adhésion, l'envie nous était passée), ou lorsqu'au moment des vacances de printemps mes collègues se mettaient inlassablement à défiler chez moi, prenant mes recherches universitaires pour un savoir-faire, et m'imploraient de les aider à « déclarer » leurs impôts ; ou encore lorsque Edith et moi, au cours des soirées organisées durant la pause hivernale, étions inlassablement considérés comme des demeurés bavouillant, incapables de faire la différence entre les rennes Rudolph et Blitzen ou Donner, ne sachant pas davantage que faire de nos lèvres une fois que nous nous tenions sous le gui. Il est vrai que pour la première fête de Noël organisée par le département d'histoire de Corbin à laquelle nous avions assisté (l'année précédant les événements que je m'apprête à rapporter), le directeur du département, feu le professeur George Lloyd Morse, m'avait demandé de le remplacer dans le rôle du père Noël, auquel il était habitué, et d'enfiler son costume pour distribuer les cadeaux : « C'est ma femme qui a eu cette idée de génie, l'inspiration lui est venue, bingo !, expliqua-t-il, à la pensée de votre barbe, une vraie barbe, comme en avait son père… Ce qui était fréquent à son époque mais l'est de moins en moins de nos jours, c'est dommage, vraiment, parce qu'une barbe authentique c'est tellement plus digne et ça fait un bien meilleur effet qu'une barbe postiche… Je savais que j'avais bien fait de recruter un homme avec des favoris, et si en plus ça complaît à Madame… Sans parler du fait que si c'est vous qui nous faites l'honneur d'endosser le costume de ce bon vieux barbu, ça permettra aux gens qui célèbrent Noël dans l'unique but de prendre du bon temps de se lâcher un peu. » Je me souviens m'être trimballé ma taie-d'oreiller-en-guise-de-hotte remplie de minuscules coupe-papier, en substance de minuscules couteaux gravés du sceau (une corneille au vol abaissé portant un rameau d'olivier) et de la devise (*Petite, et dabitur vobis*) de la fac, qui n'arrêtaient pas de me cribler de stigmates à mesure que je les distribuais à l'assemblée, et puis il avait fallu rentrer à la maison cette nuit-là, toujours affublé du costume et du chapeau qui devaient être rendus le lendemain matin aux profs d'art dramatique, pour que le département de lettres puisse s'en servir à son tour dans le cadre de sa propre fête, et il avait fallu encore laver mes plaies ainsi que le talc qui me blanchissait la barbe – avant de me la raser complètement… (Avant que je ne poursuive, je pense qu'il serait bon de relever que lorsque j'ai commencé à enseigner à Corbin, la fac venait tout juste de passer à la mixité et que le nombre total d'étudiant·e·s de couleur s'élevait à zéro. Or lorsque j'ai pris ma retraite, l'université comptait un Syndicat des étudiants africains *et* un Syndicat des étudiants afro-américains, une Alliance hispanique queer, et une Unité opérationnelle libre et sécurisée pour les droits des transsexuel·le·s avait été mise sur pied. Les cris de ralliement d'avant-match, qui dans le temps parodiaient des chants indigènes – le « cri de guerre iroquois », le « *banzaï* d'Allegany » –, ont été proscrits ; quant à la statue représentant le fondateur de la faculté – Mather Corbin, un promoteur en lien avec Tammany-Hall et ancien caudillo du New York State Canal Board –, elle trôna longtemps sur le parvis sans aucun scrupule contextuel, mais arbore désormais à sa base une plaque interactive décrétant que l'esclavagisme et le mercantilisme tirant profit du péonage immigrant sont « incompatibles avec les valeurs de la faculté » et « problématiques ». Tous ces changements sont sans conteste remarquables, or il n'en demeure pas moins que les jeunes d'aujourd'hui se montrent plus susceptibles que jamais. J'avoue ne pas savoir comment interpréter ce phénomène, que j'ai ainsi cherché à aborder selon un biais « économique », me demandant si l'augmentation de la susceptibilité a pu entraîner une diminution de la discrimination, ou si la diminution de la discrimination a entraîné une augmentation de la susceptibilité selon le moment, l'endroit et la façon dont les discriminations se manifestent. Ou, devrais-je plutôt dire, selon le moment, l'endroit et la façon dont la manifestation des discriminations est perçue par un corps-étudiant dont le penchant louable pour l'acceptation a nourri une culture du grief qui tout bonnement me répugne. Tant de mes anciens étudiants – surtout dans mes dernières années d'enseignement – ont su faire preuve de tolérance envers les fragilités et rancœurs psychosociales d'autrui, à tel point qu'ils en ont fini par devenir eux-mêmes intolérants et se muer en petits Torquemada, en jeunes Savonarole, trouvant à redire à la moindre remarque ou presque, voyant partout bigoterie et préjugés. Je n'ai nullement l'intention de rejouer les guerres de campus, ces batailles sanglantes pour l'égalité des droits qui débutèrent, comme le firent tant d'autres batailles cruciales sur le front des libertés civiles américaines, avec l'avant-garde juive. Et je n'ai sûrement pas l'intention non plus de donner l'impression que les étudiants d'aujourd'hui, pris individuellement, réagissent au quart de tour, ou prennent les choses de façon trop personnelle, voire sont de mauvaise foi quand il s'agit de reconnaître les bonnes intentions. Ou encore que la misogynie, le racisme, l'homophobie et ainsi de suite ont été complètement éradiqués de la vie sur le campus. Non, j'affirme simplement que pour ma génération, un Juif avait de la chance de passer pour un blanc, que la couleur la plus ouvertement honnie était le rouge, que l'écriture inclusive n'était pas encore à l'ordre du jour, et que pour chaque minorité la mode, autant que la plus sûre des protections, était à l'assimilation – et sûrement pas à la différenciation.)

De toutes les frondes mollement armées et pseudo-fléchettes en caoutchouc dont Edith et moi avons été la cible à Corbin, la seule qui nous ait réellement blessés fut sans doute décochée – par surprise, par inadvertance – lorsqu'une autre demande me fut adressée par ce même directeur de département, le professeur Morse, qui me convoqua dans son bureau vers le début du deuxième semestre de l'année 1959, soit le semestre débutant ma deuxième année d'enseignement à temps plein à l'université Corbin. Tandis que je me rendais à mon séminaire d'histoire américaine (un enseignement de tronc commun obligatoire, encore aujourd'hui, s'ouvrant alors systématiquement sur les Pères pèlerins mais qui, de nos jours, s'ouvre plutôt sur la question de l'esclavagisme africain et une paume levée en hommage aux Amérindiens sénécas), je fis un arrêt à mon casier. À cette époque où les courriels n'existaient pas encore et où j'étais davantage obsédé par mon statut et mon avenir, j'avais pour habitude de vérifier son contenu plusieurs fois par jour, faisant sans cesse le crochet par ce mur de cases en bois avant et après chaque cours, chaque passage aux toilettes ou chaque déplacement, peu importe la distance. Et si on avait besoin de moi ? Et si une urgence me passait sous le nez (ces messages estampillés « Urgent », tout en haut) ? Bien sûr, mon casier était généralement vide, ou tout au plus recevait-il les faveurs d'une maigre missive faisant office de *memorandum mundanum : cherchons quelqu'un pour encadrer club de débat Nations unies, si intéressé nous contacter svp…* Or cette fois-ci il y avait un pli, dactylographié sur une feuille à en-tête du département, adressé par le Pr Morse : « Rube », était-il écrit, dans ce mélange caractéristique de désinvolture et de pompe qui était le sien, « Auriez-vous l'obligeance de m'accorder un de vos créneaux aujourd'hui, je serais ravi que vous puissiez m'honorer de votre écoute. Puis-je suggérer mon bureau juste après votre dernier cours ? » Oui, vous le pouvez. Oui, monsieur, bien sûr, monsieur. Le ton n'avait rien d'une simple suggestion, mais tout d'une convocation. Encore maintenant, je ferme les yeux et je l'entends d'ici, le Pr Morse, de sa voix tonitruante, dicter son texte à Mlle (Linda) Gringling, sa secrétaire d'alors ; qui deviendrait, plus tard, sa seconde et ultime épouse. Ce n'était jamais bien difficile, soit dit en passant, de reconnaître la production de Mlle Gringling – ces missives qu'elle tapait sous la dictée et qu'elle signait au nom du Pr Morse –, au soin et à la précision qu'elle accordait à ses *M*. Les *M* de George ressemblaient quant à eux à un ample presbytère prenant sous ses ailes le *o* et le *r*, voire souvent le *s* et le *e* également : la façon qu'il avait de signer signifiait, dans les faits, « vous êtes à moi, si vous êtes là c'est parce que je le veux bien, je vous tiens » ; tandis que les faux de Mlle Gringling avaient pour leur part tendance à respecter davantage les limites.

J'ai bien dû lire ce court message une dizaine de fois ce jour-là, cherchant à en percer le sens, à lire entre ses lignes, comme l'aurait fait un talmudiste ou un exégète de la Bible, ou encore un ado follement épris : qu'est-ce qu'il y a dans son cœur ? Qu'est-ce qu'il me veut ? Qu'est-ce que j'ai fait ? Quelle catastrophe m'attend ? Mes angoisses juives sont sûrement éculées aujourd'hui – et peut-être l'étaient-elles déjà à l'époque –, mais ça n'entame en rien leur réalité. À un moment elles étaient bien réelles, ces angoisses. Et il leur est même arrivé, sans doute, d'être dignes d'intérêt. Je n'ai guère envie de tomber dans le piège qui consisterait à les balayer, ces névroses reçues en héritage, alors que leur banalité actuelle est due en réalité à la façon dont elles ont été représentées dans les livres, dans les films ou à la télé – dans les « médias » ; lorsqu'elle est due en réalité au manque de créativité chez ceux qui les ont véhiculées, ces angoisses, au cours du demi-siècle qui vient de s'écouler. Le gosse de la ville que j'avais été avait tout juste rejoint l'équipe enseignante du département d'histoire et entamait la seconde de ses deux années de stage préliminaire avant que ne tombe le verdict d'une éventuelle titularisation – c'est à ce titre que j'incarnais le cliché du Juif aux mouvements mal coordonnés, celui qui, bouffi et hypertendu, par-dessus tout rongé d'inquiétude, pour ne pas dire qu'il carburait à la crainte, intellectualise toujours tout et se rabaisse en permanence, celui-là même qui avait fait le succès exorbitant, tant sur le plan financier que sexuel, d'un Woody Allen, par exemple, et de tant d'autres écrivains juifs-américains qui s'étaient complu à le ridiculiser (Roth dans la génération suivant la mienne, Bellow et Malamud dans la génération la précédant). Ce souvenir m'est encore parfois pénible à certains égards, mais je fais partie de cette cohorte ayant enseigné à l'Amérique le sens des mots *schlemiel*, *shlimazl*, *nebbish* et *klutz* ; cruche rondouillarde remplie de culpabilités et d'investissements psychologiques filtrés à l'humour noir, le genre hirsute, sudatoire, sébacéen, compliqué de complexes, et craignant sans cesse le faux pas, craignant sans cesse de dire ce qu'il ne faut pas, de porter la mauvaise cravate, ou d'arborer une pince au lieu d'une épingle, d'exhiber des manchettes au lieu de simples boutons, de porter du madras lorsque le velours côtelé est à nouveau de saison, ou, pire que tout, de confondre quelque chose d'aussi élémentaire que l'ordre dans lequel les États avaient été admis dans l'Union… Delaware, Pennsylvanie, New Jersey… Tandis que je suivais les étudiants de mon séminaire dans la foule aux couleurs écarlates de l'université, j'en égrenais le chapelet, décomptant chacun telle une perle apaisante : Géorgie, Massachusetts, Connecticut ? Ou bien Géorgie, Connecticut, Massachusetts ?

Mlle Gringling me fit entrer dans le bureau du Pr Morse et s'attarda un instant dans l'encadrement de la porte pour recevoir sa commande de boissons, la commande qu'il lui passait pour nous deux : « Deux Gimlets, Linda. Oui, je crois que l'heure est aux Gimlets. » Notons à nouveau ce changement : il était une fois d'aimables et honnêtes secrétaires d'âge mûr, aux compétences certaines, comme Linda Gringling, dont le métier consistait à noter ce qu'on leur dictait, à programmer des réunions et à préparer des cocktails pour des historiens de métier, or parfois le Pr Morse souhaitait un Gin Fizz à base d'alcool de prune, ou un Gin Tonic, et parfois, en mode Gimlet, qui avait valeur pour lui de subjonctif, le citron devait remplacer le citron vert. Mlle Gringling pressait l'agrume elle-même et il arrivait en conséquence que la correspondance du Pr Morse – comme le petit mot que je plaçai maintenant sur son bureau – ait une légère senteur d'agrume.

Comme si je rendais une autorisation parentale du temps où j'étais élève, ou à l'armée, je glissai un coin de son message sous le boulet de canon, cet horrible machin sphéroïde tout grêlé qui était posé sur son bureau et ressemblait à un crâne étréci, trophée rapporté par une tribu de plomb chasseuse de têtes. Il s'agissait des seuls objets ornant son bureau : ce presse-papier-boulet-de-canon et, maintenant, ma notule. Le Pr Morse était assis dans son fauteuil, se penchait en arrière, étirant son immensité.

« Toute la journée je me suis dit, tu attends que Rube soit là pour boire un verre… Tu attends que Rube soit là…

— Toutes mes excuses, Pr Morse.

— Rube, j'ai bien failli ne pas résister.

— Je sors tout juste de cours, je suis venu aussi vite que j'ai pu.

— Mais vous n'êtes toujours pas assis… et vous ne m'appelez toujours pas George… »

Je n'ai jamais été un grand buveur, mais je dois dire que l'heure du cocktail me rassurait. Personne ne s'était encore fait renvoyer de Corbin à l'heure du cocktail.

En un geste théâtral, le Pr Morse ouvrit le couvercle de son boulet de canon : à l'intérieur de cette chose, dans sa caboche évidée, était rangé tout son attirail de fumeur. L'intérieur de la boîte cranienne, une fois ouverte, faisait office de cendrier, et lorsque nos boissons arrivèrent, nous passâmes à l'allumage. J'avais fumé des cigarettes dans ma jeunesse puis des cigares durant mon service, mais c'est Corbin qui me fit passer à la pipe. Quoique le Pr Morse eût tendance à alterner entre une calebasse en journée et une longue en soirée, pratiquement tout le monde au département optait pour la néogène, droite ou courbe, à l'exception du Pr Hillard qui, lui, laissait pendouiller son épi de maïs desséché. Ma pipe était une néogène, ni aussi droite que certaines, ni aussi courbe que d'autres. Avec le recul, je me dis que ce n'était guère plus qu'une vaine tentative pour me fondre dans la masse : boire le gin servi par Mlle Gringling, fumer le burley doux-épicé qui me brûlait la gorge et me piquait les yeux et m'embrumait la tête entre les deux, tandis que mon corps se parait de costumes dont le tartan arborait des carreaux aussi larges que les montants de la fenêtre, dans des coloris jaune-orangé aussi vifs que ceux de l'automne au-dehors.

Le Pr Morse était un historien jovial dont le travail, somme toute correct, portait sur l'apogée de l'Empire britannique – ou son siècle dit impérial (v. 1815-1914) –, et officiellement nos relations étaient de l'ordre de celles unissant capitale et colonie : tout empreintes de diplomatie et d'une vigoureuse cordialité. Je savais quel était mon rang et je savais pourquoi j'avais été recruté, ce qui me fut toujours d'une grande aide. Le Pr Morse était le chef monarchique et moi, sa liaison loyalo-sémite doublée de l'espion lâché au milieu de mes collègues américanistes du département d'histoire à Corbin. Avec mon esprit d'initiative, tout juif, et ma volonté d'impressionner, toute juive elle aussi, je devais lui prêter mes yeux et mes oreilles dans cet hémisphère incompréhensible, afin de l'aider à maintenir mes collègues du Nouveau Monde dans des latitudes réglementaires, en mettant suffisamment d'ardeur dans mon travail pour entretenir leur productivité et en montrant juste ce qu'il fallait de scrupules pour nourrir leur honnêteté. On notera aujourd'hui encore, des dizaines d'années après le règne du Pr Morse, que Corbin excelle dans le champ des études américaines, quelle que soit l'aire qu'on leur accole au gré des traits d'union, mais demeure loin à la traîne lorsqu'il s'agit d'étudier ce que le Pr Morse, et pas seulement lui du reste, appelait « le Continent ». Évidemment, les étudiants prennent aujourd'hui ceci pour un signe de libéralité caractéristique du département – sa volonté d'évoluer –, mais la vérité est nettement moins reluisante. La vérité, la voici : le Pr Morse n'a jamais garni ni grossi ses rangs européanistes car il ne supportait pas la concurrence. L'Europe était sa chasse gardée (des cartes, version Ptolémée et Rand McNally, occupaient le mur entier de son bureau, face à la fenêtre) ; les avant-postes de chaque empire européen, envahis, occupés, annexés et partagés, lui appartenaient tous, ainsi qu'à une poignée de potes médiocres qu'il laissait entrer dans son sérail et qui savaient, aussi bien que lui, qu'ils n'avaient pas les armes scolastiques nécessaires pour se défendre en cas de mise au défi. C'était la facette du Pr Morse qui me déroutait le plus : cet homme avait conscience de ses limites mais n'en éprouvait aucune honte. Il s'en fichait. Il arborait sa médiocrité en toute légèreté, presque avec fierté, comme la robe transparente d'un universitaire qui, en dessous, endossait le rôle à nu d'un administrateur. Sa complaisance d'homme issu d'une souche anglo-saxonne blanche et protestante était stupéfiante, du moins à mes yeux, ceux de l'enfant qui, ayant grandi dans le Garment District de New York, était devenu un angoissé chronique. De nos jours, on dirait sans doute que sa condition relevait du privilège. Ce calme total, cette confortabilité totale, cette capacité, absolument imperturbable, à la décontraction sous un corset dermique blanchi à sec – tout cela provenait d'un emmaillotage, à la naissance, dans l'argent, les bons au porteur et les certificats d'action, un patrimoine affûté à la Groton School, à Yale et à Harvard. Cela étant, je ne voudrais pas donner l'impression de le rabaisser, car dans toute son aisance, dans toute sa simplicité et son aisance, le Pr Morse m'a appris une leçon importante. Ce qu'il m'a appris, c'est que ce côté Monsieur-je-sais-tout-et-j'ai-peur-de-rien qui avait fait de moi un vrai petit morveux dans ma jeunesse, et surtout dans mes années d'études, me handicapait pour de bon en tant que prof. Maintenant que je me retrouvais littéralement tête de classe, je pouvais enfin arrêter de me comporter comme ce gosse qui voulait toujours en mettre plein la vue. En clair, je devais poursuivre mes recherches, continuer d'écrire et de publier tel un derviche en herbe ayant le feu aux fesses, mais en aucun cas je ne devais m'acharner ni même laisser transpirer ne serait-ce qu'une once d'ambition aux yeux de quiconque. J'étais désormais un gars de Corbin, du moins fallait-il que je le prétende. J'avais réussi, ou alors il fallait que j'apprenne à faire semblant d'avoir réussi en prenant une plus ample respiration. C'était, pensais-je alors, ce que le Pr Morse s'efforçait de me faire comprendre en me resservant verre sur verre – quoique : ce type, il est vrai, aimait bien picoler. Il descendit son Gimlet et tira sur sa calebasse. Dans son affable vastitude, il était à deux doigts d'incarner un père Noël bien plus ressemblant que le mien, ce bon vieux Santa en personne, enjoué bien que glabre désormais, son crâne chauve semblable à la citrouille abandonnée devant Fredonia Hall pour y mûrir au-delà du raisonnable ; une étrange citrouille, verruqueuse et toute biscornue, cramoisie de vaisseaux rouges éclatés et de mouchetures capillaires écarlates, le tout sous les pelures de givre qui l'enveloppaient.

J'en arrive maintenant au moment du récit où commence pour de bon le dialogue – la première et véritable portion de dialogue, de personne à personne, qui ne se contente pas simplement d'un *coucou, lapinou*, ni d'un *ça gaze*, ni même d'un *prenez place dans ce fauteuil merdique* dont on se passerait volontiers… Et donc, avant de l'aborder, j'aimerais clarifier ma position. Les guillemets, ces fameux chevrons – ou, comme ont pu les appeler certains de mes étudiants à travers les années, les *galons de caporal* ou les *bras sur les hanches*, voire, ouvrez-les-guillemets, *ces toutes petites flèches riquiqui qui permettent de savoir qui parle*, fermez-les-guillemets –, les guillemets, donc, sont sacro-saints pour l'historien. Dans les écrits universitaires, la citation est le gage, le sceau, simplement ou doublement frappé, qui garantit le caractère factuel et certifie que « ces mots ont été écrits ou prononcés par quelqu'un d'autre que moi, parole de scout ». Or dans la mesure où la parole d'un scout ne suffit jamais, chaque citation se voit traditionnellement doublée d'une mention qui stipule que « les sceptiques pourront aller vérifier, l'auteur le voici (nom de famille donné en premier), suivi du titre de son livre (en italiques) et du numéro de page, espèce de flemmard, et maintenant y a plus qu'à vous rendre à la bibliothèque la plus proche et m'emprunter, non mais ». Parce que j'ai passé ma vie à suivre de tels préceptes, je rechigne à m'en affranchir, même s'il n'existe aucune archive susceptible de me contredire, même si je suis la seule source existante. Dans ce qui va suivre, je m'efforcerai donc de n'exprimer que ce qui me fut exprimé, et ce, mot pour mot, autant que me le permettra ma mémoire ; et je rappelle ici que, contrairement à la plupart des écrivains qui contreviennent au caractère sacré de la citation – et contrairement à tous ces religieux qui ont le toupet de mettre des mots dans la bouche de Dieu –, je ne fais que retracer des événements auxquels j'ai assisté, et je précise en outre que le temps qui s'est écoulé entre ces événements et l'instant présent est considérablement plus court que, disons, le laps de temps séparant la Création de l'univers et l'Exode hors d'Égypte, voire plus court encore que le laps de temps entre le ministère du Christ et l'écriture des Évangiles composant le canon.

Bref, notre conversation s'ouvrit là-dessus : la bibliothèque de la faculté et le théâtre au lycée. Et s'il me fallait produire ma propre note vérificatoire, j'ajouterais un petit astérisque à côté des deux sujets avant d'écrire : « Cf. chaque conversation que j'ai pu avoir avec le Pr Morse, qui toutes s'ouvraient sur le thème de ma femme à la bibliothèque de la faculté, et sur celui de ma fille et le théâtre au lycée. » *Ibid. Ibid. Ibid. Ibid.* Quelqu'un dans l'enfance du Pr Morse avait dû lui dire que la chose polie à faire si on souhaitait avancer dans ce monde (dans *son* monde) consistait à mémoriser un fait marquant, et un fait seulement, relatif aux membres de la famille de vos collègues, de sorte qu'en voyant ce collègue, ou en voyant les membres de sa famille, vous puissiez, à la seule mention de ce fait marquant, leur paraître prévenant et impliqué.

Il demanda : « Alors comment s'en sort Edith dans nos collections aussi grandioses que chaotiques ? » ; mais au lieu de lui répondre « bof-bof », ou « ils ne l'emploient toujours qu'à temps partiel », ou encore « ils ne l'emploient toujours que pour remettre des livres en rayon », voire « eh bien en fait elle a l'impression de se faire punir par ses supérieurs, qui voient dans ses propositions d'étendre les horaires de la bibliothèque et d'accorder la possibilité d'emprunter au public extérieur, au-delà des seuls membres de la faculté, des mesures "controversées" et le "summum de l'arrogance" » ; au lieu de répondre quelque chose allant en ce sens, je dis juste : « Ça va. »

Le Pr Morse passa ensuite à Judy, qui, l'année précédente, alors qu'elle débarquait mystérieusement au lycée de Corbindale, s'était fait localement remarquer en décrochant le rôle principal dans des productions de Gilbert & Sullivan et de Shakespeare, de sorte qu'il l'appelait parfois Juliette, par exemple : « Comment se porte la belle Juliette ces jours-ci ? Elle était fantastique dans *Le Mikado*.

— Merci, répondis-je. Elle va bien.

— Elle est en quelle classe, maintenant ? Première ?

— Terminale. Première de sa classe. Avec un peu de chance, elle finira major de sa promotion.

— Quelle réussite ! Débarquer comme ça au lycée en cours de route et ramasser tous les lauriers… Ils doivent tous la détester !

— Elle a réussi à se faire quelques amies.

— Et bien sûr elle compte postuler chez nous ? Maintenant que nous acceptons les jeunes femmes, autant prendre les meilleures.

— Bien sûr qu'elle va postuler. »

Le Pr Morse sourit large.

« Vous mentez très mal, Rube, vous le savez ? »

Et tandis que je cherchais nerveusement ce que je pouvais répondre à cela, il enchaîna : « Mais j'espère que vous savez que c'est aussi pour cette raison que je vous apprécie. »

Suivait ensuite, sur la liste des sujets de conversation à cocher, la question des cours. Cet enchaînement était classique, *loc. cit.* Tout comme l'Antiquité consistait en l'âge du bronze suivi de l'âge du fer, le Pr Morse disposait, pour faire la causette, de la famille puis des cours, toujours dans cet ordre, et toujours à parts égales. À l'époque, j'avais beau trouver cela ridicule, je conçois mieux aujourd'hui cette habitude qu'avait le directeur de mon département de ne jamais s'enquérir du contenu de mes cours ni du niveau de mes étudiants, pas même de quoi que ce soit, d'ailleurs, en dehors des salles de classe où mes cours avaient lieu : il voulait savoir quelles salles avaient été affectées à mes enseignements et si elles étaient suffisamment chauffées, s'il y avait des courants d'air et le cas échéant d'où ils provenaient, si la lumière était convenable, si le tableau était régulièrement nettoyé, les brosses tapées et la rainure réapprovisionnée en craies – bref, si mon environnement était « agréable ». C'est le mot qu'il utilisait, son critère. « Parce que, expliquait-il, c'est important d'évoluer dans un environnement agréable. » Après tout juste un an, j'avais déjà appris à répondre à de telles questions en chicanant un peu ou en me plaignant de certains désagréments, même si je n'en rencontrais aucun. En lui disant que les radiateurs fuyaient et que la tuyauterie était bruyante dans, admettons, la 203 à Fredonia Hall, je lui offrais la possibilité de faire remonter sa requête au service d'entretien, ce qui lui donnait l'impression d'être efficace. C'est-à-dire qu'il notait le numéro de salle et le problème en question (« 203 : fuites radiateur / bruit tuyauterie… Comment le décririez-vous, ce bruit ? Fort ? Très fort ? »), et lorsque Mlle Gringling venait nous resservir, elle repartait avec nos verres vides et sa requête, qu'elle transmettait en son nom.

Après la première gorgée de son deuxième gin, le Pr Morse passa aux choses sérieuses : « L'argent… C'est peut-être votre sujet de prédilection mais ce n'est sûrement pas le mien… Or tous les départements de la fac en réclament davantage… Réclament toujours plus d'argent, plus de postes, de meilleurs salaires, de meilleures fournitures… Lettres modernes, lettres classiques, allemand, français : c'est partout pareil, partout sauf en histoire en l'occurrence, et pourtant c'est dans la nature même de l'histoire de goûter à tous les maux. Les maux de la philosophie sont ceux de l'histoire. Même chose avec la psycho. Les maux du russe sont aussi ceux de l'histoire, et les maux du russe sont cosmiques. Mais là où c'est pire, c'est en sciences, avec leurs besoins en matériel de laboratoire. Ce n'est pas tant que les sciences coûtent cher, elles sont gourmandes. Elles dirigent leurs départements comme si une nouvelle guerre avait été déclarée. On dirait qu'ils ne se contentent pas seulement d'électrocuter des cochons là-dedans mais qu'ils nous mijotent une bombe. Ils feraient mieux de consacrer leur temps et leur énergie à mettre sur pied des planches à billets et à développer de nouvelles méthodes pour fabriquer de la fausse monnaie. Parce que c'est ça dont on a besoin, d'argent – nos portefeuilles sont vides et nos poches trouées. Nos doyens et administrateurs ont voulu économiser des bouts de chandelle et vous imaginez bien comment ça s'est terminé. Ce n'est pas à vous que je vais apprendre que les questions économiques doivent rester aux mains des économistes. Au lieu de lever des fonds, au lieu de courir après les donateurs et les dotations, ils épluchent le budget des départements l'un après l'autre, ligne par rubrique, dans l'espoir de trouver des fonds inemployés qui pourraient être réalloués. »

Les glaçons dans le verre du Pr Morse s'entrechoquaient, comme pour l'applaudir, tandis que les miens grelottaient contre le rebord dans ma main tremblotante. « Donc il ne s'agit pas de coupes budgétaires ? »

Il fronça les sourcils. « Je vous en prie, Rube, pas d'inquiétude. Vous n'avez aucune raison de vous en faire… Et puis d'abord, vous vous êtes déjà fait raboter, vous, non ? »

Ma crainte devait se lire sur mon visage, car il poursuivit : « Rassurez-vous, je vous en prie, rassurez-vous. J'essayais juste de détendre l'atmosphère en faisant allusion à votre circoncision. »

Je crachai un petit rire puis il enchaîna, l'air plus grave : « Vous avez ma parole, Rube, on ne vous refera pas le coup du bistouri ou du rabot. C'est l'histoire après tout, on nous met à sac.

— Mais pourquoi nous ?

— Parce que l'histoire est l'exception. Ça l'est toujours. L'histoire est riche. Notre trésorerie suscite la jalousie des mathématiques, même la géologie et la physique sont jalouses. La raison c'est que chez nous on ne gâche rien. Sauf que l'administration et la présidence ont l'audace de ne pas voir ça du même œil : ils me disent que c'est parce qu'on ne recrute pas. Vous vous rendez compte ? Vous vous rendez compte qu'on puisse, comme ça, perdre patience avec quelqu'un sous prétexte qu'il est économe, pour ne mentionner qu'une seule de nos innombrables qualités ?

— Non, pas du tout » – c'est ce que je lui répondis, mais je me disais dans ma tête que j'étais la dernière personne qu'il avait embauchée, le seul recrutement effectué par ce département depuis Hiroshima et Nagasaki.

« Bref, poursuivit-il, l'air un chouïa absent, voilà ce qu'ils ont fait : ils m'ont passé un savon pour avoir manqué à mes dépenses. Ils m'ont dit de recruter quelqu'un d'autre si je ne voulais pas prendre le risque de voir nos réserves d'argent confisquées et réallouées ailleurs. À un département qui pourrait en avoir l'utilité. À un département qui, soyons honnête, les dilapidera. Entre nous, je considère qu'une telle injonction relève d'une sorte d'extorsion. Ça ressemble fortement à une menace, mais que voulez-vous. C'est ainsi que l'université conduit dorénavant ses affaires, et plus ça va, moins elle les regarde autrement, d'ailleurs, que comme des affaires.

— Les choses semblent aller en ce sens, oui. »

Il recracha un peu de fumée puis pivota sur son siège en direction du mur pour s'adresser à ses cartes. « Et quoique j'aime assez ce côté intime et fraternel qui règne dans notre département, le choix me paraît clair : j'aime autant faire venir un nouveau collègue que d'admettre ma défaite et céder notre butin, durement gagné, à quelqu'un comme Driggert en agriculture, ou, Dieu me préserve, Pumpler en éducation physique.

— Nous allons donc recruter ?

— En effet. Nous suspendons à notre porte un écriteau qui dit On embauche : Renseignements à l'intérieur.

— Des besoins en particulier ? » Alors même que je visualisais déjà le nouvel écriteau pendillant au bouton de porte – Inutile de candidater si vous êtes en afro, irlandaise ou européenne –, ma tête fourmillait de préférences, ainsi que des manques criants du département : Proche-Orient, Extrême-Orient, histoire byzantine, anti-Whig, démographie, historiographie, une personne hindiphile, une hindiphone, une femme.

« Aucun besoin. Que des contraintes. Ils contraignent notre autonomie. Ils me disent que du fait de tout cet argent que nous avons, notre département doit recruter quelqu'un qui puisse aussi enseigner dans un autre département – dans des départements qui n'ont pas su économiser aussi bien que nous. Et parce qu'ils se sont plantés, il faut les récompenser.

— Ça semble injuste, en effet.

— Parce que ça l'est, oui. La justice est un principe bien trop transparent et honnête pour ces gens. Leur terminologie est trans-programme, trans-discipline. Dégraissage, rentabilisation. C'est à ça qu'il ressemble, le futur, il faut croire : poly-fonctionnel, affecté à plusieurs centres de commandement. Ça ne m'étonnerait pas que d'ici quelques années on vous fasse prendre en charge la préparation à l'examen d'expert-comptable. Ils pourraient bien être amenés à trouver de l'aide où elle se trouve ; vous verriez la pagaille qu'ont créée les audits », et il baissa la tête comme pour poser les yeux sur la pagaille en question – sauf que sur son bureau, il n'y avait rien.

« Et donc, où est-ce que j'interviens ? »

Son attention fut soudain remobilisée, concentrée sur son verre. « Tout impuissants que nous sommes à repousser cette intrusion, nous allons devoir inviter quelques candidats sur le campus durant le semestre, pour leur faire passer des entretiens, leur proposer d'enseigner un ou deux cours et de dispenser quelques conférences ouvertes au public. » Il se pencha en avant. « Et c'est là que vous intervenez, Rube.

— Moi ?

— Je vous ai fait venir ici pour vous demander un service.

— Tout ce que vous voudrez. »

Le Pr Morse esquissa une grimace et fit tournoyer sa boisson en guise de correction : « En fait, ce n'est pas vraiment un service que je vous demande, je vous demande plutôt de resquiller. Comme vous le savez sans doute, il est de la responsabilité de chacun dans ce département de faire partie d'un comité de recrutement, auquel les collègues sont affectés à tour de rôle. Comme vous êtes le dernier arrivé, votre tour n'est pas pour tout de suite mais plutôt d'ici deux, voire trois comités. Or nous sommes d'avis qu'il s'agit d'une circonstance assez exceptionnelle, et si vous êtes d'accord, nous veillerons assurément à ce que vous ne soyez pas deux fois mobilisé pour ce travail. Vous prendriez votre tour maintenant. Un peu plus tôt que prévu, en somme.

— J'en conclus que nous allons recruter un autre américaniste, alors ?

— Dans la mesure où nous venons tout juste de vous recruter, malheureusement non. Il semble que nous devions plutôt aller à la chasse-au-collègue dans les contrées reculées de l'histoire européenne.

— L'histoire européenne ?

— Je me dis que ce qu'on nous impose est peut-être une occasion à saisir, un peu de répit pour moi et les autres qui portons le fardeau de l'Europe.

— Mais du coup, pourquoi me mettre dans ce comité de recrutement alors ? L'Europe n'est pas mon terrain. »

Il tira un peu sur sa pipe, comme s'il souhaitait réfléchir à sa prochaine remarque en la réduisant d'abord en fumée. « Participer aux comités de recrutement est obligatoire. Tous les membres du département doivent y consacrer un semestre. La spécialité du candidat auditionné n'a aucune espèce d'importance en l'occurrence. D'autant que tous les autres collègues ont déjà été affectés à des comités pour le semestre prochain, et nombre d'entre nous croulons déjà sous la charge. Par exemple, moi-même et le Pr Hillard n'allons pas seulement vous épauler pour ce recrutement, mais nous allons aussi devoir nous occuper de la titularisation... de *votre* titularisation...

— Je comprends. Veuillez m'excuser. Je serai bien sûr ravi de me rendre utile. »

Le Pr Morse fit un geste, comme pour balayer la question tout en dispersant l'air vicié. « Apparemment l'un de nos candidats s'avère particulièrement prometteur. Un spécialiste de l'Europe, qui s'intéresse notamment à l'époque médiévale.

— L'époque médiévale ?

— D'après ce que j'ai compris. L'Ibérie, si je ne m'abuse ? Quinzième siècle, quelque chose comme ça ? Peu importe, nous aimerions connaître votre avis.

— Mon avis ?

— Votre avis en particulier. »

C'était bien mystérieux. Il aimerait avoir mon avis sur quoi au juste ? L'époque médiévale ? Soit la même chose que le Moyen Âge ? Soit grosso modo l'Âge sombre ?

Ça ne relevait pas de mes compétences. Lorsqu'il était question de cette époque, j'en étais moins l'expert que l'habitant, le citoyen, le paysan illettré plongé au cœur de ses ténèbres. Je veux dire, je savais situer le XVe siècle, quelque part entre le XIVe et le XVIe en gros, mais ça revenait à dire que je savais où trouver les Miel Pops au supermarché, quelque part au rayon céréales entre les Chocapic et les Rice Krispies. Quant à l'Ibérie, je ne savais même pas ce que ce terme recouvrait : le Portugal et l'Espagne, d'accord, mais encore ? La Castille et l'Aragon, quoi d'autre ? Qu'en était-il des musulmans ? Est-ce que tous les Maures étaient des Arabes ? Tous les Berbères des Maures ? J'étais bien capable de confondre Ferdinand et Isabelle avec George Burns et Gracie Allen. Je n'avais jamais été aussi proche de l'Ibérie qu'en cafouillant une rumba ou en feignant le cha-cha-cha. Et puis, c'était quoi, cet air enfantin qui me trottait dans la tête ? Ça venait d'où, déjà, d'un cabaret quand j'étais à la fac de New York ou bien de l'école hébraïque avant ça ?

En l'an mil quatre cent quatre-vingt-douze, Colomb voguait sur l'azur
L'Inquisition expulsait bien les Juifs, bien sûr,
Les Indiens allaient nu-pieds et avaient belle allure
Disant, « Ugh – qui c'est que tu traites d'Indien ? »

Mais cet air-là, je ne l'ai pas chantonné au Pr Morse. Je me suis contenté de dire : « L'Ibérie médiévale ne fait pas partie de mon champ d'expertise. Je vous avoue que tout ce milieu reste pour moi une énigme. »

Il soupira en bourrant sa pipe : « Le domaine de cet homme, Rube, c'est l'Ibérie médiévale certes, mais aussi... (il hésita) aussi l'histoire des Juifs. »

Lové dans la fumée, il descendit son verre cul sec.

« Et donc je vous pose la question, reprit-il après un claquement de lèvres, est-ce que je peux compter sur vous pour l'accueillir parmi nous et lui servir de guide particulier, histoire de le mettre à l'aise, parce que c'est important de se sentir à l'aise.

— Dans un environnement agréable.

— Voilà. Et puis vous nous donnerez votre avis.

— À quel point de vue ?

— Nous estimons que vous êtes dans une position unique pour pouvoir émettre un jugement, dans la mesure où vous vous êtes tellement bien intégré à Corbin et que cet homme fait partie des vôtres.

— Fait partie des miens ?

— Ravi que vous suiviez mon raisonnement. »

Nous restâmes silencieux. Je n'avais pas prévu de toucher à mon deuxième verre, mais je me mis à siroter.

« Je vais être franc avec vous. Cet homme, ce candidat, on nous l'impose. Huggles, je vous le donne en mille. Le Huggles du Séminaire. Il lui faut quelqu'un pour assurer des cours sur la Bible. Nous recevons des candidatures en pagaille, même lorsqu'il n'y a pas de poste, or Huggles les a parcourues et, apparemment, seul un spécialiste de l'Europe avec des antécédents hébraïques peut faire l'affaire. » Le Pr Morse claqua sa pipe sur la table. « Si Huggles veut à tout prix quelqu'un pour ses cours de Bible, il n'a qu'à embaucher une bonne sœur. Il n'a qu'à payer votre femme pour le faire, tiens. Elle maîtrise suffisamment la Bible, votre femme ? »

Je secouai la tête tandis que le Pr Morse balayait le tabac pris dans les plis de son pantalon et se penchait en arrière, sa bedaine étirant les pans de son gilet couleur d'herbe ; des portions de chemise blanchie étaient visibles dans les trouées entre chaque bouton de cuir tressé. Je les fixais, ces boutons, ces trouées, me perdant dans ces étendues écrues, rattrapé par la pensée de ma titularisation.

« Pardonnez-moi, Rube. Il semblerait qu'on soit la seule faculté de sciences humaines et sociales en Amérique qui refuse de se plier à la séparation de l'État et de l'Église. Huggles a eu le toupet d'avancer le nom de ce candidat auprès de l'administration, qui à son tour me le met sous le nez : on m'a court-circuité et on ne m'a pas laissé d'autre choix que d'envoyer à ce type une invitation. Je ne lui reproche absolument rien, à cet homme, soit dit en passant. Il ignore tout des manœuvres menées en coulisses. Lui n'est autre qu'un universitaire à la recherche d'un poste. Et un universitaire brillant, qui plus est. Du moins à ce qu'on m'a dit. »

Mon verre, même éclusé à moitié, pesait dans ma main.

Mais le Pr Morse était tout sourire. « Rube, personne ici ne s'attend à ce que chacun soit expert en tout. Pas même vous. Vos collègues du comité de recrutement vous aideront à évaluer son travail. J'ai proposé aux Prs Galbraith, Kimmel et Hillard de siéger avec vous. Et bien sûr, je serai là également pour le présider, ce comité.

— Et donc je suis le seul américaniste ?

— On dirait bien, Rube. Vous êtes unique à bien des égards. » Il allongea le bras vers le couvercle du boulet de canon puis vida sa pipe. « Si les recherches de cet homme vous inspirent quoi que ce soit en particulier, je serais curieux de le savoir, même si je suis tout aussi curieux de connaître le fond de votre pensée sur l'homme en lui-même. Son personnage. Ses aptitudes, ses dispositions.

— Pour ?

— Je veux savoir s'il trouvera sa place ici, s'il sera en mesure de s'intégrer à la communauté de Corbin.

— Ça me flatte que vous puissiez penser que je suis qualifié. » Je finis mon verre. « Du moins pour ça. »

Le Pr Morse gloussa et laissa tomber les dernières cendres dans la boîte cranienne du boulet de canon, où elles finirent de se consumer. « Je suis sûr que vous vous souvenez de ce que ça fait, Rube – de débarquer ici pour la première fois en étranger, devoir vous lever devant tout le monde pour présenter vos travaux. Le stress infernal que ça engendre. Dans tous les cas, je suis persuadé que vous exercerez une influence stabilisatrice. »

Et voilà, pour l'essentiel. Le restant de notre conversation concernait la logistique, avant que le Pr Morse n'essaye de prononcer le nom de ce candidat sans que je parvienne à le comprendre – je saisissais des noms comme Bento Nehru, Benzedrine Nakamoto, Benzène Nanti Yahou… Je visualisais le dernier des Mohicans couvert de plumes et de goudron avant qu'on y mette le feu…

Pour finir, le Pr Morse mit ses tiroirs sens dessus dessous et me tendit des liasses de copies carbone estompées et de tapuscrits souillés, reliés à la va-vite à l'aide de trombones, sous des couvertures gondolantes, tels de vieux parchemins renfermant ce nom : Ben-Zion Nétanyahou…

Qui ne me disait rien du tout, ni à personne d'autre… Pas même son patronyme, encore à une génération de l'infamie. À l'époque, et surtout en Amérique, ce nom était inconnu. Ou pire qu'inconnu : il était étranger, ésotérique. Un nom exotique, vieux de plusieurs siècles quoique aussi en provenance de l'avenir ; un nom trouvé aussi bien dans la Bible que dans les illustrés.

L'héritier du roi Osée. L'acolyte de Flash Gordon.

Lors de ma brit milah, j'ai reçu le nom de *Ruvn ben Alter* – Ruvn fils d'Alter. Si j'avais eu un fils, il aurait été *ben Ruvn* – fils de Ruvn. *Ben-Zion* était donc le fils de Sion – mon niveau bar-mitzvah d'hébreu était assez correct pour que je sache ça, mais ça n'allait pas plus loin.

Ainsi donc m'apprêtais-je à rencontrer le fils de Sion.

II.

Dans le Bronx, pas loin des jungles parfaitement entretenues de Pelham Park, se trouve un édifice qui à mi-avenue forme un bloc décrépit de briques chaulées, depuis le portique duquel s'élance un fronton d'ampoules grillées et de lettres déchiquetées proclamant parfois Merci Ô Seigneur-Dieu, offrant parfois une citation cryptique tirée des Actes 1:7 ou de l'Ecclésiaste 1:9, tout en n'omettant jamais la signature susceptible de rassurer les sceptiques : l'Église de l'Assomption. Lorsque ce fronton est apparu, j'avais déjà quitté le Bronx depuis plusieurs années, et sa nouveauté s'ancra bien plus tard dans mon esprit, à l'occasion de l'un de mes nombreux retours en ville – j'avais pris pour habitude de me garer juste devant, présumant que personne ne volerait jamais une voiture stationnée en face d'une église –, et c'est ainsi que l'étrange dénomination de cette église progressivement se transforma, au gré d'un changement de préfixe, en une sorte de plaisanterie ou de jeu de mots personnel à chaque fois que quelqu'un présumait pouvoir se fier à ma judéité ou, plutôt, présumait pouvoir tirer profit de ma personne en en appelant à ma judéité. À chaque fois que des Juifs hassidiques du Corbin Hillel m'abordaient pour me demander de me coiffer d'une kippa et de m'acquitter d'un don à leur cause, ou à chaque fois qu'un jeune étudiant en sciences po m'alpaguait pour me demander d'ajouter mon nom à une pétition « pour la paix au Moyen-Orient », je me disais toujours, Aha, un autre membre de l'Église des Présomptions. Le Pr Morse en était un membre éminent ; cela dit, nous faisons également partie de cette Église, tous autant que nous sommes : goys ou juifs, même combat, nous en sommes tous membres à part entière, armés de bonnes intentions. Lorsque j'étais enfant, il y avait ce manchot scrofuleux qui se postait toujours devant la station du métro aérien située sur Tremont Avenue, où de son unique main il faisait tinter les piécettes qu'il mendiait dans son gobelet en carton. Bien des années plus tard, je suis retombé sur lui dans un bus de Manhattan. Il portait deux sacs de chez Macy's, un au bout de chacun de ses deux bras, dans chacune de ses deux mains… Qui ne fait pas partie de l'Église des Présomptions ? Mon père me racontait souvent cette histoire datant de l'époque où il travaillait dans le Garment District avec un Polonais qui, quoique simplet, ne faisait de mal à personne : il souhaitait demander sa copine en mariage et lui avait acheté, à cet effet, une bague en diamant. Un jour, il avait amené la bague à l'usine pour la montrer aux Juifs avec qui il travaillait et leur demander ce qu'ils en pensaient, comme si tailleur d'étoffe et tailleur de diamant c'était la même chose ; comme si les Juifs et leur expertise étaient partout interchangeables. Avec une sincérité non feinte, il voulait que tous ses collègues juifs étudient le diamant et lui fassent part de leur jugement, « parce que c'est vous les experts en la matière… Dites-moi, Yankel, Yitz, est-ce que je me suis fait avoir ?… Je l'ai acheté à l'un des vôtres, mais c'est pas quelqu'un que je connais comme vous, pas quelqu'un comme vous en qui j'ai confiance… Vous me diriez, hein, si je m'étais fait avoir ? ». Alors bien sûr tous les Juifs sur la chaîne posaient leurs ciseaux pour l'étudier, ce diamant qu'ils portaient à la lumière, qu'ils astiquaient sur leur tablier, et ils s'extasiaient tous comme s'il s'était agi d'un nouveau-né aux yeux clairs, et tous lui dirent qu'il était magnifique, son diamant, et, vu le prix auquel il l'avait eu, la bonne affaire, tandis que le Polonais, lui, était tout sourire : en adoration au pied de l'autel des présomptions. Et puis une autre de ces histoires concernait le frère de ma mère, Oncle Sruly, un semblant d'épicier qui avait passé la fin des années 1940 et le début des années 1950 à emprunter de l'argent à mes parents et à je ne sais combien d'autres familles habitant dans les parages du Grand Concourse, parce qu'il avait dans l'idée d'ouvrir une boutique dont le commerce et l'emplacement changeaient à chaque fois qu'on lui posait la question (un étal de fruits et légumes sur Webster, une boutique de chaussures sur

Park, un commerce de fleurs dans le Spanish Harlem, une librairie spécialisée dans la fonction publique juste de l'autre côté de la bordure connue du Sémitivers de l'East Village), jusqu'à ce que Sruly finisse par ne plus répondre à aucune question et se volatilise dans la nature, sans pour autant que ma mère cesse de croire en lui, ni de lui accorder sa confiance – il va se refaire, il finira par réapparaître. Même lorsque le gang Collee se mit à ses trousses, même lorsque les Manzonetto s'en mêlèrent, et même lorsque, quasi méconnaissable – quasi, mais pas totalement méconnaissable –, le cadavre de Sruly fut retrouvé près d'un chantier de construction du Kosciuszko Bridge sur les rives de la Newtown Creek : il va se refaire, il finira bien par réapparaître… Même Église, différentes présomptions.

Lorsque j'étais gamin, l'église de l'Assomption, sa structure physique, ce bloc posé à même le sol, était en fait une synagogue dont le nom était la Jeune Israël. C'est là que j'allais à l'école hébraïque et que mes parents priaient. Je ne me rappelle pas exactement quand la congrégation s'est dissoute ni quand le bâtiment fut mis en vente puis acheté par des catholiques des Caraïbes, reconsacré et orné d'un fronton ; avant la mort de mon père en tout état de cause, qui ne parlait pas de synagogue, lui, mais de *shul*. Il a donc fallu que je récite pour lui le Kaddish ailleurs.

Un peu plus grand, je débutais chaque jour de la semaine dans un autre tas de briques dignifiées en milieu d'avenue – au collège public du secteur, le

PS 114, où la cohorte de vieilles filles et de jeunes veuves qui y enseignaient beuglaient d'une voix paniquée que l'Amérique était un pays où tous les hommes étaient nés égaux entre eux et où, très certainement, toutes les femmes devaient être, elles aussi, nées égales entre elles ; un pays où on pouvait dire ce qu'on voulait, où on pouvait être qui on voulait ; où on pouvait prier le dieu de son choix et où on pouvait même n'en prier aucun, car la loi protégeait tout aussi bien les athées et même les agnostiques, dans la mesure où ils étaient citoyens, étaient libres de choisir leur avenir.

Puis, cet endoctrinement ponctué d'une volée de cloches, je me traînais quelques rues plus loin jusqu'au sous-sol de la Jeune Israël, un sous-sol aux allures de bunker où, dans une atmosphère embaumant les livres moisis sur des étagères qui se cassaient la figure aux moments les plus grotesques et inattendus, un quorum de rabbins rabougris ayant survécu aux pogroms de la Zone se mettait en tête de contredire toutes ces vérités, de les démolir, de les ridiculiser, de les saccager. Insoucieux du fait qu'ici, en Amérique, ils étaient libres de démolir, libres de ridiculiser, libres de saccager, ils sortaient ces vérités dans la cour et les enfouissaient dans les profondeurs des terres bronxiennes, les saupoudrant de sel – les saupoudrant de ciment – de sorte que rien ne pût jamais fleurir de telles vérités.

Aujourd'hui, j'imagine que ce sous-sol est bondé de Haïtiens extatiques qui cognent sur leurs tambours durant la messe et déclament leur créole aux papes, mais à l'époque, ces foutaises avaient un autre accent et les langues délirantes étaient l'hébreu et l'araméen.

Les jours de mon enfance étaient à ce point divisés entre les questions laïques et religieuses, et parfois les arguments lancés contre la laïcité étaient à ce point systématiques et précis, que j'en venais à nourrir la folle suspicion que les rabbins m'avaient d'une façon ou d'une autre suivi jusqu'à l'école ; qu'ils s'étaient en douce glissés dans mon cartable et avaient passé le jour suivant suspendus à mon porte-manteau dans la salle de classe pour ingurgiter ce que Mme Ianello disait au sujet de la Déclaration des Droits, ou ce que Mme Murphy disait à propos de la philogénie, de l'hérédité, de la fossilisation, rien que pour savoir quoi contredire et contre quoi pester tandis que les couleurs dans le ciel viraient noir-gabardine avec la tombée de la nuit.

Ce sont les différences historiques qui me firent le plus tiquer. L'histoire enseignée au collège n'en avait que pour l'idée de progrès, dans un monde qui, éclairé par les Lumières, n'en finissait plus de se parfaire ; un monde qui continuerait de se parfaire de façon illimitée, aussi longtemps que chaque pays s'évertuerait à ressembler à l'Amérique et que l'Amérique s'évertuerait, pour sa part, à ressembler davantage à elle-même. Le passé n'était rien d'autre que le processus par lequel on accédait au présent, et le présent rien d'autre que la dernière actualisation du superlatif américain, destiné à être remplacé par les libérations de demain et l'avancée du capital, et ce jusqu'à l'ultime transfiguration de l'histoire mondiale en démocratie planétaire. Ce récit mélioratif ne connaissait aucune borne. À l'instar du pays lui-même, il ne pouvait que grandir et ne rencontrerait jamais aucun terme : il était ouvert, expansif, grisant. À l'inverse, l'histoire enseignée à l'école hébraïque était close sur elle-même – ce n'était pas de l'histoire : il n'y avait ni passé, ni présent, ni avenir. À leur place, il y avait le temps, qui partageait la rondeur et la perfection de la terre, et qui, dès l'instant où il fut prononcé dans la lumière de Dieu, avait été marqué par la répétition – non pas celle des saisons ni des moissons, non pas celle des phénomènes astraux ni des jours fériés auxquels ils présidaient, mais celle de l'oppression, de la violence et de la mort, entre chaque occurrence desquelles venait se loger une attente perpétuelle, celle d'un messie qui tardait à venir, celui-là même qui, aux dires de mes camarades de classe, était pourtant déjà venu : le messie était déjà venu et nous, et moi, ne nous en étions même pas rendu compte… Peut-être parce que nous, mais pas moi, passions notre temps à nous faire massacrer… Pour ces rabbins hâves et traîne-savates qui m'abreuvaient de toutes leurs chroniques récapitulatives pour me dire combien les Juifs avaient souffert et perdu parmi les palettes de matsot rassis et les pièces de samovars ternis, l'histoire américaine était synonyme d'histoire goy. L'Amérique n'avait rien de cette nouvelle Jérusalem évoquée au cours de ma scolarité. Non, c'était plutôt la plus neuve des incarnations de Rome, d'Athènes, de Babylone, de l'Égypte – *Mitsraïm*. C'était la Diaspora – la *Galout.* Et tous ces méchants – Pharaon, Nabuchodonosor, Antiochos, Hadrien, Titus, Haman, Khmelnitski, Hitler, Staline & co – n'étaient pas tant des individus commettant de leur plein gré des atrocités individuelles, que des avatars d'Amalek, l'ennemi originel d'Israël parcourant le désert. Les Juifs américains attendaient encore leur Amalek. Le père Coughlin, peut-être. Ou Fritz Julius Kuhn, du Bund. Henry Ford. Les chemises brunes ou les tuniques entachées du Klan. Un peu plus tard, il pourrait s'agir de Lindbergh. Quoique le nom, le visage, l'incarnation, en soi tout cela importait peu. Ce qui importait, selon les rabbins, c'est que la haine finirait par trouver un nouveau réceptacle et que nous serions à notre tour mis à la porte de l'Amérique, mis à la porte ou assassinés, comme cela avait été notre sort en Ibérie, en Russie, en Allemagne. Patience, promettaient les rabbins, ça viendra. Notre histoire (les rabbins utilisaient la première personne du pluriel plus souvent encore que le Pr Morse) ressemblait davantage à une chronologie des traumatismes, aussi acquise et déterminante que les commandements reçus en haut du mont Sinaï : son cours était inaltérable, sa force était irrésistible ; le carnage était le lot juif et ceux d'entre nous qui ne survivaient pas pouvaient au moins être sûrs d'une chose – les survivants interpréteraient notre mort comme un sacrifice ordonné de tout temps.

Cette séquence d'enseignements/contre-enseignements suffisait à rendre dingue n'importe quel gamin, surtout lorsque, comme moi, on était sérieux, enclin à croire et à prendre tout au pied de la lettre. Comme bon nombre d'enfants de ma génération faisant montre d'une intelligence précoce, j'ai grandi en lisant tous les livres qu'on me mettait entre les mains et j'ai été élevé dans le respect de mes aînés ainsi que de leur sagesse. J'apprenais par cœur et répétais sans juger, traitant comme véridique tout ce que je lisais ou tout ce qu'on me racontait, comme s'il s'agissait, non pas de la production de faillibles mortels, mais d'une infaillible intelligence à tout-va – intelligence soit collective, comme celle du peuple américain ou du peuple juif, soit surhumaine et singulière, comme celle du président ou de Dieu, trigramme ou tétragramme, FDR ou YHVH. Et ainsi mon enfance fut-elle tiraillée entre deux sortes contraires d'exceptionnalisme : entre la condition américaine d'être libre de choisir et la condition juive d'avoir été choisi…

Je ne suis pas sûr d'être jamais parvenu à bout de ce conflit ; je crois que j'ai simplement mûri, à force de décider du cours que prendraient mes lectures, autant qu'au gré des changements affectant mes hormones. Après ma bar-mitzvah, j'ai quitté l'école hébraïque et aboli les sept jours de la création pour leur substituer, en guise d'explication, des milliards d'années, le passage du monocellulaire au multicellulaire, et la théorie de l'évolution – une doctrine que quiconque, l'adoptant pour suppléer la religion, finit toujours par voir comme une métaphore de la puberté, soit l'évolution de l'enfance à l'adolescence.

Ce n'est toutefois qu'après avoir quitté l'armée – et être retourné auprès de la femme que j'avais épousée et de notre petite fille dont je n'avais pas encore fait la connaissance – que la clarté de tout ceci m'apparut : je n'étais pas ce qu'on me condamnait à être, personne dans ce pays n'allait m'assassiner. Personne n'allait me traîner, moi et ma famille, dans un camp ni nous jeter ensemble dans un four. Le seul uniforme que me ferait jamais porter mon pays arborait médailles et décorations. C'étaient ces petits bouts de femme catholiques du collège PS 114 qui avaient raison ; c'était mon vieux prof d'éducation civique au lycée Stuyvesant, celui qui avait perdu son menton à Verdun, qui avait raison ; et même ces vieux trotskistes renfrognés et désabusés que j'avais eus comme profs à CUNY commençaient à avoir raison, eux aussi, bien malgré eux – ils avaient tous raison et les rabbins avaient tort : il n'y avait rien de plus exceptionnel que l'Amérique en matière d'exceptions. J'étais moi-même la preuve vivante du rêve qu'elle incarnait, et les diplômes que j'accumulais étaient le gage de sa bienveillance supérieure ; quand bien même ses lois, sa politique, sa propagande laissaient encore grandement à désirer, ma vocation – l'appel de l'histoire – finirait par y remédier.

Je ne ressentais pas autre chose au cours de cette période faste et florissante qui séparait cette guerre que je tentais d'oublier et la contre-culture que je ne voyais pas venir. Ike, commandant suprême des Forces alliées, était président. On pavait les autoroutes. On déségréguait les pissotières. L'Alaska et Hawaï venaient d'être admis dans l'Union. Nous commandions de nouvelles bannières et de nouveaux globes, jetions les vieux comme autant de haillons souillés et de ballons crevés. Nous étions riches de cinquante étoiles désormais, toutes bien rangées en quinconce. Et même si les Soviétiques envahissaient l'Europe, un nouveau pays avait été fondé, dont les frontières peinaient à contenir son étiquetage, et le nom d'Israël déborda au-delà de ses hachures vertes dans le bleu transparent de la Méditerranée. Peu importe le problème au fond – surpopulation, menace nucléaire, endiguement asiatique, voire gangrènement progressif de la vie intellectuelle par un consumérisme qui mènerait à un relativisme désastreux –, nous serions toujours sauvés par notre propre ingéniosité. Nous serions toujours sauvés par la technologie. Dans quelques années, nous coloniserions la lune. Quelques années encore, et nous lancerions notre propre lune en vue de coloniser d'autres planètes et d'y ouvrir des *diners*, tout de chrome et de néon, service-au-volant, service-en-volant, parce que les voitures finiraient bien par voler, elles aussi. Et les robots par nous servir.

À cette période précise que je suis en train de décrire – la période qui s'étale de mon entretien avec le Pr Morse à l'entame du premier semestre, en septembre 1959, jusqu'à l'arrivée du Pr Nétanyahou au début du second semestre, en janvier 1960 –, si on m'avait arrêté dans la rue pour me demander comment je me sentais, si on m'avait demandé comment allait ma famille, j'aurais répondu : super. J'aurais vanté les tentatives d'Edith pour amorcer des réformes de classification à la bibliothèque ; je me serais targué des notes de Judy et de ses résultats d'examen, de ses perspectives d'admission à l'université ; j'aurais même pu parler du plaisir que me procuraient mes recherches sur l'impôt, du plaisir que me procurait la compagnie de mes étudiants. L'automne à Corbindale était la plus belle des saisons. À mesure que les feuilles embrasaient leurs mordorures, je guidais mes étudiants depuis (septembre) Plymouth et l'Amérique coloniale, leur faisais traverser (octobre) la Révolution et la Constitution, pour les faire pénétrer de plain-pied dans (novembre) le fédéralisme, avant de les faire enfin défiler en ligne droite (décembre) jusqu'aux portes de Fort Sumter. Intro à l'histoire US. Après mes cours, je me hâtais sur les trottoirs de Hamilton, prenais à droite dans Wolcott, à gauche dans Dexter, encore à droite dans Gallatin jusqu'à Evergreen et notre belle maison à pignon tandis que la nuit descendait plus vite, plus fraîche. J'ouvrais la porte sur l'odeur du poulet rôti. Edith mélangeait alors une salade ou préparait la vinaigrette. La table était mise. Judy était à l'étage, jouait de la flûte ou esquissait son profil en se regardant dans une glace. Je passais ma robe de chambre et préparais du petit bois pour le feu. Après le repas, nous nous réunissions tous les trois près de la cheminée autour d'un puzzle, et je m'interrompais seulement pour déchirer de vieilles éditions de la *Corbindale Gazette* (« Cueillette des pommes : c'est la saison »), ainsi que d'anciens et épais numéros du *New Yorker* (« Krouchtchev reçoit Nixon dans une cuisine ») afin d'attiser la pelote de flammes.

Évidemment, aucun historien ne se satisferait d'un tel récit – et mieux vaudrait qu'aucun non-historien un tantinet sain d'esprit, qu'aucune personne un tantinet saine d'esprit, ne s'en satisfasse non plus. Il est trop bien cousu de fil illusoire.

La vérité, la voici : ma femme s'ennuyait ferme et ma fille était furax. Nous prenions place près de la cheminée, d'où parfois n'émanait aucune chaleur, car dans les faits je n'étais pas très doué pour allumer un feu et il m'arrivait même de vider des boîtes entières d'allumettes ne serait-ce que pour enflammer le petit bois. Les rares fois où je parvenais à faire prendre les bûches, j'oubliais systématiquement d'ouvrir le conduit et le salon étouffait sous la fumée. Le feu partageait les problèmes de la famille : il avait besoin d'oxygène. Je me rappelle ce moment près des cendres froides, lorsque j'avais pris place face à mon puzzle de 500 pièces représentant un billet de 500 $; j'en essayais plusieurs pour compléter le col de ce grand protectionniste qu'était William McKinley, avec la pleine conscience, une conscience que j'étais bien incapable de communiquer du reste, que le puzzle sur lequel il nous fallait vraiment avancer, c'était le nôtre. Edith souhaitait un vrai diplôme et un boulot pour lequel elle aurait des livres à lire et pas seulement à répertorier ; Judy voulait quitter la maison et se débarrasser de son nez, qu'elle trouvait trop long, trop gros, trop bossu. Notre maison – comme tant d'autres dans le quartier, une maison au style colonial ou, plutôt, ainsi sans doute qu'il conviendrait de le dire, de manière plus précise, au style néocolonial hollandais, car la maison avait été construite juste après la guerre de Sécession, à une époque où les gens se sentaient quelque peu nostalgiques –, notre maison était vieille, branlante et traversée de courants d'air. J'avais dans un premier temps craqué pour le côté austère de son bardage et de ses volets, mais après un an d'allées et venues, j'avais fini par me méfier de sa double identité. Si on regarde une coloniale hollandaise de face, on voit une maison. Si on regarde une coloniale hollandaise de côté, on voit une grange. Ce qui m'embêtait. Cela faisait-il de nous des humains ou des animaux, je n'en étais pas bien sûr. Il avait beau y avoir tant à faire pour préparer la maison à l'arrivée de l'hiver – car l'hiver dernier avait dispensé ses leçons, notamment en matière de bardeaux –, j'avais tendance à repousser les travaux pour aller me terrer, après le dîner, dans mon bureau à l'étage. Mon bureau, qui se trouvait au bout du couloir : une pièce lambrissée de cerisier, tous mes livres rangés dans un ordre personnel qu'Edith avait interdiction de toucher. Malgré la porte fermée, si je ne bougeais plus et si j'arrêtais de respirer, je l'entendais qui se préparait à aller se coucher. Peu après, c'était au tour de Judy d'aller au lit. Une flaque de lumière s'épanchait par le petit jour sous sa porte, qu'un simple clic asséchait et faisait disparaître ; alors, au moins l'espace d'un instant, la seule preuve de la présence d'autres que moi dans la maison provenait d'une certaine pression, d'une certaine tension qui courait dans le fil du bois ; du grincement du lit lorsqu'Edith se retournait, voire des petits hennissements que faisait Judy en ronflant. C'était durant ces heures que je mettais de côté mes taxes pour me consacrer aux Juifs. C'est ce que je disais, oui – je me levais de mon bureau, m'étirais et disais « C'est l'heure de passer aux Juifs », même s'il m'arrivait de ne pas le dire mais simplement de le penser ; alors, délaissant le programme de recherches que je m'étais fixé pour le semestre (les bulles financières sur les matières premières dans l'économie des plantations), j'allais me plaquer dans la paume confortable de mon fauteuil de cuir situé dans le coin, j'allumais mon lampadaire et m'enfonçais dans les travaux du Pr Nétanyahou, ses articles ou recensions publiés en revue, sa thèse de doctorat consacrée aux *conversos*, aux marranes, à l'Inquisition ibérique (en Espagne et au Portugal).

Le lampadaire était coiffé d'un abat-jour vert-vitreux, type lampe de banquier, dont l'éclat émeraude signifiait à mes yeux la jalousie, l'envie, voire une forme de honte. J'avoue en effet que j'avais honte de faire ça en secret, de me livrer soudain, en catimini, à ce travail nocturne, j'avais honte en voyant resurgir inopinément cet intérêt que j'avais porté aux sujets juifs. Des sujets qu'à la Jeune Israël on m'avait obligé d'étudier sous peine, sinon de mort, de désapprobation parentale, et il y avait désormais comme quelque chose d'illicite : ça me faisait bizarre de replonger maintenant dans ces mêmes tragédies avec une attention bien plus grande toutefois, eu égard à mon employeur, que celle que j'avais pu montrer jusqu'ici.

À mesure que je tournais les pages (les pages en anglais, dont les renvois fréquents aux travaux que « Ben Zion », « Benzion », et « B. Nétanyahou » avait rédigés en hébreu, suggéraient que la majeure partie de ses recherches étaient hors de ma portée), à mesure que je me penchais sur ses introductions, qui se lisaient comme des conclusions, et que je m'efforçais de poursuivre ma lecture jusqu'à ses conclusions, qui se lisaient comme des sermons, j'étais en même temps sensible au moindre bruit retentissant dans la maison, depuis les ajustements des fondations, en passant par les vibrations du réfrigérateur et le tic-tac de l'horloge, jusqu'au cliquetis des châtaignes sur le toit et dans les gouttières où tamias et écureuils s'en donnaient à cœur joie – j'avais les sens en éveil et pourtant j'étais terrifié par ces bruissements fortuits, on aurait dit que j'avais peur de me faire prendre... Mais prendre par qui ? Ma femme et ma fille ? La lune, qui planquait dehors ? Les membres d'un tribunal de l'Inquisition, mis sur pied par le Séminaire de l'université, qu'aurait escortés une bande de desperados armés, députée par les services du shérif de Corbindale ? Et à faire quoi, au juste ? À exercer mon métier ? Je me répétais que je ne faisais rien d'autre que ce qui était exigé de moi. Cela faisait partie de mes attributions dans le cadre du comité, c'était un passage obligé au département ; je ne faisais qu'exécuter les ordres ! Ils pouvaient m'attacher à un piquet, tiens, et y mettre le feu avec ce qui aurait dû brûler dans ma cheminée, mes derniers mots auraient été les mêmes : « Au Nom du Pr Morse ! »

Or, plus je m'enfonçais dans ces pages, plus j'étais moi-même outré : rien qu'à les lire, il m'était de plus en plus difficile de ne pas céder à l'impression que je me répandais en blasphèmes.

Mais quel était le sujet des travaux du Pr Nétanyahou ? J'étais frustré, au début, de ne pas pouvoir me le formuler clairement… Or lui non plus n'était visiblement pas en mesure de le faire… Toutefois, si quelques-uns des prêtres qui traversaient ses textes en me donnant la chair de poule devaient revenir à la vie pour exiger de moi que je leur en fasse un résumé, sous la menace que chaque mot prononcé me vaudrait un doigt coupé avec une paire de tenailles en fer émoussé, voici ce que je leur répondrais : *Toutes vos connaissances sur l'Inquisition sont fausses.*

Ce qui fait huit mots, de quoi sauver mes deux pouces.

De la façon dont le Pr Nétanyahou la raconte, l'Inquisition doit se comprendre au pluriel : il s'agissait d'inquisitions qu'on pouvait séparer en deux catégories, celles menées par les papes et l'Église catholique elle-même, et celles menées par les régimes monarchiques avec la collusion de l'Église. Les premières de ces institutions politisées se trouvaient en Ibérie : l'Espagne puis le Portugal.

Le but véritable de ces Inquisitions n'avait rien de doctrinal – elles n'étaient pas censées mettre le nez dans d'éventuelles hérésies, ni convertir les Juifs, pas plus qu'elles ne devaient veiller à ce que les Juifs déjà convertis demeurent de fidèles catholiques ; loin de là. Non, leur but véritable – jamais décrété publiquement mais reconnu en coulisses – était d'invalider les nouvelles conversions et de faire en sorte qu'un nombre aussi important que possible de nouveaux chrétiens redeviennent juifs.

Voilà qui était déroutant, c'est le moins qu'on puisse dire, et qui opérait une révision majeure, non pas uniquement du passé juif mais de l'histoire chrétienne – qui selon le Pr Nétanyahou se confondait avec l'histoire en général.

L'Inquisition, en ses termes, constituait un « moment crucial », un « tournant critique », une « péripétie » ou un « point de non-retour » pour le catholicisme médiéval. Pendant des siècles – soit l'époque des Croisades, pour l'essentiel –, l'objectif principal de l'Église avait été de grossir les rangs catholiques : c'était là un point sur lequel Juifs et catholiques s'étaient accordés de tout temps. Et pendant des siècles, c'était peut-être l'unique chose sur laquelle ils avaient été d'accord, le Pr Nétanyahou acceptant lui-même ce postulat. Toutefois, quelque part vers la fin du quinzième siècle – la veille du jour où Colomb mit les voiles –, cet objectif avait été soudain modifié, l'Église cherchant désormais à réduire son troupeau et à renvoyer ses brebis les plus jeunes vers leurs ancêtres.

Le Pr Nétanyahou, d'autant que je puisse en juger, avait passé toute sa carrière à tenter de prouver cette idée et à expliquer pourquoi un tel changement eut lieu. J'avais beau ne nourrir aucun espoir de pouvoir évaluer ces preuves moi-même – les obscures citations qu'il donnait étaient en espagnol ou en portugais, voire en latin ou en judéo-espagnol, et le tout sans traduction –, ce furent surtout les explications qu'il avançait qui m'horripilèrent. Qui me dérangèrent. Car il ne s'agissait pas tant d'explications que d'un dogme – ai-je envie de dire.

Alors pourquoi l'Église renvoya-t-elle au judaïsme tous ces convertis qu'elle venait de passer la majeure partie des Croisades à tenter de rallier à sa cause, selon le Pr Nétanyahou ? Parce que ces convertis faisaient de mauvais catholiques ? Non, ce n'était pas le cas. Alors parce qu'ils se débrouillaient trop bien à être de bons catholiques, peut-être ? Non, ce n'était pas le cas non plus. La raison était plutôt la suivante : aussi longtemps que les catholiques auraient besoin d'un peuple à haïr, les Juifs devaient rester un peuple condamné à souffrir.

Je prends ça un peu à la légère, mais un peu seulement – et pas du tout lorsque je dis que, quoique je n'aie jamais été très doué pour reconnaître les menues différences, sur le plan psychanalytique, entre sublimation, condensation et déplacement, ou entre projection et introjection, ni pour m'y retrouver dans cette profusion de lignées distinctes en matière de transfert, je ne peux m'empêcher d'avancer que le raisonnement du Pr Nétanyahou était le produit d'une souche pas très nette qui s'était développée au sein de cette famille misérable de mécanismes de défense. Or si Freud est capable de déduire que la libido, c'est-à-dire l'énergie sexuelle, ne devient acceptable, d'un point de vue sociétal, qu'en se transformant en autre chose – comme une énergie propre aux affaires ou à la littérature, comme la numismatique, la philatélie, ou le taekwondo coréen –, ma suggestion, selon laquelle le Pr Nétanyahou s'efforçait de satisfaire son appétence religieuse à travers ses propres recherches, ne semble pas si tirée par les cheveux. Sa façon d'aborder les choses, en un sens, relevait d'une nomenclature confuse, soit la substitution in- ou semi-consciente d'un vocabulaire en apparence trop dangereux par un autre, plus digeste, de sorte que ce qu'il appelait « histoire » était, en réalité, une forme de « théologie », de sorte que ce qu'il appelait les « faits » étaient, en réalité, des formes de « croyance » – « le Juif », en ce qui le concernait, n'était pas simplement cet être moyenâgeux souscrivant au géocentrisme et pensant la terre plate ; il était une Idée platonicienne ou un archétype, un absolu hégélien, une identité plus ou moins stable et immuable à travers les âges.

Comme les médiévaux qu'il prétendait étudier, le Pr Nétanyahou prenait certaines constantes pour acquises et se devait donc de réconcilier ce « Juif », figé, tenace, avec l'irréversible passage du temps ; avec la causalité, la contingence, les *in esse* et *in fiere*, l'*impetus* et le *conatus*, ainsi qu'avec les questions relatives à la constitution d'une chose, les questions relatives à ce qui – voire qui – était en mesure de faire naître ou de faire cesser les choses, de les faire advenir. L'histoire envisage le temps comme une suite d'occurrences que nous autres, êtres humains, mettons en branle au gré de notre libre arbitre ; la première leçon qu'elle enseignait est que l'idée même d'une cause première n'existe pas, puisque, comme le disaient mes profs du secondaire, si nous apprenons nos leçons d'histoire, c'est dans le but d'apprendre à la changer. La théologie, en revanche, envisage le temps comme une suite de changements qui nous surviennent selon la volonté de Dieu, Qui fait advenir les choses pour des raisons bien à Lui, Qui introduit dans la trame de l'existence des modifications et des transformations qui ne relèvent en rien du hasard mais suivent un plan ou un modèle mystique que les hommes ne peuvent interpréter autrement que comme quelque chose de miraculeux, ou comme des châtiments que nous recevons en rétribution de nos péchés. C'est du moins ce que m'inculquèrent les rabbins, à qui cela ne posait aucun problème de décréter avec insistance que les années 1490 et 1940 n'étaient, au fond, guère différentes, dans la mesure où aucun détail susceptible d'introduire la moindre distinction ne permettait de les expliquer. Or si un tel exposé avait pu me troubler dans mon enfance, j'étais totalement abasourdi de voir qu'un collègue éminent le reprenait à son compte – un homme qui se disait historien tout en niant sa discipline. Une telle découverte était déconcertante : le Pr Nétanyahou était croyant, et si quelque chose devait distinguer ce en quoi lui croyait et ce en quoi les rabbins croyaient, c'était simplement que le Pr Nétanyahou préférait attribuer cette force de changement non pas à une déité qui agirait selon un dessein insondable, mais à cette inépuisable réserve de Gentils dont les actes étaient motivés par la haine, qui n'avaient de cesse de juger et d'opprimer les Juifs, toute cette oppression servant alors de moteur au changement : il fallait les convertir, les déconvertir, les massacrer, les expulser. C'est de cette façon que le Pr Nétanyahou parvint à faire passer sa théologie pour de l'histoire, en délestant le divin de ses responsabilités vis-à-vis du changement, et en les faisant plutôt peser, ces responsabilités, sur les épaules des mortels ; en laissant ce pouvoir discrétionnaire revenir à la monarchie, aux Cortez et aux Curies, aux ducs, aux barons, aux évêques, aux cardinaux et à toutes ces hordes en mal de carnage juif qui suivirent, de génération en génération, après être descendues de leur piédestal céleste, au moment où on s'y attendait le moins, pour brandir leur absolue autorité au-dessus des vies juives, en promulguant des lois qui stipulaient où pouvaient vivre les Juifs (dans les ghettos), quand ils n'avaient pas le droit de sortir (après la tombée de la nuit), quel type de coiffe ils devaient porter (conique, pointue), et quelles professions ils pouvaient exercer (l'usure), sans compter qu'elles s'autorisaient quelques autodafés à l'occasion, des appels au meurtre et la mise sur pied de camps de la mort. Ainsi serait-il sans doute plus judicieux de préciser que si le Pr Nétanyahou était incontestablement croyant, il ne croyait pas tant en un Dieu tout-puissant qu'en de tout-puissants goys qui étaient à l'évidence plus facilement identifiables et compréhensibles que ne l'était Dieu dans le monde universitaire. Car contrairement à Dieu, ces rois et ces reines, ces ecclésiastes et autres massacreurs de Juifs qui régnaient sur le monde juif étaient affublés de noms, de dates, de lieux de résidence et de nationalités ; on pouvait les citer, leur accoler des petites croix et des petites étoiles. Mais il suffisait de leur enlever leurs atours soi-disant laïques, de dépouiller les textes que j'avais sous les yeux de leur enrobage de notes, dérouler cette bibliographie infinie dans laquelle ils se drapaient, et ils n'avaient plus rien d'historique ; au mieux, ils représentaient une anti-histoire théologisée, ou alors une théologie déshistoricisée aux relents psychanalytiques – ni l'une ni l'autre et les deux à la fois ? À moins qu'il ne se soit agi d'un énième credo à mettre sur le compte de l'Église des Présomptions ?

Il arrivait de temps à autre, au cours de ma lecture, que je tombe sur une coquille, une étourderie grammaticale, ou une syntaxe inélégante – comme un mot dénotant une éducation sous mandat britannique –, que je corrigeais aussitôt. J'allais chercher un crayon ou un stylo – plus tard, c'était un feutre rouge que je rapportais de mon bureau à la fac dans ce seul but –, et j'ajoutais mes annotations, faisais concorder les temps, corrigeais les fautes d'orthographe classiques, barrais les « en effet » et les « par conséquent », raturais redondances et tautologies, ainsi que chaque occurrence du mot « charnière ».

Ce faisant, j'avais l'impression de garder le contrôle de mon histoire ; je faisais barrage au passé, à toutes ces voix de grillon éreintées, vieilles et oubliées, qui avaient appartenu à ces rabbins de sous-sol d'il-y-avait-belle-lurette et qui, dans l'anglais d'un autre étranger, un anglais guindé et maladroit, passé à la moulinette d'un dictionnaire des synonymes, s'étaient maintenant remises à chuchoter – pour me mettre en garde contre la suffisance… me mettre en garde contre l'Amérique…

Ceci n'avait rien à voir avec la façon habituelle dont l'universitaire se préparait à tenir son rôle d'examinateur, mais ressemblait davantage à une auto-évaluation, et c'était la première fois de ma vie que je jetais un regard par-dessus mon épaule pour comparer celui que j'avais été avec celui que j'étais devenu. J'étais historien et j'attendais ma titularisation, je prenais une part active dans la vie laïque américaine, et voilà que je me retrouvais à fouiner dans le grenier où un obscur chercheur israélien remisait ses idées, comme si j'étais moi-même l'un de ces Juifs poussiéreux sur lesquels il écrivait, un converti renvoyé de force à la foi qu'il avait abandonnée, rongé par le feu de sa tourmente interne au point d'en oublier l'heure qu'il était, du moins jusqu'à ce que – ébranlé par le jacassement d'un couple d'oiseaux – je me retourne et écarte le rideau pour m'apercevoir que, dehors, le matin était là.

III.

À qui de droit [*ainsi commençait la lettre qui arriva à la mi-septembre et que Mlle Gringling photocopia puis laissa dans ma boîte aux lettres à la faculté*],

J'aimerais m'emparer de l'opportunité qui m'est offerte et recommander le Pr Ben-Zion Nétanyahou au poste de professeur d'histoire à la faculté Corbin.

Je ne saurais appuyer sa candidature avec suffisamment de vigueur.

En tant que doyen de la faculté de Dropsie, qui se consacre aux enseignements hébraïques et assimilés, j'ai l'insigne honneur et l'immense plaisir de connaître le Pr Nétanyahou (ainsi que sa charmante épouse, Tsila) depuis plus de dix ans maintenant (malgré quelques coupures dans nos relations).

Vous n'avez aucune idée de la joie que nous avons tous éprouvée, ici à Dropsie, lorsque nous est arrivé un homme aussi brillant et audacieux. Après tout, ce n'est pas tous les jours qu'un véritable génie, doublé d'un homme d'État important et d'un héros politique, fait son apparition dans les couloirs d'un petit – nous préférons parler de « sélectif » – séminaire rabbinique au cœur de Philadelphie.

Ce ne fut rien moins qu'un miracle.

Cela étant dit, il faut avouer qu'il s'agit de l'un des nombreux privilèges offerts par l'université américaine : même nos institutions les plus petites parviennent parfois à trouver les ressources pour attirer les étrangers les plus grands, quoique, hélas, nous ne semblions jamais en mesure de les garder…

« Ben », ainsi que je l'appelle (nous sommes de bons amis), est arrivé chez nous, à Dropsie, précédé d'une réputation déjà formidable, celle d'un des plus éminents chercheurs israéliens (on disait encore palestinien, à l'époque) et hébraïstes de sa génération, un des plus fervents partisans du sionisme, et un traducteur hors pair, à la fois vers l'hébreu et l'anglais, de quelques-uns des textes fondateurs les plus importants de ce mouvement, écrits par Herzl, Nordau ou Zangwill, en plus des œuvres tardives de Ze'ev Jabotinsky, son mentor, et Nathan Mileikowsky, feu son père, d'heureuse mémoire, qui fut à bien des égards un homme exceptionnel.

À mesure que la guerre dévastait nos frères en Europe, Ben se consacrait ici même à la vie juive, prenant en charge des cours destinés au futur rabbinat d'Amérique (ainsi qu'à une poignée de potentiels prêtres de confession différente et de dénominations diverses)

– des cours d'hébreu, de littérature et d'histoire juives, le tout en terminant une thèse portant sur la communauté crypto-juive dans l'Ibérie à l'ère de l'Inquisition, sous la direction de votre serviteur. Je reconnais sans conteste le côté absurde d'un tel arrangement, qui n'a jamais été rien d'autre qu'une simple formalité. La politique en vigueur à Dropsie exige que tous les doctorants travaillent sous la direction d'un membre de la communauté enseignante, et je suis reconnaissant d'avoir été choisi, parce que j'en ai grandement profité.

Car c'est *lui* qui me prodiguait *ses* conseils, en l'occurrence.

Durant tout le processus de rédaction de sa thèse, je me souviens m'être émerveillé à plus d'une reprise sur les nombreuses et prodigieuses qualités de Ben, et notamment son courage, son ressort – sa capacité à poursuivre ses recherches et à ébaucher des chapitres tout en satisfaisant aux lourdes exigences de la salle de classe et en encaissant les sombres prévisions qui lui provenaient d'outre-Atlantique. Rien qu'une seule de ces tâches m'aurait amplement suffi – mais pas à Ben, qui en outre parvint durant cette période tumultueuse à s'acquitter de ses nombreuses responsabilités politiques en lien avec sa fonction de représentant principal de Jabotinsky aux États-Unis. Sous l'égide de la Nouvelle Organisation sioniste (connue auparavant sous le nom d'Organisation sioniste), Ben parcourut le pays de long en large, œuvra dans les Capitoles puis au Congrès auprès des hommes politiques, alla indifféremment à la rencontre de puissants hommes d'affaires, de figures culturelles et de citoyens lambda, dans les salles polyvalentes et les lieux de culte, pour informer le public américain de l'indépendance israélienne. Et tout cela sans manquer un seul rendez-vous à Dropsie ! Pas le moindre entretien concernant sa thèse ! Ni aucun cours !

Il débarquait – à l'heure ! – pour nos entretiens et m'annonçait de but en blanc : « Je reviens tout juste de Washington. Bess Truman vous salue. » Puis il se mettait à m'expliquer les cabales complexes qui régnaient à la cour de Jean II du Portugal ou d'Alphonse V, roi d'Aragon.

Bref, voici un homme qui travailla sans relâche pour bâtir non seulement une carrière, mais un État – l'État juif ! Je n'ai pas la moindre idée de quand il pouvait dormir…

Dans le sillage de la déclaration d'indépendance israélienne en 1948, Ben prit ses dispositions en vue de troquer le confort et la sécurité de la ville de « Phillie » pour les dangers de Jérusalem.

L'idée de le perdre nous a tous profondément attristés, ici, à Dropsie, mais le choix n'en était pas un : son pays avait besoin de lui, son peuple avait besoin de lui, tout cela était parfaitement compréhensible.

Pendant la majeure partie de la décennie suivante, Ben et moi sommes restés en contact (échangeant en hébreu, ou en anglais la plupart du temps). Il me tenait informé du tourbillon d'activités dans lequel il était pris – tant sur le plan pédagogique que politique –, et je suivais tout cela avec ce que l'on pourrait décrire comme un intérêt possessif, notamment lorsqu'il était question d'élargir l'horizon intellectuel de son jeune pays grâce à ses publications universitaires. On aurait dit que chaque semaine, m'arrivait de sa part quelque chose de nouveau, une nouvelle monographie ou demande urgente. C'était rageant : le numéro de juin d'une revue qu'il avait dirigé ne me parvenait à Philadelphie qu'en décembre ! Si tant est qu'il arrivât à bon port. Mais malgré cela, je n'étais que trop content de pouvoir souscrire à quelque nouvelle aventure dans laquelle il se lançait, qu'il s'agît de textes de référence ou d'un fascicule polémique…

J'avais beau recevoir avec délectation les nouvelles, ainsi que les fruits, de sa réussite, je n'en demeurais pas moins sensible aux frustrations qu'il rencontrait : à toutes ces allusions que faisait Ben – dans presque chacun de mes échanges – à son impatience grandissante envers les maigres ressources dont bénéficiait, dans son pays, une université mal lotie, ou à son attachement aux centres de recherche, bien supérieurs ici en Amérique, l'accès fiable aux revues universitaires, et un service postal digne de ce nom. En fin de compte, il laissa entendre que si les conditions le permettaient, il serait disposé à revenir ; ce qu'il cherchait, en l'occurrence, était une forme de bourse ou de subvention qui lui permettrait, au moins en partie, de subvenir à ses besoins le temps qu'il fasse de sa thèse un livre.

Il en aura fallu du temps, et pas mal d'efforts de persuasion de mon côté, mais grâce à quelques donateurs généreux implantés dans les faubourgs de Philadelphie (les propriétaires d'une entreprise en vue, spécialisée dans la confection de perruques, ainsi que trois membres de la communauté juive locale travaillant dans l'automobile, ceux qu'on appelle Manny, Moe & Jack et qui ensemble forment les « Pep Boys »), j'ai réussi à offrir à Ben un poste pour une durée d'un an, qu'il accepta.

Ben – aux côtés de sa charmante épouse, Tsila, et de leurs enfants, des fils intelligents et mignons comme tout, désormais au nombre de trois – fit péniblement le voyage jusqu'en Pennsylvanie, puis reprit ses recherches et ses enseignements avec l'énergie et le sérieux qu'on lui connaissait.

Plus encore : il mit les bouchées doubles – car le Ben qui nous était revenu avait la ferme intention de profiter pleinement de son séjour et de ses attributions, se surpassant sans cesse et poussant les autres à se surpasser pour se hisser à son niveau. Le zèle qu'il y mit toucha tout le monde et relevait les débats en permanence. Par exemple, lorsqu'il proscrivit l'utilisation des textes de langue anglaise dans ses séminaires, les étudiants qui ne jetèrent pas l'éponge finirent par développer une maîtrise remarquable de l'hébreu. Ou lorsque certains enseignants tentèrent de rendre le port de la kippa obligatoire sur le campus, Ben intervint pour obtenir, en guise de compromis, que seuls les chrétiens et les étudiants déjà inscrits en vue de poursuivre leurs études à l'étranger, en Israël, en fussent exempts. Ce type d'incidents n'était autre que le sionisme en action – la définition même du « sionisme pragmatique » ; l'idéologie qui permettait à Ben de passer ses semaines à enseigner l'hébreu à tête découverte, alors même qu'il officiait comme le plus précieux des relecteurs à qui je confiais mes sermons ; son érudition – qui de loin dépassait celle de n'importe quel autre rabbin dans la communauté enseignante – m'aura évité à de nombreuses reprises l'embarras de sérieuses bourdes, factuelles, grammaticales ou interprétatives. Je me souviendrai toujours des balades que nous faisions tous les deux en rentrant de Dropsie ; Ben dispensait charitablement ses critiques sur la Dracha que j'avais écrite pour le prochain Chabbat tandis que nous approchions de chez moi, où Tsila montrait à Carolina, ma femme, comment préparer le houmous à base de téhina, ou comment faire des falafels ou du pashtida (et je suis heureux de pouvoir dire que Carolina a depuis ajouté certaines de ces recettes à son répertoire culinaire). Quant aux trois petits Nétanyahou, ils étaient dans l'allée avec notre fils, Ronnie, qui les entraînait en vue de la course de caisses à savon du B'nai B'rith (ils terminèrent cinquièmes, ce qui était plus qu'honorable pour une première course).

L'année passa comme un charme et quand Pessa'h fut derrière nous, Ben m'aborda, souhaitant se faire renouveler. Il voulait rester, sa famille voulait rester, mais son contrat arrivait à terme. Et après le contrat, ce serait le tour des visas pour sa famille. Et c'est cette histoire de visas qui m'a le plus affecté.

Aujourd'hui encore, l'humiliation est grande de m'être laissé aller à tant de confiance : on pourrait faire quelque chose. On pourrait trouver un accord ou un arrangement, j'en étais sûr.

Mais lorsque vers la fin du semestre je me suis approché des donateurs, j'ai dû changer mon fusil d'épaule : le secteur des perruques a connu une période de calme, ces derniers temps, et – avec la concurrence en provenance du Mexique, où partent s'implanter toutes ces usines – ils n'allaient pas être en mesure de prolonger leur engagement… Quant aux « Pep Boys », j'ai appris qu'ils étaient en pleine extension de leur franchise et étaient au regret de devoir suspendre leur soutien…

Je suis allé frapper à la porte de mon conseil d'administration, qui m'a rabroué ; j'ai déjeuné à la table de riches veuves mais suis ressorti affamé ; j'ai avancé vers la lumière mais à chaque fois j'ai trouvé porte close.

Ce fut une tragédie. Sans apport financier de l'extérieur, Dropsie n'avait plus les moyens de le garder.

Ce fut une tragédie que je ne pus éviter, or je ne peux m'empêcher de m'en sentir responsable.

Une fois de plus, je fus rappelé aux limitations propres à la direction d'un institut d'études à vocation professionnelle se consacrant à la formation des membres du clergé. Comme j'ai déjà eu l'occasion de le regretter auprès de mes collègues prêtres et pasteurs lors de nos échanges interconfessionnels : c'est une vérité regrettable mais durable, hélas, celle selon laquelle la plupart des gens, quelle que soit leur religion, ont recours au clergé principalement pour les mariages et les enterrements, or seule une poignée d'entre ces gens ont la rectitude de bien vouloir contribuer financièrement à l'éducation du clergé au-delà des seuls rudiments de l'aumônerie... Mais je m'égare...

Ben se trouve dorénavant dans une situation plus précaire encore que celle qu'il avait quittée – échoué en Amérique, sans emploi mais avec un livre à moitié fini sur les bras, sans parler d'une famille de cinq personnes et de ce qu'il en coûterait de les déménager à nouveau en Israël : ses économies y passeraient pour de bon.

Ainsi donc, la seule option qu'il lui reste, s'il ne veut pas risquer sa vie en tentant de subvenir aux besoins de sa progéniture, est de se mettre sur le marché...

J'ai présenté la carrière de Ben avec tous les détails à ma disposition, en sachant pourtant que selon les standards américains, son curriculum vitae pourra paraître assez peu orthodoxe – il comporte ce que l'on appelle des « trous ». J'aimerais néanmoins vous assurer d'une chose : ce côté peu orthodoxe est tout à fait courant dans un contexte israélien et, plus généralement, dans le contexte juif. À titre d'exemple, il existe aux quatre coins des États-Unis de nombreux professeurs qui ont fui le génocide nazi après avoir été dépouillés de leur poste dans les universités allemandes à la suite des lois de Nuremberg. Je pourrais citer, à cet égard, des sommités et de fervents patriotes américains tels que les

Prs Albert Einstein et Hannah Arendt. En tient-on rigueur à ces gens dont le CV est émaillé de « trous » entre 1933 et 1945 ? Prend-on à leur encontre des décisions qui leur sont défavorables au prétexte de « trous » dans l'historique de leurs emplois ? Bien sûr que non ! Quelle folie ce serait ! Et quand bien même les lacunes dans la carrière de Ben sont d'un autre ordre, elles ne sont pas sans rapport. Car même s'il n'a pas eu à traverser l'épreuve européenne, il n'en demeure pas moins qu'il a dû faire face à des conditions palestiniennes qui étaient loin d'être idéales, depuis le manque chronique de machines à écrire et le rationnement des rubans encreurs, jusqu'aux pyromanes et biblioclastes arabes qui n'eurent de cesse de vouloir mettre le feu aux archives de l'université. En d'autres termes, l'histoire est venue jusqu'à lui. L'histoire l'a empêché de devenir un historien pratiquant et pourtant, loin de se laisser abattre par cette tournure que prirent les événements, Ben est monté au créneau pour regarder le présent bien en face. Tandis que des hommes plus jeunes se livraient dans leur propre jardin à des batailles au sens littéral du terme, la guerre menée par Ben transcendait les frontières pour se faire croisade et ce, malgré l'ignominie de la presse populaire, afin d'obtenir la reconnaissance de son État et de modeler l'opinion publique. Je crois qu'on ne peut pas prendre la mesure de l'homme sans prendre ces facteurs politiques en considération. À mon sens, Ben est un véritable héros de la cause juive ! Un historien-combattant comme on n'en fait plus guère, son œuvre répandant, dans les mots du prophète, *or l'goyim*, « la lumière des nations » (Isaïe 42:6).

En conclusion, je considère qu'il s'agit là d'une tache indélébile dans les annales de Dropsie, de même que dans mes propres états de service, qu'il puisse désormais incomber à Ben de poursuivre sa carrière en d'autres lieux. Et je suis convaincu que cela représenterait une perte irréparable pour la communauté juive américaine, et ainsi une perte tout aussi irréparable pour l'Amérique elle-même, s'il devait regagner l'État juif sans le sou.

Après tout, l'Amérique, dit-on bien, est terre d'opportunités.

Je ne peux qu'espérer que la faculté Corbin confirmera cette réputation en nommant le Pr Nétanyahou à un poste seyant à son rang.

Sincères salutations,

M. le rabbin et professeur Chaim « Hank » Edelman, Doyen

Faculté d'études hébraïques et assimilées de Dropsie

IV.

Dix ans, la durée de vie d'une salamandre ; le temps qu'il a fallu aux Flaviens pour ériger le Colisée et à Ulysse pour retrouver le chemin d'Ithaque ; la période statutaire pendant laquelle le fisc est susceptible de recouvrer ses impayés, après quoi se voit décrété un shabbat et les dettes sont annulées... Dix ans, à peu de chose près, avant la période que j'évoque, fut donc fondé l'État d'Israël. Et dans ce minuscule pays situé quelque part à mi-chemin entre ici et l'autre bout du monde, des réfugiés et déplacés juifs s'affairaient alors à se réinventer au sein d'un peuple qu'unissaient les haines et les servitudes imposées par des régimes hostiles, au cours d'un élan massif de solidarité qu'attisaient de grossiers antagonismes. Au même moment, un élan semblable et tout aussi massif parcourait l'Amérique, où les Juifs, sous l'effet de la démocratie et des lois du marché, au gré des mariages mixtes et du brassage ethnique, s'affairaient à s'ininventer ou se désinventer – à s'assimiler. Où qu'ils se soient trouvés et quelles qu'aient pu être la nature exacte et la direction prise par cet élan, c'est un fait indéniable que la quasi-totalité des Juifs dans le monde devenaient, au mitan de ce siècle, autres qu'ils n'étaient. Qu'à ce moment-là de leur transformation, les vieilles différences internes pouvant subsister entre eux – différences préalables de citoyenneté et de classe sociale, pour ne rien dire des langues parlées et du degré d'observance religieuse – se firent, l'espace d'un bref instant, dans un dernier râle avant l'agonie finale, plus palpables que jamais.

Avec le recul, les disparités entre les Juifs russes parqués dans la Zone de Résidence et les Juifs d'Allemagne, par exemple, ou entre les Litvaks et les hassidiques, peuvent paraître ridiculement infimes ; elles semblent égoïstes même, égotiques, mesquines autant que vaines, rien qu'une question de coutumes, de cuisine, voire de prêt-à-porter, mais cela ne signifie pas pour autant qu'elles n'existent pas, ni qu'elles ne jouent aucun rôle dans la façon dont elles définissent la vie des gens : *der Narzissmus der kleinen Differenzen*, selon le mot célèbre de Freud, qu'il ne faut pas plus de *kleinen* connaissances en allemand pour déchiffrer, ni plus d'une *kleine* dose d'orgueil pour en sentir le trouble.

Si j'aborde tout ceci, c'est dans l'intention d'introduire mes parents et les parents d'Edith, quoique pas forcément dans cet ordre – or l'ordre, avec eux, avait son importance et il fallait y prêter attention.

En général, l'amour est périssable et se négocie en face-à-face ; les histoires de haine, en revanche, ont tendance à se décliner selon des typologies immortelles, chaque changement d'identité se traduisant en termes toujours plus pointus, de sorte que les distinctions en vigueur dans le Vieux Monde entre mes parents, Juifs d'origine russe/ukrainienne, et les parents d'Edith, originaires de Rhénanie, devinrent, une fois transplantées dans le Nouveau, une suite de rivalités sécularisées : entre le Bronx et Manhattan, entre le Grand Concourse et Upper Broadway ; transports en commun *vs.* Cadillac ; aucun jour chômé *vs.* vacances sur les rives du Rhin et en Floride six mois par an.

Aujourd'hui encore, la transmutation des vieilles querelles demeure la principale procédure à laquelle recourent les immigrants à des fins de nativisation : rien de tel que le renouvellement d'un conflit pour s'acculturer.

Cette antipathie entre Blum et Steinmetz, un marxiste pourrait l'expliquer en termes de lutte des classes, comme la tension existant entre travailleurs et possesseurs : les Blum (mon père taillait le tissu, ma mère le repassait) confectionnaient les vêtements, les Steinmetz fournissaient la matière ; les cousins d'Edith étaient dans le textile, ses parents dans la passementerie. Un capitaliste – un capitaliste de la trempe des deux familles, d'un côté comme de l'autre – expliquerait pour sa part cette antipathie de façon culturelle : mes parents étaient du genre calendriers au mur et radio allumée en permanence ; les parents d'Edith, c'était plutôt peintures à l'huile et leçons de violoncelle.

Du moins pour ma belle-mère, Sabine, car mon beau-père Walter se contentait de les lui payer avec le paquet d'argent qu'il se faisait en fournissant à la profession boutons, fermoirs et boucles, en plus des fermetures Éclair, clous, boutons à queue, agrafes de soutien-gorge, ainsi que les élastiques pour les chaussettes et sous-vêtements. Sabine avait commencé à travailler pour lui en tant que standardiste et avait démissionné après avoir gagné ses galons d'épouse, avait entamé une psychanalyse et suivait une formation, à vie vraisemblablement, pour devenir psy elle-même, dans un institut plus ou moins agréé que dirigeait un exilé des Balkans depuis un placard niché à deux pas de la Bowery. Lorsque ce type des Balkans la déclarerait apte – si jamais un jour il avait l'intention de le faire, ce qui en l'occurrence n'était toujours pas au programme au moment de son AVC –, elle exercerait à son compte. Chaque fois qu'elle abordait cette perspective, c'était pour parler de son futur cabinet, de son emplacement (quel quartier, quel immeuble, quel étage) et de sa décoration (« orientale »). Elle s'imaginait experte en questions de mode, de design, plus généralement de culture, et même si dans l'ensemble elle avait plutôt bon goût, elle cultivait le mauvais goût d'en faire trop. Elle parlait de concerts en termes de prix du billet et pour en dire qu'elle avait eu une bien meilleure place que ses amies. Elle parlait d'art en termes d'enchères que Walt avait réussi à placer et contre qui. Elle aimait faire connaître ses opinions, qui étaient au mot près celles des critiques qu'elle lisait : Pollock n'avait que faire de ce qu'on pouvait ressentir face à son œuvre, mais s'intéressait plutôt à ce que lui ressentait en la peignant ; avec l'arrivée du bebop, l'écoute devenait elle-même un acte d'improvisation. Lorsqu'elle avait dit cela à mes parents, à l'issue d'un spectacle à l'école primaire de Judy, ils avaient compris qu'elle parlait de Polacks – ceux de Pologne ? Bird, c'était une Ford, fastoche, mais Dizzy était le nom d'un chien, Monk celui d'un chat, c'était bien ça ? Lorsqu'on était encore à New York, elle aimait emmener Edith dans les *bistrowz* ou *brasseurihz* des quartiers chic en lui demandant de passer sa commande en français. C'était plus fort qu'elle, il fallait qu'elle soit au courant de tout, du moins de tout ce qui venait de sortir, sans se faire prendre au dépourvu, et notre fille Judy la faisait cruellement marcher quand elle demandait à sa grand-mère si elle avait entendu parler du nouveau *Concerto pour harpe* de Levi Woodbury, admettons, ou si elle avait vu la nouvelle exposition à la Galerie Peggy Eaton, ce à quoi Sabine répondait systématiquement oui, évidemment, même si aucun des deux n'existait : Levi Woodbury avait été le ministre des Finances le plus longtemps en poste sous le gouvernement Jackson, quant à Peggy Eaton, il s'agissait de la scandaleuse épouse de John Henry Eaton, ministre de la Guerre sous Jackson toujours – je ne m'étais pas rendu compte que Judy avait relevé ces noms jusqu'à ce qu'elle s'en serve pour passer sa grand-mère au gril.

Ah, Judy... Peut-être était-ce la seule chose que les parents d'Edith et les miens s'accorderaient jamais à partager – l'amour qu'ils lui portaient et qu'ils lui manifestaient en lui posant sans cesse la même question : qui t'aime le plus… Oma et Opa ? Ou Bubbe et Zeyde ?

Et c'est à cause de cette rivalité que nos fêtes religieuses étaient contrariées. Pas tant d'un point de vue spirituel que logistique, d'ailleurs. Il fallait partager notre temps et la tradition était, lors des célébrations, de passer chaque soirée chez l'un des deux couples de parents et d'inverser l'ordre d'année en année : une année, le repas du premier soir chez les miens, le deuxième soir chez ceux d'Edith ; l'année suivante, le repas du premier soir chez ceux d'Edith, le deuxième soir chez les miens. Je reste persuadé que c'est pour cette raison que les rabbins ont choisi de faire durer les principales fêtes juives deux jours plutôt qu'un, du moins en Diaspora – pour s'assurer que Steinmetz et Blum n'aient jamais à se mélanger comme de la viande avariée et des laitages périmés.

Pour Roch Hachana, en 1959, Edith et moi avions décidé d'inaugurer une nouvelle tradition : nous ne retournerions pas à New York. Cette année-là, la deuxième depuis notre emménagement à Corbindale, nous ne bougerions pas et inviterions plutôt nos parents chez nous – nous imaginions alors que, confrontés à la perspective de devoir faire toute cette route depuis la ville, voire de faire la route ensemble et dans la même voiture, puis d'avoir à partager leurs repas et dormir sous le même toit deux nuits d'affilée, nos deux couples de parents déclineraient l'invitation, nous laissant, Edith, Judy et moi, en paix pour l'occasion, libres d'observer ou, plus vraisemblablement, de ne pas observer cette fête religieuse. Pour sûr, nos petites vadrouilles à Manhattan le long de l'Hudson allaient nous manquer, comme nos tentatives pour nous dégoter un spectacle sur Broadway ou – et moi, c'est ce que je préférais – baguenauder dans la Quatrième Avenue à la recherche de bouquins, du temps où on appelait encore cette rue la rue des bouquinistes, voire passer dans la Cinquième devant les librairies Scribner ou Brentano's. Mais c'était trop nous demander. Nous n'en avions pas la force, surtout que notre visite, l'année précédente, était encore fraîchement gravée dans nos mémoires – alors que nous venions à peine de nous installer et de prendre nos marques dans la nouvelle maison, de déballer tous nos cartons et d'entamer l'année scolaire, et tout ça pour faire aussitôt demi-tour et nous retrouver à nouveau dans l'écheveau de cette ville d'où nous avions débarqué. Ça nous avait épuisés. Et quoique le rythme de cette année ne fût pas aussi effréné – car après tout, nous n'avions pas eu à déménager à l'autre bout de l'État ni à mettre nos vie sens dessus dessous –, Edith et moi avions envie de créer un précédent, malgré les protestations de Judy : « Quoi ? J'ai attendu ça tout l'été, de retourner en ville, et voilà que vous vous dégonflez maintenant ? J'ai fait tous ces projets et je suis censée dire aux seuls amis que j'ai, désolée, je viens plus à New York pour aller voir *West Side Story* avec vous, et ce sera sans moi aussi pour *Miracle en Alabama* avec Patty Duke dans le rôle de Helen Keller, qui elle au moins a l'avantage d'être née aveugle et sourde, tandis que moi voilà de quoi j'ai l'air à cause de mes parents qui se sont transformés en des êtres totalement totalitaires, hein ?

— Au moins Helen Keller ne parlait pas, rétorquai-je.

— Au moins Mao reconnaît être un dictateur. »

Edith poussa un soupir. « Ce ne sont pas les seuls amis que tu as, Judy. Faut pas dire des choses comme ça. Tu t'en es fait plein d'autres, ici. Et Mary alors, et Joan, et cette fille de la revue littéraire annuelle qui a bien aimé ton poème sur la surface de la lune – ce ne sont pas tes amies, peut-être ? Qu'est-ce qu'elles diraient ? Ça ne se fait pas de rabaisser les gens comme ça. Et Tod Frew, qui te raccompagne à la maison après chaque répétition ? D'ailleurs, c'est un copain ou un peu plus qu'un copain ? »

Judy leva les bras au ciel et hurla « Bande de fascistes ! ». Edith commençait déjà à revenir sur notre décision, mais je tins bon. Un pied dans le plat. Puis le deuxième. Sans me les emmêler. C'était à Corbindale, désormais, que nous habitions, nous étions chez nous ici, à Corbindale, le nouveau pôle magnétique de l'univers blumien, et ce serait à nos citadins de parents de modifier leur orbite et de recalculer leur trajectoire. Il était temps de donner la priorité à notre famille immédiate, l'élément conjugal, le foyer. Alors nous avions décroché le téléphone – ou plutôt, je m'étais arrangé pour qu'Edith décroche le téléphone – et déclaré : Tous les chemins mènent à Corbindale, ceci est une invitation.

Mais seuls les parents d'Edith acceptèrent. Les miens déclinèrent.

Nous nous étions attendus à ce que les deux couples déclinent – me répétais-je en boucle, dans une incompréhension consternée –, mais non, les parents d'Edith avaient été d'accord et les miens avaient refusé ; j'eus beau m'en mêler en les appelant moi-même et en tâchant de les enjôler, pas moyen qu'ils reviennent sur leur décision et pire encore, il me sembla que cette occasion inattendue de se distinguer ravivait leur récalcitrance.

« Je vais laisser ton père t'expliquer », avait fini par dire ma mère, épuisée par tant de suppliques de ma part ; perdant patience, mon père s'empara du téléphone.

« Tu veux vraiment savoir pourquoi on vient pas ? commença-t-il. Eh bien je vais te le dire, monsieur le Professeur. C'est que contrairement aux parents de ta femme, nous on a pas honte d'être juifs. Et tu sais ce que font les Juifs à Roch Hachana ?

— Ils se réunissent en famille ?

— Eh bien non, monsieur le Professeur, ils vont à la *shul*. Et tu peux me dire où que c'est qu'elle est, la *shul*, à Corbinville ?

— C'est Dale. Corbindale.

— Oh hé, Ville, Dale, c'est kifkif hein. Eh bien y en pas, de *shul*, et t'as pensé à ça ?

— À quoi, la *shul* ? Non, je dois dire que non.

— Et est-ce que tu sais, toi qui es si intelligent, où que c'est qu'elle est la *shul* la plus proche de Corbinvilledale, monsieur le Professeur ?

— Non. Mais je sais que tu le sais et que tu vas me le dire.

— Non mais t'entends ça ? Il sait pas, voilà, monsieur ton fils le Professeur il sait pas », dit mon père, à ma mère je suppose, à moins qu'il ne se soit aussi adressé directement à Dieu, ce qui n'était pas impossible.

Puis il me reprit au bout du fil en me hurlant dessus : « Bah bien sûr que je sais, j'ai vérifié. Y a pas que toi qui sais vérifier des choses, hein. Eh ben la *shul* la plus proche de chez vous est à Erie, en Pennsylvanie, voilà. »

Or il était déjà trop tard pour désinviter les Steinmetz, d'après Edith. Ils venaient seuls, ils avaient condescendu à venir : le mépris était leur marque de piété.

Ce n'était pas juste la première fois qu'ils nous rendaient visite à Corbindale, c'était la première fois que de la famille nous rendait visite tout court, et il fallait prendre une décision pour savoir où les héberger. Apparemment, c'était dans mon bureau que cela semblait le plus logique – du moins selon Edith, puisque j'avais déjà un bureau à la fac. La pièce qui me servait de bureau était donc censée être la troisième chambre de la maison, celle réservée au deuxième enfant que nous remettions toujours à plus tard, et d'ici à ce qu'on soit décidés, expliquait Edith, autant l'utiliser comme chambre d'amis, c'était là que nos invités pourraient loger sans trop de dérangement, sur un canapé qui en se dépliant ferait office de lit, comme ça, et elle déplia une publicité sur papier glacé : *Une chambre supplémentaire ? Ne vous contentez pas d'en rêver, obtenez-la au prix d'un canapé... Clic-clac, et vos invités seront dans de beaux draps !*

On nous en livrait un la semaine prochaine. « Celui-ci » – cuticule d'Edith pointée dessus. Le modèle s'appelait le Dromadaire. Elle n'avait pas eu le temps de m'expliquer pourquoi elle l'avait commandé, avec des volants en option et dans un coloris appelé « Kaki d'Abyssinie », que j'étais déjà en train de protester. Je ne voulais pas de ses parents dans mon bureau ; je ne voulais pas qu'ils mettent le nez dans mes papiers, et je résistai tant et si bien qu'Edith finit par revoir sa proposition : nous mettrions le canapé convertible dans le salon, pour remplacer le vieux canapé non convertible que nous avions déménagé depuis le Bronx, et elle et moi dormirions dessus, ses parents prendraient notre chambre (qu'Edith appelait toujours la « suite parentale », tout comme elle appelait les toilettes du bas le « cabinet », le porche sur le côté de la maison la « véranda » et le jardin le « jardinet ») – elle avait pris sa décision, un point c'est tout.

Le jour où arriva l'horrible clic-clac et où fut emporté le vieux cabriolet – lieu de tant de cabrioles pour les jeunes mariés que nous avions été –, Edith astiqua la cuisine et aspira la salle à manger, puis, comme si elle avait souhaité réserver son premier passage sur le convertible, dont la bosse du dossier rappelait l'échine d'un chameau, pour une soirée plus tranquille – ou pour quelqu'un qui l'aurait davantage mérité –, elle resta debout dans le salon à feuilleter le classeur dont le dos tombait en lambeaux et dans lequel elle avait recopié les recettes de ma mère : elle avait l'intention de faire une poitrine de bœuf, déclara-t-elle. Elle était comme ça, Edith, elle s'acharnait toujours en vue d'un accord dont les termes n'avaient jamais été stipulés. Elle savait y faire quand il s'agissait de négocier, et il se pourrait même que sa menace de marcher sur mes plates-bandes ne fût qu'une manœuvre pour ouvrir les hostilités et parvenir à ses fins, qui étaient de changer le mobilier du salon et de coucher ses parents dans notre lit.

On frappa à la porte et, avant que j'aie le temps d'arriver à mi-escalier, ils s'étaient invités à l'intérieur. Walter avec ses deux valises – oui, deux valises pour une seule nuit –, et Sabine qui m'enveloppa dans ses écharpes et le nuage de son parfum à la bergamote.

Walt, sans main à m'offrir, me tendit les bagages. « Mais c'est quoi cette histoire ? Vous ne verrouillez plus votre porte maintenant ?

— On dirait bien que non.

— Tu es bien sûr que c'est pas dangereux ?

— Jusqu'ici ça ne l'était pas. Et puis, on est là.

— Raison de plus pour verrouiller la porte. N'importe qui peut débarquer quand ça lui chante.

— Personne ici ne verrouille sa porte et personne ne débarque quand ça lui chante. On laisse aussi les vélos dans les jardins et pas besoin de passer une chaîne autour des poubelles. C'est pas New York ici.

— Tiens donc, c'est pas New York ? lança Sabine, en chemin vers la cuisine pour aller saluer sa fille. Sans blague, j'avais pas remarqué. »

Lorsque je suis redescendu après avoir porté leurs bagages à l'étage, Sabine ne s'en était toujours pas remise. Soit ça, soit elle en remettait une couche rien que pour moi.

« Ruben, qui est cette personne ? Qu'avez-vous fait à ma fille ? »

Elle avait le doigt pointé sur Edith comme pour accuser une sorcière, tandis que ma femme jetait frénétiquement ses sorts au-dessus de ses chaudrons et de ses poêles.

« Qu'est-ce qui se mijote par ici ? demanda Walt. Ça sent bon. »

Edith passa en revue les plats qu'elle préparait et Sabine lui répéta les noms d'une voix distante et mécanique, comme si elle devait choisir le seul plat comestible dans un menu empoisonné, mortel : poitrine de bœuf, kugel, tzimmes.

« C'est pas de moi que tu tiens ça », dit Sabine.

Edith la repoussa du bout de sa cuillère. « Je sais, ces recettes viennent de la mère de Ruben. »

Sabine renifla. « Je suis contente que ton mariage ait pu t'aider à compenser cette éducation domestique dont je t'ai tant privée. »

Edith cogna la cuillère à l'intérieur d'une marmite.

« Et y a personne ici qui te donne un coup de main ? Tu ne peux pas décemment avoir fait tout ça toute seule. Ce n'est pas possible. »

Alors Sabine plissa les yeux, comme pour tenter de dénicher l'endroit où les domestiques étaient cachées, dans quel placard la bonne avait été repliée comme un lit qu'on escamote dans un canapé.

« Et si vous nous faisiez visiter ? dit Walt.

— Je dois surveiller les nouilles. Ruben peut s'en charger.

— Volontiers, dit Sabine en passant un bras, puis deux autour de moi. Laissons Edith à ses corvées de *hausfrau*, ce cher Ruben sera bien aimable de nous faire faire le tour du propriétaire. »

Oubliez le charme pseudo-gothique du campus et le côté brutaliste du foyer étudiant en construction ; oubliez cette allée commerçante bordée de ces vieilles boutiques pittoresques et la fermette dans College Drive ; oubliez les stands d'artisanat en voie de kitschification dans la Réserve sénéca et l'utopisme du phalanstère consacré à la poterie, ainsi que les bois sirupeux qui s'étendent entre les deux en baignant leurs reflets aux teintes sépia dans les rivières et les lacs : mes beaux-parents n'avaient strictement aucun intérêt pour quoi que ce soit à Corbindale ou ses alentours – ils n'avaient aucun intérêt pour quoi que ce soit hormis la maison dans laquelle ils se trouvaient déjà. Non pas que notre maison présentât le moindre intérêt architectural, ni même intérieur du reste, mais c'est juste qu'ils en connaissaient le prix. Et ils voulaient juger par eux-mêmes si nous nous en étions bien tirés. Ils voulaient surtout me juger – moi, le petit yiddish sans le sou qui avait épousé leur fille quasiment à la sortie du lycée de Stuyvesant, l'avait engrossée avant de partir à la guerre (c'est ainsi qu'ils s'en souvenaient)… Moi, le petit prodige scolaire, pour ne pas dire le petit morveux qui même avec son doctorat épinglé au mur et ses travaux publiés sur l'étagère avait eu bien du mal à s'accrocher à son poste de maître de conférences en économétrique à CUNY et n'avait pas été fichu de se faire titulariser (dans leur esprit, ce poste donnait lieu à une titularisation)… Moi, l'économiste qui ne se faisait pas un rond (une figure aussi répandue que l'historien qui jamais n'entrerait dans l'histoire)… Moi, le type à la poisse chronique qui, finalement exaspéré par ce statut sans cesse rabaissé et son incapacité à marquer New York (qui pour eux était le monde) de son empreinte, s'était résolu à accepter le premier poste de titulaire qu'on lui avait offert en plein milieu des zones désertiques et barbares où il alla, tout là-haut, tout là-bas, c'est-à-dire « Upstate » – qui en réalité était plutôt à l'ouest, soit le sens même de l'Amérique –, s'enterrer avec leur fille et leur petite-fille comme sous le tas de feuilles fragiles d'une pathétique illusion… Cette visite, en quelque sorte, était l'occasion d'une confirmation. Pas celle d'une réévaluation, non – les Steinmetz ne réévaluaient jamais rien –, mais d'une confirmation : la confirmation qu'Edith avait fait preuve d'imprudence au moment de se choisir un partenaire et que Judy avait fait preuve de malchance au moment de ne pas choisir son père.

Tandis que je leur faisais faire le tour des pièces – moins comme le seigneur d'un manoir que comme son dernier rejeton, fruit de la bâtardise, qui en échange de quelque pourboire organisait des visites guidées –, Sabine allait en quête de renseignements assez déplacés sur la provenance de telle lithographie ou de tel échantillon de broderie, ou sur le prix déboursé lors de vide-greniers pour telle ou telle antiquité, du buffet et de la table-plateau Chippendale jusqu'aux chaises de style Shaker aux pieds fins et délicats, des choses toutes simples faites de bouts de bois assemblés jadis par des vieilles femmes vivant en communauté à la campagne, quelque part dans les profondeurs noir-charbon des années 1880, 36 $ la paire. Sabine les souleva, comme pour soupeser dans ses mains leur poids de paille, or elle fit de même avec le clic-clac qu'elle tenta de soulever, avec le buffet et la table-plateau, comme si, en estimant la portabilité de nos biens, c'étaient nos chances de revenir en ville qu'elle estimait vraiment. Walt, de son côté, était obsédé par les travaux d'amélioration et avait le don de débusquer la moindre imperfection, depuis une moulure ébréchée dans mon bureau jusqu'à la trappe branlante et les barreaux manquant à l'échelle escamotable du grenier. À l'étage, juste après la chambre de Judy, il s'aplatit sur le ventre au milieu du long tapis courant dans le couloir pour examiner une prise électrique qui bâillait, et il en conclut que Manuel pourrait réparer ça, *no problemo*. Manuel passerait et une journée lui suffirait, il ne demanderait pas grand-chose. Ça faisait des années que l'immeuble faisait appel à lui et il était digne de confiance. Il me fallut un certain temps avant de comprendre que mon beau-père, un homme qui pour moi n'avait jamais proposé de lâcher le moindre sou – que de toute façon je n'aurais pas pris –, me proposait d'envoyer aux confins de l'État de New York l'homme-à-tout-faire qu'employait le syndic de son immeuble, à Manhattan, dans le seul but de changer ma prise électrique.

« Et voici donc votre chambre.

— Vous voulez dire la vôtre », dit Sabine, en tâtant du bout du doigt le lit dans lequel je dormais avec sa fille, avant de retirer ses ballerines et de s'installer dessus.

« Faites comme chez vous.

— Et vous avez votre propre salle de bains ? s'enquit Walt, curieux.

— Oui oui.

— Que vous ne partagez pas avec Judy, du coup ?

— Non. »

Walt hocha la tête, s'engouffra à l'intérieur, prit place devant l'évier, dévissa les deux robinets. Puis il se retourna et fit couler l'eau de la douche. L'eau gicla dans un mugissement.

« Walt, dit Sabine. Je t'en prie, pas maintenant. »

Walt cligna de l'œil puis s'enferma en tirant le verrou derrière lui.

« Il va rester là-dedans un bout de temps.

— Il a besoin de réfléchir à pas mal de choses ?

— Non non, mais il va quand même rester là-dedans un bout de temps. »

Je fis mine de partir lorsque Sabine dit : « Attendez, asseyez-vous. » Elle se mit à caresser un pli près d'elle sur le lit, mais je me dirigeai plutôt vers la fenêtre, contre le rebord de laquelle je pris appui. « Quel dommage que vos parents ne nous fassent pas le plaisir de leur présence, même si nous avons droit aux recettes de votre mère.

— Oui, ils aiment aller à la *shul*. Ils aiment aller prier.

— C'est pour vous qu'ils prient ?

— Pour nous tous. »

L'eau grommela derrière la porte.

« Je suis curieuse, mais vos parents, ils sont plutôt du genre à part ou ensemble ?

— Je vous demande pardon ?

— Vos parents, ils font lit à part ou bien dorment-ils ensemble ?

— Mes parents ? Ensemble. Du moins c'était le cas quand j'étais petit.

— Vous savez, notre génération est la dernière pour qui les couples faisaient lit à part. Je sais que ça doit vous paraître étrange de penser à moi comme étant de la même génération que vos parents, mais c'est pourtant le cas. Nous étions la dernière génération à dormir dans des lits séparés par la petite table de chevet encombrée de tous ces petits flacons de pilules. » Elle roula sur le côté pour ouvrir, en donnant quelques à-coups, le tiroir du chevet d'Edith, avant de rouler dans l'autre direction pour malmener le mien, lâchant des petits grommellements inférentiels en les constatant vides. « Évidemment les familles les plus pauvres n'ont jamais eu cette option ; je parie que c'est pour ça que vos parents dormaient ensemble, et leurs parents avant eux. Mes parents à moi dormaient séparément, comme leurs propres parents. Ils avaient de quoi s'offrir deux lits, eux, et du temps où ils étaient encore en Allemagne, ils faisaient même chambre à part. Ils devaient considérer qu'il y avait un petit côté français, sauf que le raisonnement derrière tout ça était plutôt anglais, victorien même, en un sens, ce qui pour un Juif allemand n'avait rien de péjoratif, c'était plutôt un compliment. Les Français croient en la séparation afin de pouvoir entretenir leurs liaisons. Les femmes ont même leurs propres quartiers, leur boudoir, mais un boudoir ce n'est pas une chambre. Ça peut inclure une chambre, mais ce n'est pas une chambre, davantage une pièce dans laquelle on peut avoir une liaison et bouder en privé sur le sort de ses aventures. Les Britanniques, eux, s'ils croyaient en la séparation, c'est parce que le partage était dangereux, la proximité d'une autre personne dormant à vos côtés permettait la transmission de maladies infectieuses, comme la pneumonie, la grippe, le rhume, qui à l'époque étaient des maladies pouvant s'avérer mortelles. Je crois que la génération de mes parents était aussi convaincue que partager, une chambre et son lit notamment, avait pour conséquence une augmentation des rapports sexuels, ce qui par la suite avait pour conséquence l'augmentation des grossesses à une époque dépourvue de mesures contraceptives dignes de ce nom. À moins, peut-être, que le raisonnement infectieux ait été inventé pour éclipser le raisonnement sexuel par les femmes du passé, dépitées de tomber tout le temps enceintes. Quoi qu'il en soit, il y a quelque chose qui me dérange là-dedans, pas vous ? D'imaginer que ça ne venait pas à l'esprit des générations précédentes qu'un couple marié puisse aussi bien s'abstenir de relation sexuelle tout en faisant lit commun. »

Un grincement de mocassins sur le carrelage se fit entendre derrière la porte de la salle de bains, suivi un instant plus tard d'un sifflement gazeux qui se perdit dans la cataracte. Sabine était allongée sur le lit sans bouger, étendue de tout son long, tête reposant sur les oreillers, regard fixé au plafond.

« Vous avez l'intention de me dire comment vous allez, Ruben ? Vous avez l'intention de me faire part de quelque chose de personnel ?

— Ça va. Je vais bien. J'essaie juste de ne pas penser à la vie sexuelle de mes aïeuls.

— Et Edith ?

— Eh bien quoi, Edith ?

— Ce n'est pas trop pour elle, de devoir gérer tout ce cirque domestique en plus de ses responsabilités à la bibliothèque ?

— Je ne crois pas, non.

— Je sais, moi, à quel point c'était difficile de travailler pour Walt.

— Sauf qu'Edith ne travaille pas pour moi, elle travaille pour la fac.

— Je parlais de la proximité. Vous devez toujours vous marcher sur les pieds, non ? À la fac puis chez vous, au lit. Ça doit vous rendre claustrophobes.

— Elle travaille dans les réserves de la bibliothèque, dans les rayonnages.

— Et Judy ? Comment ça se passe, l'adaptation ?

— Ça fait déjà un an.

— La transition, ça a dû être quelque chose. Se séparer comme ça de ses amis en ville, devoir entamer une nouvelle vie dans un nouveau lycée.

— Idem pour Edith. Idem pour moi.

— Sauf que vous vous n'êtes pas une adolescente. Du moins pas physiquement. Edith me parle de tous ces fils de paysan qui demandent à sortir avec elle.

— Qu'est-ce que j'en sais, moi. Que vous a raconté Edith, au juste ?

— Que tous ces fils de paysan demandent à sortir avec elle. Pour aller cueillir des pommes, quelque chose comme ça. Bonjour le symbole.

— Je suis sûr que ce sont de vraies pommes qu'ils vont cueillir. Ce n'est pas la saison des symboles. Et puis, dans l'ensemble, Judy s'en tient à ses devoirs et à ses dossiers de candidature pour la fac.

— Ça ne m'étonne pas. Aller à l'université, c'est la seule façon qu'elle a de fuir… ses parents qui vivent eux-mêmes à l'université… Mais je suis sûre qu'elle décrochera une place dans un endroit bien meilleur.

— Elle y travaille d'arrache-pied.

— Avec un peu d'aide de votre part et quelques appuis... Je me demandais si je n'allais pas solliciter des lettres de recommandation de la part de certaines connaissances au sein des conseils dans lesquels je siège.

— Je ne crois pas que ce soit nécessaire.

— Ce n'est pas nécessaire, non, mais je me demandais si je n'allais pas demander quand même. À des gens de l'Union Club que je connais, ou aux conseils d'administration du Met et du Carnegie Hall. Toute aide serait la bienvenue.

— C'est gentil.

— Je le fais pour Judy. Elle doit être excitée comme une puce à l'idée de partir. Moi je le serais à sa place, c'est sûr.

— En vérité, vous savez, Edith et moi on se plaît plutôt bien ici.

— Je pense à vous, Ruben, je pense à vous trois et j'essaie de comprendre les circonstances dans lesquelles vous vous trouvez : en tant que New-Yorkais, vous devez vous sentir étrangers à tous ces gens de la fac, quoique sans doute plus proches d'eux que des gens qui ne sont pas de la fac, ces gens édentés, un peu rustres, qui doivent passer bien trop de temps avec leurs animaux. Je me demande, d'ailleurs, ils savent lire ?

— Qui ça, mes voisins ou leurs animaux ?

— Ne me faites pas dire ce que je ne dis pas, Ruben. Je suis sûre que c'est une bonne université que vous vous êtes dénichée là et, je présume, un endroit à bien des égards idéal pour faire un travail sérieux. Mais cet isolement et tout le reste qui en font un endroit idéal doivent aussi en faire un endroit impropre, pour ne pas dire hostile, à tout autre aspect d'une vie civilisée. L'ennui est provoqué par l'absence d'une grande ville, disait Verlaine, à moins que ce ne soit Rimbaud. Sans musée, sans salle de concerts, vous devenez votre propre divertissement.

— Mais quand je vivais en ville, il m'arrivait aussi de m'ennuyer. »

La chasse d'eau retentit, accompagnée du bruit que fait quelqu'un en convoquant un peu de mucus à recracher dans une eau qui cascade, et Sabine leva les yeux au plafond pour les poser sur l'endroit où manquait un bout de plâtre, juste au-dessus d'elle.

« Dans un environnement comme celui-ci – dans un environnement où il y a aussi peu d'émulation et où la seule stimulation, en plus des blocages qu'on rencontre soi-même, provient de la médiocrité de ses propres collègues –, c'est parfois dur-dur de survivre. L'ignorance est un ennemi bien plus subtil qu'une vulgaire xénophobie. Parce que c'est l'ennemi qui vient de l'intérieur, qui n'a besoin d'aucune démagogie pour qu'on l'agite. Aucun uniforme. Aucun fusil. Rien d'incendiaire. Rien qu'un poste, un intitulé de poste, une faculté. C'est quelque chose de latent à l'université. Vous consacrez votre vie au savoir et la société dans laquelle vous vivez ne trouve rien de mieux pour vous récompenser que de vous parquer dans une institution. Mais la vraie tragédie dans tout ça, c'est que vous voyez ça vous-même comme une récompense, d'avoir été mis là derrière ces hauts murs de pierre au milieu des bois, où vous ne pouvez faire de mal à personne, où la seule personne à qui vous pouvez nuire c'est vous-même. Franchement, ça relève du miracle que tout le monde ne se soit pas suicidé.

— Pas encore.

— Au lieu de ça on couche avec l'épouse d'un collègue, on se chamaille pour une question de limites de propriété, on nourrit les rancunes comme des enfants attardés et on grignote le temps des autres en leur imposant ses complexes. On se fait signe à la fenêtre et on se fait la conversation par grillage interposé, on tape à votre porte pour emprunter une bouteille de lait ou une pincée de sel – pour vous emprunter votre femme ou votre fille –, pas moyen d'être tranquille.

— Vous ne seriez pas en train de me dire que plus personne n'a de liaison à New York ? Sabine, je suis déçu, là. »

Sabine me fit face en roulant sur le flanc. « Les mêmes choses ont lieu partout. Les infidélités et les chamailleries, les soirées sans intérêt avec des gens sans intérêt qui n'ont en commun qu'un vague contexte, qui dans la plupart du temps ne va pas au-delà d'une forme de codépendance narcissique. Sauf que vous, lorsque vous sortez de votre réunion à la fac vous êtes toujours à Corbinton.

— Corbindale.

— Tandis que moi, quand j'en ai fini avec mes rendez-vous je me retrouve dans l'une des plus grandes villes au monde, avec tout ce que ça comporte de charme.

— Et de saleté, et de criminalité, et de cohue, grâce à quoi on continue d'augmenter les loyers. »

De la salle de bains transpira le léger crissement du rouleau de papier qu'on déroule, l'axe en métal qui tourne sur son support.

« Quand je pense à vous ici, Ruben, je déprime. Je pense à cette maison perdue en pleine forêt et à vous trois blottis l'un contre l'autre comme une bande de romanichels en guenilles autour d'une pauvre bougie, meublant le silence et l'obscurité et toute cette ignorance autour de vous avec vos seules paroles. »

J'allumai puis éteignis la lampe de chevet. « On a l'électricité, vous savez Sabine, pas besoin de bougies, et comme vous pouvez l'entendre, on a même l'eau courante.

— C'est pas ce que je voulais dire. Je parlais métaphoriquement. »

Je me retournai et jetai un œil par la fenêtre. « Je vais vous dire ce que je vois dehors, moi. Je vois de l'herbe, pas une forêt. Et ça n'a rien d'une métaphore. Je vois des rues goudronnées avec des voitures et je vois des maisons avec des antennes sur les toits qui apportent les nouvelles de n'importe où, des câbles reliés aux poteaux téléphoniques, de sorte que si je le voulais, là tout de suite, je pourrais passer un coup de fil à Simone de Beauvoir pour qu'elle me renseigne sur son boudoir ; je pourrais passer un coup de fil à Jean-Paul Sartre pour lui dire que je suis ici en compagnie de ma belle-mère, pourriez-vous m'aider à lui prouver qu'elle ne sait pas parler français, *s'il vouh play Muhsieuh Sahtrweuh* ? Et si jamais ça ne suffisait toujours pas à démontrer que nous ne sommes pas d'ignares péquenauds, vous pourriez même tenter d'aller jeter un petit coup d'œil là où travaille votre fille. Ça s'appelle une bibliothèque et même qu'elle est remplie de livres, figurez-vous.

— Vous êtes tendu… Elle travaille encore dans les rayonnages et ça vous tracasse. »

Je faisais jouer mes doigts sur la fenêtre, je les faisais jouer assez fort. « Et l'année prochaine, quand Judy nous écrira depuis l'université de son choix, où elle sera entrée sans aucun coup de pouce de votre part, Edith pourra photocopier ses lettres sur le nouveau copieur que Xerox envoie à la bibliothèque et on les lâchera sur Central Park, depuis un avion.

— Je ne voulais pas vous tracasser, Ruben.

— Alors pourquoi le faites-vous quand même ? »

On entendit des bruits de succion provenant de la ventouse dans les toilettes.

« Quand je parlais d'ignorance, je faisais simplement référence à votre travail. Toutes ces tâches supplémentaires qu'ils vous font faire sous prétexte que vous êtes juif. »

Je résistai à la tentation de me retourner. « Que vous a raconté Edith ?

— Pas grand-chose. »

Je restai là, le regard rivé à la maison des Dulles, le pneu-balançoire brandillant dans le vent tel un pendentif hypnotique, les feuilles en tas attendant d'être brûlées, et un peu plus loin dans la rue, Judy chaloupant sur le chemin de la maison, bosse du cartable sur le dos, tapant mollement du pied dans une pomme de pin.

« Sabine, quoi qu'ait pu vous dire Edith, quoi que vous pensiez qu'Edith a pu vous dire, ce n'est pas exact. On m'a juste demandé de participer à un comité pour évaluer le travail d'un universitaire juif.

— Mais que savez-vous des universitaires juifs ?

— Pas grand-chose. Ce qui est déjà plus que la plupart des collègues ici. »

La ventouse anhéla en faisant comme des petits bruits de pets mouillés.

« Vous devez bien admettre que rien de tout ceci n'aurait jamais eu lieu à New York, dit Sabine, ce genre d'insulte.

— Ça n'aurait pas eu lieu parce qu'à New York il y a plus d'un Juif. Et puis de toute façon, en ce qui me concerne, la véritable insulte n'a rien à voir avec l'antisémitisme. La véritable insulte est adressée à la fac, au département, et au candidat lui-même.

— Et je présume que vous le leur avez dit tout ça ? »

Ma respiration avait embué la vitre, rendant floue la traversée de Judy. « Autant parler à une fenêtre.

— Ruben, vous savez ce que je me dis ? »

J'essuyai d'un revers de manche la buée et confrontai ma belle-mère. « Peu importe. »

Dans la salle de bains, la chasse d'eau retentit une dernière fois, de façon définitive, dans un raclement de gorge suivi par le couinement de plusieurs pompées de savon vigoureuses.

« Que vous trouviez ça offensant ou pas, que cette requête en elle-même soit intrinsèquement offensante, ou que quelque chose de l'ordre d'une offense intrinsèque puisse en réalité exister sur un plan philosophique – je me dis que vous n'avez pas encore clairement perçu la situation pour ce qu'elle était. Si vous décidez de recruter ce Juif, on vous taxera de favoritisme pro-juif. Si vous décidez au contraire de ne pas recruter ce Juif, on dira que vous tentez de dissimuler votre favoritisme pro-juif. Attendez. Je sais ce que vous allez dire, la décision ne vous appartient pas, elle appartient à tout le monde. Mais si tant est que cette décision ne vous appartienne pas, la confusion, elle, est bien la vôtre, et je crois qu'elle émane de votre peur d'avoir à partager votre forêt avec un autre Juif. Je crois que vous vous êtes plutôt bien habitué à être le seul et que vous avez peur de perdre ce statut spécial. Avec l'arrivée d'un autre Juif dans le paysage, vous ne serez plus le chouchou… Vous ne serez plus la mascotte…

— Merci Sabine, votre interprétation est des plus convaincantes, mais je doute qu'elle soit fondée. »

Au moment où Judy entra dans la maison – son claquement de porte fit soudainement sursauter Sabine –, Walt bondit hors de la salle de bains en tripotant sa serviette.

« Judy est rentrée ? demanda Sabine. C'est elle ?

— Vos serviettes, lança Walt, elles sont trop rêches. »

La voix haut perchée et crispée de Judy perça jusqu'à l'étage.

« Où est la valise ? s'enquit Sabine. Walt, la valise verte ? » Puis elle hurla : « Judy, qu'est-ce que tu attends pour monter nous dire bonjour. Judy !

— Tiens, touche-moi ça, dit Walter en me passant la serviette. C'est du polyester, ou un polymélange de quelque chose. Je dirais 300, allez 350 grammes à tout casser. Les draps ça se mesure en nombre de fils, les serviettes en grammes. Rêche comme ça, sans que la maille soit bouclée pour une meilleure absorption – moi je dis que c'est un torchon de cuisine, pas une serviette de toilette. Tu me le rappelleras une fois que je serai rentré à New York et je te ferai envoyer du coton. Une dizaine en tissu éponge haut de gamme, une dizaine en coton égyptien. On peut même envisager un monogramme. Imagine un peu : un B, un B assez chic, brodé, t'as qu'à choisir la couleur.

— Walter. Les valises ?

— Ici, dis-je. Je les ai mises dans le placard. »

Judy s'élança jusqu'à Walt qui la souleva du tapis en la prenant dans ses bras avant de la passer à Sabine, qui posa les lèvres sur chacune de ses joues et lui caressa les cheveux. « Qu'est-ce que tu es belle.

— C'est bon, Oma. Je sais que je suis moche.

— Aussi belle qu'une actrice.

— S'il te plaît, Oma, arrête. »

J'étais près du placard ouvert, le doigt pointé vers les valises : « C'est laquelle ? »

Walt haussa les épaules et Sabine déclara : « Mais je viens de le dire enfin, la verte. » Walt souleva la valise verte et la laissa tomber près de Judy, ploum, devant les orteils laqués de Sabine.

« Walter, c'est une valise – ça ne se fait pas de déposer une valise sur un lit dans lequel on dort. Tu sais combien c'est sale, une valise ?

— Non. Dis-moi, combien c'est sale, une valise. On met nos affaires dans les valises, combien peuvent-elles être sales ?

— Elles sont propres à l'intérieur, mais dégoûtantes à l'extérieur, tout le contraire de toi. Tout le monde sait ça. Tu as déjà rencontré quelqu'un qui lavait l'extérieur d'une valise ?

— Et toi tu as déjà rencontré quelqu'un qui lavait l'intérieur d'une valise ?

— Mets-la par terre », et Walter s'exécuta.

Edith entra en scène, comme une figurante en retard pour son rôle : confuse, visage rougeaud, tablier couvert de pâte, liens traînant dans son dos. Grande maison, acteurs consanguins massés dans une même petite pièce : théâtre ou judaïsme ? Ou tentative inconsciente pour retrouver au cœur de nos festivités l'atmosphère étriquée d'un appartement de ville, peut-être ?

« J'arrive trop tard ?

— Trop tard pour quoi ? demandai-je.

— On t'a apporté des cadeaux, dit Sabine, qui dorlotait toujours Judy.

— Des cadeaux ? Pour Roch Hachana ?

— Ne soyez pas si pieux, Ruben. Pas pour Roch Hachana, pour ses entretiens à l'université. Des petits cadeaux pour ma grande Judy. Des tenues piochées dans les collections d'automne. Je veux que tu sois resplendissante. Je sais ce que tu vas me dire, que l'admission dépend de ta prestation, mais ça ne peut jamais vraiment faire de mal de se faire toute belle.

— Ni d'avoir que de bons résultats.

— Tais-toi, Ruben, intervint Edith.

— Ni d'avoir mention très bien aux épreuves d'admission.

— Tu nous feras un petit défilé de mode, hein ? » dit Sabine à Judy ; puis se tournant vers Walt : « Bon tu attends quoi ? Tu l'ouvres oui ou non ? » Alors Walt s'agenouilla, fit glisser la fermeture Éclair de la valise et souleva le rabat pour dévoiler une charpie blanchâtre, des mouchetures crémeuses partout sur les tissus sombres – comme si le contenu avait été dévasté par une explosion.

Sabine se mit à hurler – elle bondit du lit et, écartant Walt violemment, elle s'accroupit pour fouiller dans la valise, en ressortant des vêtements comme s'il s'agissait de mouchoirs en papier qu'elle aurait extraits de leur boîte pour étancher les larmes d'un deuil : robes et jupes et chemisiers dans leurs tons sobres, bleu foncé, marron, rose, couverts d'éclaboussures d'un blanc laiteux. « J'y crois pas », elle cueillait les vêtements l'un après l'autre, « Mais j'y crois pas, bon sang », qu'elle soulevait pour les laisser cascader depuis leurs plis et en révéler les taches de Rorschach avant de les jeter sur le côté. « C'est fichu. Tout est fichu. C'est cette cochonnerie de crème qui a dû fuir.

— Quelle crème ? demandai-je.

— Je lui avais pourtant dit de la mettre à part, lança Sabine à Edith.

— Tu vas pas me coller ça sur le dos, hein, rétorqua Walt, qui se relevait péniblement. C'est pas moi qui ai fait les bagages je te signale.

— Je t'ai dit de faire attention quand tu as mis les valises dans le coffre, mais je suis sûre que tu les as balancées comme ça… et puis en entrant dans Jersey il a fallu que tu prennes l'ornière… »

Elle tenait en hauteur, suspendue à son cintre, une robe-fourreau noire, dos nu, qui se déploya comme le rouleau d'une proclamation royale, oyez-oyez, d'où tomba un tube en plastique que je ramassai et approchai de mon visage – humant au passage son odeur javélisée – pour pouvoir en lire l'étiquette : *plus fin… plus mince… anti-bosse… application locale uniquement, ne pas introduire dans la cavité nasale…*

« Je suis désolée, Judy, dit Sabine. C'est cette cochonnerie de crème nasale que ta mère m'a fait acheter. Je voulais t'offrir toutes ces tenues pour tes entretiens, j'ai appelé ta mère pour savoir quelles tailles je devais prendre et elle m'a demandé d'acheter cette cochonnerie de crème spécial-nez dans cette saleté de pharmacie à l'autre bout de Chinatown, entre les ponts.

— Maman, cria Judy, tu leur as dit ?

— Non.

— Maman, comment ils ont pu savoir alors si tu leur as rien dit ?

— En fait, c'est plus un herboriste, fit Walt. Près du comptoir, à l'arrière, il y avait plein de tortues et de grenouilles.

— Maman, comment t'as pu me faire ça ?

— Mais en me rapprochant j'ai vu que c'était juste les carapaces et les peaux. Plus aucune tortue ni grenouille à l'intérieur. C'était répugnant. Et c'est tes amies qui t'ont envoyée là ? Ou qui nous ont envoyés là en l'occurrence ? Moi je vais te dire : si mes amis à moi m'avaient envoyé dans un lieu pareil, ils resteraient pas mes amis très longtemps.

— Mais maman, j'y crois pas. Pourquoi ?

— Ta mère, expliqua Sabine, nous a dit que tu n'aimais pas ton nez et que tu cherchais à leur faire payer l'opération chirurgicale.

— Non mais t'es sérieuse ?

— Elle a dit que tu ronflais beaucoup et que tu avais du mal à respirer.

— Non mais je rêve, là.

— Que ça te gênait pour respirer, c'est ce qu'elle a expliqué, que ça te provoquait des maux de tête et des sinusites. Et que tu as aussi des problèmes d'odorat.

— Ce qui serait pas plus mal, dis-je, parce que l'odeur de ce truc est décapante. »

Judy m'ignora et fusilla Edith du regard : « Je peux vraiment pas te faire confiance.

— Judith Leah Blum, entama Edith timidement, un frisson dans la voix, tu m'as demandé de t'acheter cette crème qu'on vend uniquement en ville, j'ai donc demandé à tes grands-parents de me l'amener. Dis-moi comment j'aurais pu cacher pour quoi c'était ? Comment j'aurais pu cacher pour qui c'était ? J'aurais peut-être dû leur dire que c'est moi qui la voulais, cette lotion magique pour le nez ? J'aurais peut-être dû dire que c'était pour le nez de ton père, c'est ça ?

— C'est quand même pas moi qui vais t'apprendre à mentir, Maman.

— Et moi je devrais pas avoir à te rappeler de dire merci, hein ? Qu'est-ce que tu dis de ça ? C'est trop te demander, de dire merci ? À Oma et Opa. Cette potion magique pour le nez coûte extrêmement cher.

— Sûrement moins que l'opération, je parie, dit Sabine.

— Une opération qu'elle ne subira jamais, fis-je, j'y veillerai, tant qu'elle vivra sous mon toit » ; tel était mon souhait, à mon grand regret, et ces paroles avaient à peine quitté ma bouche que Judy sortit en trombe dans le couloir et fila dans sa chambre, faisant claquer la porte dans son dos.

« Non mais c'est horrible comme opération, c'est juste horrible, ajouta Walt, en écho, pour ma défense. J'aimerais que tu écoutes bien ce que je vais te dire, Edith. Se faire rafistoler le nez fait partie de ces opérations dont on dit aux femmes qu'elles sont sans danger, sauf qu'après il se trouve qu'elles peuvent plus avoir de bébés.

— Ça va, Papa. Rien qu'on puisse faire à un nez empêchera jamais d'avoir un bébé.

— Tu serais surprise, Edith. Tu serais très surprise. Et je parie ce que tu veux que ces crèmes refilent le cancer. Je te parie non seulement qu'elles te refilent un cancer du nez mais qu'en plus elles marchent pas.

— Sinon quelqu'un a l'intention de m'aider ? » demanda Sabine. Elle crapahutait à quatre pattes pour disposer les vêtements maculés sur la moquette et juger l'étendue des dégâts.

« Peu importe ce que c'est censé faire au nez, dis-je, cette crème n'a pas vraiment l'air de marcher sur tout ce qui n'est pas nez.

— Ruben, lança Edith.

— Eh ben quoi ? fit Walt. Il a raison... Rube a raison... Si ça marche, pourquoi faudrait que ça marche uniquement sur les nez ? Si ça marche, pourquoi les vêtements n'ont pas rétréci ? Et pourquoi la valise n'a pas la taille d'une valise pour un Munchkin du pays d'Oz ? Ou peut-être que les vêtements qu'on a achetés étaient gigantesques et qu'on avait une valise de géant comme pour, comment c'est son nom déjà ? King Kong ?

— Papa, s'il te plaît.

— Non mais acheter de la crème rétrécissante comme si les nez étaient des haricots magiques ! Et puis quoi encore ? »

Sur ce, il lâcha un pet.

« T'es dégoûtant », hurla Edith, qui sortit furax pour aller se poster, implorante, devant la porte verrouillée de

Judy. Sabine la regarda partir, puis continua à tenter de sauver les vêtements, ramassant ici une veste de tailleur, là un bas qui n'était pas assorti, qu'elle lissa ensuite sur le tapis à poils longs, se barbouillant dans la bataille le visage et les mains de cette pâte gluante qui avait commencé à sécher. Me vint alors à l'esprit que si cette solution miracle pouvait véritablement solutionner quoi que ce soit, que si elle avait un quelconque effet sur toute autre chose que les nez, alors cette scène que j'avais sous les yeux et tous ces intrus dans le petit théâtre de ma maison finiraient vite par se rabougrir, avant de disparaître complètement.

« Qu'est-ce que vous attendez là, comme ça ? brailla Sabine. Essuyez tout cet excédent avant qu'il sèche. »

Je me rendis compte que j'avais toujours la serviette de Walt dans les mains, alors je la lui lançai par en dessous comme un joueur de baseball, du Pee Wee Reese tout craché, avant de descendre en chercher d'autres, des torchons de cuisine et de l'essuie-tout, et c'est en arrivant sur le palier, pas avant, que je remarquai l'odeur de brûlé. Je me précipitai dans la cuisine, où les effluves de la crème se mélangeaient à ceux de la viande, le fumet cendreux de la poitrine de bœuf logé dans mes narines.

V.

Cher monsieur le professeur Ruben Blum [*ainsi commençait la lettre, de format étranger et toute défraîchie, qui arriva dans ma boîte aux lettres juste avant Thanksgiving*],

Je m'appelle Peretz Levavi et je suis maître de conférences en assyriologie, aryennologie, philologie et linguistique indo-européennes à l'Université hébraïque de Jérusalem.

Veuillez excuser ce courrier. Je n'étais pas sûr de savoir si je devais vous écrire ou non, or j'étais en plein débat intérieur lorsque je me suis rendu compte que j'avais déjà pris place à mon bureau et changé la cartouche de mon stylo, et je suis certain que ce débat se prolongera pour savoir si je dois ou non vous envoyer ces pages une fois écrites, quand bien même je les aurais pliées et glissées dans leur enveloppe cachetée à votre adresse, et que je me retrouverais dans la file d'attente au bureau de poste en vue d'acheter les timbres idoines. Je ne sais si je crois à cette mode du démon intérieur qu'on colporte sous le nom d'« Inconscient », quoique son existence me paraisse considérablement plus vraisemblable que ne l'est celle d'Asmodée ou de Bélial, voire de Satan, tant que nous y sommes, cet ange déchu de n'avoir pas su obtenir sa titularisation. Peut-être suis-je d'ailleurs sous leur influence, à tous les trois. Peut-être suis-je juste en train de faire preuve de responsabilité. Je vous laisse en juger, vous et vos propres anges.

Je vous écris au sujet de Ben-Zion Nétanyahou ou, comme il se fait désormais appeler, apparemment, le Pr Ben-Zion Nétanyahou, docteur ès lettres, dont le dossier, à ce que l'on m'a fait comprendre, est à l'étude dans votre établissement où un poste de professeur d'histoire est à pourvoir. Je tiens cette information de Nétanyahou en personne, qui depuis des semaines et des semaines n'a de cesse d'inonder les membres de notre communauté enseignante de télégrammes sollicitant des lettres de recommandation devant vous être adressées, en votre qualité de secrétaire du comité de recrutement. J'ignore combien de mes collègues l'ont éconduit… J'espère simplement n'être pas le seul à ne pas l'avoir fait… Suite aux recherches que j'ai pu effectuer sur vous, je suis ravi d'apprendre que vous avez été formé à CUNY, qui a accueilli tant de mes anciens et non moins chers collègues, qui me connaissaient alors, à l'université Frédéric-Guillaume de Berlin en 1930, sous le nom de Peter Lügner, *Dr phil. habil.* Peut-être connaissez-vous le Pr Max Gross ? Ou le Pr Eric

Pfeffer ? Ils pourront se porter garants de ma personne. J'ai localisé le seul de vos articles disponible à notre bibliothèque – celui traitant des politiques fiscales de votre président Andrew Jackson, qui, je l'avoue, m'était jusque-là étranger –, et je suis ressorti de votre fascinante étude des financements alloués à la relocalisation des tribus indiennes avec la conviction que vous étiez un homme passionné et intelligent ; un homme qui, en plus de savoir se servir de ses deux yeux et de ses deux oreilles, est doté de sensibilités spirituelles dépassant ses sens primaires. C'est pourquoi je n'hésite plus à vous écrire directement, certain de pouvoir compter sur votre discernement.

Je commencerai par remarquer que très peu de monde parmi nous, pour ne pas dire personne, ici, à l'Université hébraïque – et j'inclus également ceux qui ont officiellement refusé de lui rédiger une lettre de soutien –, ne verrait la moindre objection à ce que Nétanyahou obtienne un poste dans un établissement américain d'enseignement supérieur ; voire, d'ailleurs, dans n'importe quel établissement d'enseignement supérieur, pourvu qu'il soit situé en dehors de nos frontières israéliennes. En outre, nombreux sont ceux, non seulement à tous les échelons de l'université israélienne, mais aussi à tous les échelons du gouvernement israélien, qui, à la perspective de son retour, préféreraient de loin qu'il continue à être employé dans un pays étranger. Arrêtez-vous un bref instant sur ces déclarations que je viens de faire et demandez-vous ce que vous feriez, si vous étiez dans ma position. Si vous souhaitiez qu'un homme obtienne un poste loin de chez vous, seriez-vous prêt à chanter ses louanges au-delà de ce qu'il mérite et ainsi bafouer votre honneur ? Ou vous abstiendriez-vous de tout commentaire afin de préserver votre honneur ? Et s'il venait à obtenir ce poste, grâce aux louanges qu'il ne méritait pas, quelle serait votre part de responsabilité ? Ou s'il venait à ne pas obtenir ce poste, à cause de votre réticence à prononcer des choses fausses, ou à cause de votre insistance à parler de façon honnête, quelle part de culpabilité serait alors la vôtre ?

Voici bien des questions d'ordre rabbinique, or rabbin je ne suis point… Je ne suis qu'un maître de conférences qui, pour être fidèle à son travail, se doit de demeurer fidèle à chaque situation, indépendamment de ses conséquences… J'espère fournir, plus bas, un examen fiable de la situation. Vous trouverez ci-dessous mon exposé des faits, avec aussi peu d'arrière-pensées que possible et moins de venin encore.

En guise d'introduction à notre sujet, j'aimerais attirer votre attention sur un certain type de personnalité bien connue dans la communauté juive européenne désormais moribonde – un type de personnalité que vous avez déjà dû croiser, j'en suis sûr, ne serait-ce que dans la littérature yiddish ; je fais référence au sage-érudit, cette éminence barbue et solitaire dont l'œuvre intellectuelle est encouragée par la communauté. Il s'agit de l'homme qui étudie. L'homme qui réside dans les études. Imprégné des livres. Imprégné de l'esprit. Or dans la mesure où cette personne a su se nimber d'une telle aura, et une aura d'une telle sainteté après la tragédie qu'a traversée la communauté juive européenne, c'est désormais tâche ardue que d'en interroger les origines. Comment cet homme est-il venu à l'existence ? Et pourquoi ? Ou, pour le dire plus grossièrement, comment en est-il arrivé là, à cette place qu'il occupe ? Pourquoi cet homme a-t-il été placé au-dessus de tous les autres et autorisé à s'installer dans un coin sombre de la yechiva pour y étudier tout le jour sans jamais se faire houspiller ? De qui ou de quoi tient-il cette permission ? Quels talents particuliers furent les siens, quelles facultés intellectuelles particulières possédait-il, pour qu'il soit ainsi désigné comme exceptionnel dans les rangs d'un peuple déjà exceptionnel ? Lorsque j'étais jeune et que j'étudiais moi-même le judaïsme, j'en ai rencontré plus d'une, de ces figures, et je croyais qu'elles avaient acquis leur statut uniquement sur la foi de leurs mérites – je croyais que l'homme le plus qualifié intellectuellement, au sein de chaque communauté, était choisi en vertu de ses compétences linguistiques, ou de ses talents cognitifs, voire de sa mémoire, et se voyait ainsi accorder le privilège de pouvoir contempler les écrits sacrés au nom de la communauté, dans le but de gagner, au nom de la communauté toujours, l'approbation de Dieu et une parcelle du royaume des cieux.

Puis, bien sûr, j'ai grandi et, lorsque j'ai mis un pied dans le monde universitaire, la vérité m'est apparue : la raison pour laquelle ces hommes se voyaient offrir les honneurs d'une telle sinécure était tout bonnement qu'on cherchait à les éloigner de l'enseignement – ou plus exactement, à les éloigner du mésenseignement pour ainsi éviter de corrompre la jeunesse.

Que faire d'autre avec de telles personnes ? Que pouvait-on faire de ces hommes fiers et intransigeants qui étaient incapables ou indésireux de gagner leur vie ? La meilleure chose à faire n'était-elle pas de leur accorder une sombre loge et quelque parchemin à contempler, non par charité, mais plutôt à titre préventif ? Car nous savons tous ce qu'il advient des hommes cultivés lorsqu'on ne leur prête plus attention : ce manque d'attention les enflamme. Et nous savons tous quelles réactions purulentes en découlent : hérésie, apostasie, messianisme mensonger. L'histoire juive foisonne d'hommes brillants que leur hubris meurtri poussa à se retourner contre la tradition.

Nétanyahou est précisément l'un de ces hommes, éprouvant l'hubris d'une intelligentsia meurtrie. Son tempérament, s'il aurait pu faire de lui un être suffisamment qualifié pour l'histoire, le disqualifie de jamais pouvoir l'enseigner. Malheureusement, je n'ai pas connaissance du moindre poste dans le champ des études historiques qui ne s'accompagne d'une charge d'enseignement ni de tâches bureaucratiques, que Nétanyahou juge dans les deux cas triviales et indignes de sa personne.

En revanche, ce à quoi son esprit et son humeur sont les mieux adaptés est l'érudition individuelle, une recherche délestée des corvées que représentent les travaux d'encadrement et toute la paperasse, délestée même de la corvée d'avoir à publier le moindre article. C'est regrettable, mais ce n'est hélas pas le genre de sinécure que le milieu universitaire propose le plus souvent, sauf aux ingénieurs et physiciens qui travaillent au développement des armes. Sûrement pas quelque chose à quoi peut s'attendre un étranger, obscur mais belliqueux, dans le champ des sciences humaines.

Or pour ce qui est de cette recherche justement, comme c'est fréquemment le cas d'un chercheur solitaire œuvrant dans l'isolement, celle qu'il mène n'est pas exempte de défauts. À plusieurs reprises, Nétanyahou a fait preuve d'une tendance à vouloir politiser le passé juif et à faire de ses traumatismes un outil de propagande.

Que veux-je dire par là ? Ceci : admettons que les faits à sa disposition concernant, disons, les pogroms et les Inquisitions à l'ère des Croisades, soient corrects ; et admettons également que les interprétations qu'il tire de ces faits soient judicieuses ; des interprétations relevant, par exemple, de la répartition des pouvoirs publics à l'époque médiévale, et des triangulations sans cesse recomposées entre monarchie, noblesse et classe bourgeoise émergente ; ou alors des interprétations pointant le vaste nombre de Juifs qui, délivrés du violent joug musulman, se convertirent non sans gratitude au catholicisme lors de cette Croisade qu'on appela la Reconquista, et dont la réussite dans la société catholique poussa l'Église à redéfinir le judaïsme, non plus en termes de religion, mais de race, afin de justifier en son sein les purges de tout sang juif parmi les convertis. Bien. Très bien. Parfait même. Mais arrive un moment où, dans presque tous les textes qu'il produit, il apparaît que l'objet véritable de son raisonnement ne soit pas l'antisémitisme dans la Lorraine au début du Moyen Âge ou dans l'Ibérie du Moyen Âge tardif, mais plutôt l'antisémitisme dans l'Allemagne nazie au vingtième siècle ; et ainsi le développement quant à la façon dont une tragédie spécifique a pu affecter une diaspora particulière cède-t-il soudain la place à une diatribe concernant la tragédie plus vaste qu'est la Diaspora juive, et comment cette Diaspora n'aura de terme – comme si l'histoire n'était en rien descriptive mais prescriptive – que dans l'État d'Israël une fois fondé. Je ne sais si une telle politisation de la souffrance juive aurait le même impact dans le milieu universitaire américain qu'elle a eu dans le nôtre, mais, quel que soit l'environnement intellectuel, relier entre eux pogroms à l'ère des Croisades et Inquisitions ibériques et Reich nazi, ne peut pas ne pas être perçu comme un acte outrepassant les limites de l'analogie hâtive, et ce, dans le but d'affirmer l'aspect cyclique de l'histoire juive – une cyclicité dangereusement proche du mystique.

Quant à la source de cette pulsion politisante, je vais vous dire : *Nétanyahou* est la version hébraïcisée, le nom israélien, d'une famille jadis appelée Mileikowsky.

Il existe un nombre incalculable de toutes petites villes et de villages disséminés comme autant de graines partout sur le territoire slave, dont les noms sont des variations de la racine proto-indo-européenne *melh*, qui signifie « moudre » – Mileykovo, Milikow, et ainsi de suite, soit « Moulinville ». (L'équivalent chez vous des *Milltown*, qui je suis sûr sont légion en Amérique.) Passer ainsi de « L'Homme venant de Moulinville » à « Offert par Dieu » (la prestigieuse signification de *Netan-yahou*) n'est pas une mince affaire. Le père de Nétanyahou, Nathan Mileikowsky, naquit à Kreva, en Russie blanche, près de la frontière lituanienne, en 1879 – une année marquée par la violence et le sang que firent couler les Cosaques. Il étudia en vue de devenir rabbin à la célèbre yechiva de Volojine, où il succomba aux influences sionistes. À moins que ce terme, tout bien considéré, ne soit pas le bon : peut-être le mot « sioniste » est-il aujourd'hui une appellation historiquement erronée et ses inflexions actuelles sont-elles si puissantes qu'elles aient fait du sens originel de ce terme une sorte d'anachronisme. L'histoire du sionisme est si difficile à retracer que la moindre tentative paraît s'évanouir dans la métaphysique. Socialistes, communistes, anarchistes, sionistes – voyez combien d'identités les Juifs ont dû endosser pour pouvoir traverser l'ère moderne dans le seul but d'être à nouveau ce qu'ils étaient, des Juifs… Mais des Juifs libres, cette fois…

Bref, le sionisme tel qu'on l'enseigne aujourd'hui dans les livres, que ce soit ici ou à l'étranger, est une création de l'Europe occidentale, un mouvement regroupant des cosmopolites du même acabit que Herzl, qui était peu au fait du judaïsme traditionnel mais davantage au parfum des méthodes journalistiques, en plus d'être un pilier de comptoir. Ces hommes ne parlaient pas un traître mot d'hébreu, ni même de yiddish d'ailleurs, ils s'exprimaient en allemand et devaient leur éveil politique à la débâcle de l'affaire Dreyfus autant qu'à la grogne autour de la question de l'État-nation qui accéléra le déclin de l'Empire austro-hongrois. C'est aussi le sionisme qui cherche l'autonomie politique des Juifs partout où il peut la trouver : un état juif dans l'Afrique de l'Est britannique, au Surinam hollandais, en Argentine, une colonie juive à Chypre ou à Madagascar ou en Basse-Californie. Or il existe un autre sionisme, un sionisme séparatiste, dont les adhérents disaient, à raison, qu'il était à la fois plus ancien et plus pur – même si les Juifs devraient toujours se méfier de ce genre d'appel à la pureté. Ce sionisme, lui, est une création de l'Europe de l'Est et des *shtetls* situés dans la Zone de Résidence, un mouvement mené par des religieux pauvres qui souhaitaient s'installer sur le territoire que Dieu avait promis à leurs ancêtres, les Israélites d'antan. Leur implantation sur ces terres exaucerait cette promesse et rappellerait une sorte de paradis terrestre. Tel était le sionisme de Rabbi Mileikowsky, orateur et agitateur ambulant qui publiait ses pamphlets sous le nom de plume « Nétanyahou ». Eh oui, le nom de votre candidat, ce maître ès pseudonymes, fut en son temps également un pseudonyme ! Aussi nous faut-il faire preuve de vigilance lorsque nous cherchons à nous dissimuler, car les dissimulations d'une génération feront peut-être la notoriété de la suivante ! Dans les textes que Rabbi Mileikowsky signait du nom de « Nétanyahou », sa position était sans équivoque : contrairement aux sionistes de Vienne, de Budapest ou de Suisse, il refusait d'attendre que le monde « offre » aux Juifs leur patrie sur un plateau, où et quand il plairait aux grandes puissances ; car Dieu avait déjà « offert » aux Juifs une patrie historique en Palestine, elle était là, les attendait (était *Netan-yahou*) – tout ce qu'ils avaient à faire, c'était de la reprendre.

Les premiers Congrès sionistes furent divisés entre ces deux vues radicalement opposées – entre le sionisme « politique », « évolutionnaire », de l'ouest, et le sionisme « pragmatique », « révolutionnaire », de l'est –, dont les désaccords se focalisaient sur des questions de géographie et de méthode, notamment les questions relatives à la négociation ou à la prise d'*un* territoire ou *du* territoire. Le dissensus entre les partis et leurs délégués était vif et fut mobilisé par l'irruption de la Première Guerre mondiale et l'implication britannique, les sionistes politiques faisant pression sur le gouvernement de Sa Majesté pour qu'il soutienne l'idée d'une nation juive en Palestine, tandis que les sionistes pragmatiques se portèrent volontaires pour intégrer le régiment des Royal Fusiliers en vue de combattre en Palestine. Mais la question géographique fut tranchée une bonne fois pour toutes – et ainsi les points d'achoppement ramenés aux seules considérations méthodologiques – dès lors que la Palestine échappa à la suzeraineté des Turcs ottomans et que les Britanniques, soudain, d'alliés se muèrent en adversaires.

En 1920, à peu près, Rabbi Mileikowsky mit pour la première fois les pieds en Palestine sous mandat britannique, s'y installa et partit aussitôt – créant ainsi le précédent pour l'itinérance de son fils. Le Nétanyahou qui nous occupe voyage, lui au moins, famille à ses basques, mais son père, le rabbin, passa la majeure partie des années 20 privé de la compagnie de sa femme et de ses neuf enfants, pendant qu'il parcourait le monde à la recherche des fonds nécessaires à la création d'un État : des fonds pour acheter le territoire, pour pouvoir réimplanter et réacclimater les immigrants, ainsi que pour l'obtention de l'armement en vue d'équiper les escadrons de la résistance juive, l'aile militaire improvisée de ce mouvement pragmatique qui avait commencé à se faire connaître sous l'appellation de « sionisme révisionniste » (et pendant ce temps, le sionisme politique, lui, se faisait appeler tout bêtement « sionisme »). Ces troupes révisionnistes étaient menées par le charismatique Vladimir « Ze'ev » Jabotinsky, originaire de la ville d'Odessa. Il venait de fonder la Légion juive avec Trumpeldor et avait combattu pour les Britanniques, avant de se déclarer leur ennemi mortel. Ou plutôt, comme il aimait le faire remarquer, il ne s'était pas tant battu *pour* les Britanniques que *contre* les Turcs. Le mouvement lancé par Jabotinsky était tout entier imprégné de ce genre de scrupule et de rigueur militante – ses cohortes révisionnistes haïssant à peine plus les Arabes qu'ils ne détestaient ces frères juifs, ces coreligionnaires frileux, à l'image de Weizmann et de Ben Gourion, qu'ils considéraient comme des conciliateurs marxistes, ces mauviettes serviles et rongées de remords quémandant un territoire qu'elles auraient dû prendre par la force, et qui malgré de vibrants discours dans les amphithéâtres refusaient de se salir les mains. Les révisionnistes ne firent pas de quartier ni aucun compromis avec le Mandat britannique – pas plus qu'avec la Couronne, les muftis ni personne. Telle fut l'atmosphère dans laquelle grandit notre Nétanyahou : son enfance fut itinérante et se passa le plus souvent d'un père, trouvant sa seule cohérence dans l'idéologie. Il entra à l'Université hébraïque dix ans à peine après sa fondation, en 1929, l'année des émeutes arabes au sujet du mont du Temple, durant lesquelles les révisionnistes – qui revendiquaient la souveraineté juive sur le mur des Lamentations – ripostèrent avec une telle violence que les Britanniques durent s'en prendre au mouvement et annulèrent les titres de résidence de Jabotinsky, l'expulsant de facto de Palestine. Le chaos qui s'ensuivit est sans doute trop complexe pour être résumé – trop complexe, trop douloureux et trop barbant aussi. Lorsqu'un étranger se voit confier une querelle de famille, je me demande souvent qui, de la famille ou de l'étranger, en pâtit le plus. Je me contenterai donc de dire que des émeutes éclatèrent alors entre factions juives rivales, et si

Nétanyahou ne prit part à aucune des échauffourées, ce n'est sûrement pas à cause de son assiduité sur les bancs de l'université. Troquant la rédaction de ses dissertations pour celle d'éditoriaux, il se fit chroniqueur pour des journaux révisionnistes qui étaient régulièrement censurés et contraints de baisser le rideau par les Britanniques. Voici à votre intention la traduction, de ma main, de quelques passages tirés du *Beitar* (qu'il cofonda) et du *Ha-Yarden* (qu'il coédita) : « La Gauche a fomenté une crise pour le territoire d'Israël [...]. La Gauche combat chaque Juif qui ne se soumettrait pas à elle [...]. Il faut établir une majorité juive dans le pays, sinon l'Holocauste auquel nous faisons face aujourd'hui en Europe se répétera ici, demain, sous l'égide des Arabes, des Bédouins, des Druzes. [...] Tout comme les peuples sauvages d'Arabie traquèrent les réfugiés juifs en provenance d'Espagne au quinzième siècle, les voilà à nouveau, au vingtième siècle, qui traquent aux portes de leur patrie les réfugiés tout juste sortis de l'enfer de la Diaspora. » Ailleurs, il abandonne son comparandum médiéval pour rapprocher Israël de votre pays, faisant la corrélation entre Juifs et « Anglo-Saxons » d'un côté, Arabes et « Indiens » de l'autre : « La conquête du territoire est l'un des projets les plus originaires et fondamentaux de chaque entreprise de colonisation [...]. Un membre de la race anglo-saxonne, en conflit permanent avec les Peaux-Rouges, ne se contentait pas simplement d'établir les vastes métropoles de New York et de San Francisco sur le rivage des deux océans délimitant les

États-Unis. Non, ayant établi ces deux villes, il s'efforçait de garantir pour lui-même une voie d'accès de l'une à l'autre [...]. Si les conquérants de l'Amérique avaient laissé les zones agricoles siégeant au milieu du pays aux mains des sauvages Indiens, il n'y aurait à ce jour guère plus qu'une poignée de villes européennes aux États-Unis et le pays serait peuplé de millions et de millions d'Apaches barbares, tandis que les besoins immenses des Européens en cultures céréalières, légumes et autres produits auraient entraîné un immense accroissement naturel de la population des indigènes dans ces zones agricoles, une population qui aurait inévitablement fini par envahir aussi les villes côtières[1]. » J'ai quant à moi quitté

1. Je me rends compte que des mots aussi lourds que ceux-ci ne nécessitent pas uniquement d'être traduits, mais d'être annotés, et dans la mesure où il est difficile aujourd'hui de mettre la main, même en Israël, sur des exemplaires de ces publications, qui heureusement n'existent plus, je joins à cette lettre quelques-uns des miens – numéros issus de ma collection personnelle. J'y ai souligné les passages cités, afin de faciliter la tâche d'un linguiste indépendant souhaitant vérifier l'exactitude de mes traductions. Si vous ou tout autre membre de votre comité souhaitiez recevoir de la documentation supplémentaire, je serais ravi de vous rendre ce service et ne demanderais en retour que l'émission d'un mandat postal en mon nom auprès de la Banque postale d'Israël, pour un montant de 3 £ (ou l'équivalent en dollars). Je répugne à vous adresser cette requête, mais je préférerais conserver au moins quelques-uns de mes exemplaires originaux, or l'université reste plutôt avare des privilèges qu'elle accorde à ses enseignants en matière de reprographie, puisqu'on nous demande de payer pour toute copie jugée superflue... Quoique ces derniers temps nous ayons eu quelque raison d'espérer une modification de cette politique...

l'Allemagne pour lancer ma carrière universitaire à cette même époque et je me rappelle tout cela très bien. Je venais à peine de débarquer dans cette petite colonie dotée d'un tout petit organe de presse, et où la langue était parlée par une poignée de personnes – dont le nombre allait toutefois croissant –, et c'est à ce titre que je lisais tout ce qui me tombait sous la main, y compris ces obscures publications que j'épluchais depuis les bancs du campus pour n'y trouver que des formulations dignes de celles qu'on aurait pu trouver dans le *Völkischer Beobachter* ou *Der Angriff*. J'ai tout de suite su que ce « B. Nétanyahou » dont je lisais le laïus devait être la même personne que ce « B. Nétanyahou » qui séchait mes séminaires d'akkadien et de sumérien, mais il m'aura fallu un certain temps – et pas mal de redites, ainsi que quelques cafardages étudiants – pour me rendre compte qu'il était aussi « Ben Soker » et « Nitay », et ce jabotinskyiste qui se cachait sous la lettre latine « N », parmi d'autres pseudonymes. La chronique la plus provocatrice de ce prolifique harangueur de foules s'attaquait à la vie sur le campus et visait systématiquement les instances de l'université, qu'elle traitait comme un substitut des instances de l'État. De nombreux numéros condamnaient ouvertement le doyen de l'université, Judah Leon Magnes, américain de naissance, et l'ancien secrétaire juridique de la Palestine mandataire, Norman Bentwich, qui, à l'occasion de sa prise de fonctions en tant que professeur de sciences politiques, devait présenter une conférence intitulée

« Comment le nationalisme est en train de se transformer en religion ». Hélas, je n'ai jamais eu l'opportunité de le découvrir – personne ne l'eut jamais – car avant même que Bentwich ne prononce le moindre mot, une bombe avait été lancée dans l'amphithéâtre. Je me souviens du bruit, des cris, du crépitement. J'avais pris place sur une rangée du milieu. Je me souviens du sentiment de panique, tandis qu'étudiants et collègues abandonnaient leurs différences pour se ruer vers les sorties tels des cafards. Je me souviens m'être dit, en prenant la fuite moi aussi, qu'une bombe n'ayant pas explosé n'empêcherait pas la suivante d'y parvenir, et au même moment un nuage nauséabond s'est refermé sur moi, ma tête s'est mise à tourner et je me suis effondré au sol, où je me suis fait allègrement piétiner (ma cheville en garde encore des séquelles). Il s'avéra que c'était une bombe au soufre, une boule puante et irritante. Le lanceur de bombe était un étudiant du nom d'Abba Ahimeir, le faiseur de bombe était un étudiant en mathématiques du nom d'Elisha Nétanyahou, le frère cadet de notre Nétanyahou – lui-même le cerveau (supposé) de cette action.

Mes cheveux et mon unique costume sentaient encore le soufre quand Haïm Arlozoroff, le responsable des relations politiques de l'Agence juive – une agence soutenue par les Britanniques –, fut assassiné sur la plage de Tel-Aviv. Trois hommes furent arrêtés, dont Ahimeir. L'affaire fit grand bruit : que des Juifs se mettent à tuer d'autres Juifs venait réaliser, à de nombreux égards, la prédiction de Jabotinsky, selon qui un État juif serait enfin devenu un État comme les autres dès lors que – en plus de compter des banquiers juifs, des menuisiers juifs et des tailleurs juifs – il se doterait d'assassins juifs. Nétanyahou, sous ses divers noms de plume, vint promptement en soutien aux hommes arrêtés, à l'instar de son père, d'ailleurs, le vieux rabbin, qui mourut peu de temps après leur avoir rendu visite en prison. À en croire la nécrologie révisionniste que fit son fils, Rabbi Mileikowsky décéda non pas de l'une des nombreuses maladies chroniques dont il souffrait, mais fut emporté par le chagrin à l'idée que des hommes à ce point voués à la cause d'un État juif puissent recevoir en retour un traitement aussi dur. Le deuil de Nétanyahou ne rendit ses condamnations que plus vives encore, et il se mit à répandre sa colère indifféremment sur tous les Juifs coupables de collaborer avec n'importe quelle organisation autorisée par les Britanniques, y compris – et il martela ce point – l'université, dont il gratifiait le personnel, le doyen, le directeur, des doux noms de « macaques », « rongeurs », « veules traîtres », et de « soi-disant sionistes n'ayant qu'une idée en tête, l'échec du sionisme ». J'aimerais ici souligner la folie d'une telle position. Souvenez-vous qu'à l'époque Nétanyahou n'avait encore aucun diplôme en poche.

Un tel comportement n'aurait été pardonné à aucun étudiant, aussi brillant fût-il ; or brillant, Nétanyahou ne l'était qu'au regard de critères étrangers – une remarque que j'avance ici avec le plus grand respect. Dans n'importe quelle institution américaine, il aurait été une « star », mais je vous prierais de ne pas perdre de vue que les circonstances historiques se sont liguées pour élever Israël au-dessus de tels critères. Chaque année que Nétanyahou passa à l'Université hébraïque s'accompagna d'un flot de nouveaux réfugiés, jusqu'à ce que, à la veille de la Seconde Guerre mondiale, le havre de nos salles de classe grouillât des meilleurs enseignants européens, qui tous, pour le prestige, se mirent à jouer des coudes. Rien qu'au département d'histoire, nous comptions parmi nous Baer, Koebner et Tcherikover, qui à eux trois maîtrisaient pas loin de 22 langues ; il y avait Polak, qui, comme il aimait à le dire, savait lire deux livres à la fois, un avec chaque œil, et il y avait son ennemi juré, Dinur, qui lui, comme il aimait à le dire aussi, savait écrire deux livres à la fois, un avec chaque main. Autant pour leurs conférences que pour le matériel de bureau, ces deux-là devaient batailler contre Shelomo Dov Goiten, qui entamait tout juste son projet visant à déchiffrer la Guéniza du Caire. C'était alors fréquent de croiser dans un couloir les silhouettes poussiéreuses de Leo Aryeh Mayer et d'Eleazar Sukenik, deux archéologues qui, entre deux fouilles des murs de Jérusalem, allaient meubler leur pause en consultant les archives ; c'était tout aussi fréquent, dès qu'on souhaitait prendre un bol d'air, de devoir tenir la porte à Martin Buber ou Gershom Scholem (il m'est d'ailleurs arrivé une fois d'oublier de tenir la porte à Buber, qui se l'est prise de plein fouet). La plupart de ces hommes étaient des génies, mais certains d'entre eux étaient traumatisés, des émigrés brisés qui étaient simplement heureux de pouvoir respirer un peu d'air, heureux d'être encore en vie. Certains ne prêtaient pas attention aux Britanniques, voire aimaient leur culture et leurs mœurs qui leur étaient familières, vestiges d'une Europe raffinée au milieu de ce climat cuisant et aliénant. D'autres étaient en réalité des hommes de gauche, ou du moins le professaient-ils, quand bien même leur marxisme s'accompagnait de penchants bourgeois. Mais quelle qu'ait pu être leur orientation politique déclarée, leur sionisme n'en demeurait pas moins vaguement littéraire, poétique. Ils tentaient de raviver ces existences auxquelles ils avaient rêvé durant leur jeunesse européenne, et ils seraient volontiers restés à Jérusalem éternellement sous le règne du roi George V. Ces hommes étaient des rats de bibliothèque ayant tout juste fui un carnage qu'ils n'avaient pas cherché, et on ne pouvait attendre d'eux qu'ils en fomentent un autre dans la foulée. Et si leur psychologie a pu se révéler limitée, ils étaient aussi physiquement inaptes, une clique tuberculeuse totalement incapable de prendre les armes pour se révolter. Et cela, Nétanyahou, le zélote, ne pouvait l'accepter. Il ne pouvait tolérer leur lassitude politique. De même qu'il ne pouvait supporter plus compétent et mieux qualifié que lui. Il se pourrait même que ce virulent rejet idéologique de l'université n'ait été, pour lui, qu'une sorte de frappe préventive visant à contrer le rejet de ses talents supposés par l'université.

Expliquez-moi comment, dans cette atmosphère où tout le monde était un génie inégalé dans l'étude du Tanakh, du Talmud, de la Cabbale, de la Hassidout, de l'écriture cunéiforme, de la logique modale, de la matière, de l'antimatière, de la dynamique quantique, où tout le monde avait un théorème à son nom, une liste de publications définitoires de tout un champ traduites en espéranto, une mine de diplômes jalousement gardée par un dragon, diplômes décernés par les universités de Berlin, Munich, Paris, Bâle, Zurich, Vienne, Saint-Pétersbourg et Moscou – expliquez-moi un peu comment, dans ces conditions, on aurait pu trouver un poste pour un grincheux formé en Israël, sans doctorat ni livre publié, mais avec un passif d'incitation à la violence terroriste ? Quel sombre recoin silencieux aurait-on pu lui dénicher dans cette toute petite université de notre tout petit pays sans le sou, où tous les recoins étaient déjà occupés ?

La réponse est la suivante : aucun – ou aucun, hormis à l'étranger. La réponse, ce fut Ze'ev Jabotinsky. Juste avant l'invasion de la Pologne, Nétanyahou quitta le milieu universitaire pour confier son sort aux mains de ce vieillard originaire d'Odessa, qui depuis son expulsion sillonnait l'Europe, comme le père de Nétanyahou, le vieux rabbin, l'avait fait avant lui. Frêle, tremblotant, accablé, il prenait la parole dès que l'occasion se présentait, affectait des accents de prophète immolé pour avertir ses camarades juifs de l'imminence d'un cataclysme génocidaire et tenter de mettre sur pieds une armée juive qui pourrait combattre les nazis

– une armée dépourvue de pays. Les Juifs se devaient d'abord de fonder une armée, un pays ensuite ; le pays découlerait de l'armée, telle était sa conviction. Les méthodes de Jabotinsky étaient peut-être étranges, mais ses intuitions étaient les bonnes, la menace nazie bien réelle, réelle et présente, or ses vieux ennemis sionistes étaient dans le déni. Avec le recul, c'était peut-être le seul à avoir vu venir le massacre qui s'annonçait… Le seul, avec une poignée de poètes yiddish, peut-être, à ceci près que les poètes voient des massacres partout… En 1940, Jabotinsky nomma Nétanyahou à la tête de la branche révisionniste aux États-Unis. Pour l'essentiel, Nétanyahou ne fit en cette qualité que suppléer Jabotinsky lui-même, qui non seulement savait à quel carnage s'attendre, mais savait en outre que si les Juifs voulaient y survivre et prospérer dans son sillage, il leur fallait l'appui des Américains. Aux yeux de Jabotinsky, mais surtout aux yeux du jeune Nétanyahou, l'Europe était finie – l'Europe semait la mort –, seule l'Amérique représentait l'avenir. En Grande-Bretagne, la politique étrangère ne pouvait être changée qu'en bousculant les mentalités de cette élite héréditaire qui occupait tous les rouages du gouvernement, dont l'éducation reposait sur la haine des Juifs, et que rien n'incitait à trahir sa classe. En Amérique, par contre, la politique étrangère pouvait être définie selon les penchants populaires, par le biais de campagnes d'information et de publicité à destination de l'homme de la rue, qui irait ensuite voter. C'est pourquoi, dans l'esprit de Nétanyahou, l'Amérique revêtait une importance capitale : c'était le seul pays au monde où les questions de politique étrangère étaient avant tout des questions de politique intérieure ; le seul pays au monde où – grâce à sa population immigrée et son système démocratique – l'étranger en soi n'existait pas. Si suffisamment d'Américains pouvaient se laisser emporter par le rêve d'un État juif, ils finiraient par élire suffisamment d'hommes politiques pour que ce rêve devienne réalité, à force de traités, d'accords de soutien, et grâce à l'obtention d'une protection contre les Soviétiques. Tel était le plan de Nétanyahou, pour lequel il sillonna les États-Unis – non seulement afin de rendre visite aux communautés juives dans les synagogues, mais également aux chrétiens d'Amérique dans leurs églises, où il prêchait la bonne parole du sionisme révisionniste en réclamant des fonds pour aider à la relocalisation des Juifs d'Europe en Palestine, et faire d'eux de bons petits soldats. Toutefois, peu de temps après que Nétanyahou s'était lancé sur cette voie, Jabotinsky débarqua en personne à New York, où il fit quelques apparitions publiques avant de déguerpir en direction d'un camp d'entraînement pour miliciens, perdu quelque part au milieu des Catskills, dans l'État de New York – non loin, je crois bien, de votre institution soit dit au passage. Là, il succomba à une crise cardiaque.

Jabotinsky mort, Nétanyahou perdit tout soutien. Il se retrouva seul dans un pays étranger, or ne l'attendait en Palestine rien d'autre que l'opprobre. Et pendant ce temps, l'Europe était à feu et à sang. Nétanyahou s'enferma dans sa recherche universitaire et s'arrangea pour terminer son doctorat dans cet étrange petit séminaire rabbinique de Philadelphie, où l'on préparait d'étranges petits rabbins à prendre la direction de vos « temples ». Enfin, vous devez en savoir plus que moi à ce sujet. Mais rendez-vous compte ! Pendant que la plus grande des tragédies s'abattait sur son peuple, Ben-Zion Nétanyahou n'était ni en Europe ni en Palestine, mais à Philadelphie, en Pennsylvanie, où il passait le plus clair de son temps à écrire sur l'Espagne médiévale ! Où il passait le plus clair de son temps à écrire sur l'Inquisition en pleine Shoah… Sur l'échec des Juifs d'Ibérie à sauver leur peau – façon commode de suppléer à sa propre incapacité à sauver la peau des Juifs en Europe… Mais quelle folie ! La guerre terminée, que pouvait-il ressentir ? Sa thèse de doctorat bouclée, que pouvait-il bien célébrer ? Certainement pas l'instauration de l'État juif, que ses ennemis revendiquèrent comme leur victoire mais qui s'accompagna du prix de millions de vies. Un État qui n'avait pas été arraché mais donné, gracieusement mais non sans culpabilité, en réparation de cette catastrophe. Pour lui, cet État était passé aux mains des accommodeurs et des concesseurs, avatars à peine juifs d'un Neville Chamberlain : j'ai nommé les Ben-Gourion, Weizmann, des hommes qui crachèrent sur la tombe de Jabotinsky et ne daignèrent pas même que sa dépouille fût rapatriée en Israël depuis la terre de Long Island, où elle est encore ensevelie. Aucun révisionniste ne fut convié à participer au nouveau gouvernement israélien. Le mouvement n'eut aucune influence à la Knesset. Il n'y avait plus qu'un seul sionisme dorénavant et le révisionnisme avait été revu et jeté aux oubliettes. Néanmoins, Nétanyahou fit son retour chez nous – il n'avait d'autre choix que de revenir, malgré tout – en quête d'un rôle à jouer, en politique, dans l'armée ou les renseignements, peu importe, et même à l'université s'il le fallait. À moins qu'il n'ait fait son retour dans le seul but d'assister à l'échec d'Israël. Sauf qu'Israël, évidemment, ne fut pas un échec. Ne l'est toujours pas. Nétanyahou s'acharna pourtant, attendit près de dix ans que quelqu'un, n'importe qui, vienne le sortir du placard. Lui, l'historien en marge de l'histoire, le rejeton d'un rabbin-diplomate frustré qui avait lui-même été effacé des annales de l'État. Ce fut une tragédie. Si les collègues à l'université avaient jusque-là évité Nétanyahou à cause de ses vues politiques, ils l'évitaient désormais à cause de cette tragédie qui le touchait. À cause de son amertume, de son ressentiment, de sa rage. J'avoue que moi aussi je l'évitais. Il n'y avait rien à faire. À l'époque, notre université était encore en chantier sur le plan administratif. Nous comptions parmi nous des dizaines de personnes capables de procéder à la fission d'un atome et d'expliquer la théorie de la relativité, or dès qu'il s'agissait de diriger un bureau et de faire un peu de comptabilité, il n'y avait plus personne. Contraints de quitter le mont Scopus où se trouvait notre campus – qui après la guerre d'indépendance se situait au milieu d'une enclave aux mains de l'Onu, en plein territoire jordanien –, nous étions désormais basés dans un cloître non reconstruit au centre de Jérusalem, dont le propriétaire était l'Église catholique. Le seul parmi mes collègues d'université à avoir eu l'opportunité d'aider Nétanyahou fut le généreux, quoique perfide, Pr Joseph Klausner, qui soumit son nom à l'éditeur Alexander Peli : ce dernier était à la recherche de quelqu'un pour diriger la rédaction de l'*Encyclopedia Hebraica*. Or je ne voudrais pas que vous croyiez qu'on lui faisait là une fleur. Car c'était aussi, à sa manière, une sorte d'insulte. Pour être honnête, c'était même l'insulte la plus originale qu'il m'ait été donné d'entendre. Imaginez un peu qu'on vous confie la tâche de fournir à votre tout nouveau pays une encyclopédie flambant neuve retraçant ses origines ; imaginez un peu qu'on vous donne la responsabilité de mettre sur pied le plus ambitieux et le plus exhaustif des projets d'érudition en hébreu depuis que cette langue fut réinventée grâce au dictionnaire d'hébreu moderne de Ben-Yehoudah ; mais alors, souvenez-vous de ceci : lorsque vous dirigez la rédaction d'une encyclopédie, vous avez la possibilité d'y inclure une entrée sur presque tous les sujets et toutes les personnes de votre choix – à l'exception de vous-même. Le directeur de publication est la seule personne à toujours devoir en être exclue. Nétanyahou avait pour charge de superviser les entrées de tous ses vieux ennemis – lui-même s'occupa de l'entrée sur l'antisémitisme – sans jamais pouvoir mentionner son propre nom. À quel point cela a dû lui paraître offensant, de devoir ainsi compter sur cet auto-effacement pour gagner son pain ! Les Juifs imaginent d'ingénieuses vengeances. J'aurais cru que Nétanyahou resterait chez nous à s'échiner sur ce projet certes louable mais à coup sûr interminable, or peut-être le tourment que cela lui causa fut-il trop aigu, peut-être le rappel fut-il trop infâmant. J'avais entendu dire, de la bouche de Klausner et de mon collègue, le Pr Yeshayahou Leibowitz, ainsi que d'autres qui rédigeaient des entrées pour Nétanyahou, qu'il s'était à nouveau rendu à l'étranger pour y trouver un poste, mais je n'en reçus aucune confirmation jusqu'à l'arrivée des télégrammes : à l'attention de Klausner, de Leibowitz, de la moitié des historiens ici, puis de la mienne, réclamant nos recommandations.

Si cette lettre s'est avérée trop longue, puisse sa longueur témoigner de ma candeur : je vous ai dit quasiment tout ce dont j'avais connaissance et sans doute trop de ce que j'en pensais, mais jamais dans une intention de sabotage. Réfugié moi-même, j'ai bien conscience que les hommes sont capables de changer, et que chaque homme renferme en lui de nombreux hommes pouvant montrer des visages bien différents : tragique un instant, comique le suivant, pitoyable, impitoyable, dubitatif. J'ose espérer que dans votre cas, le Nétanyahou que vous rencontrerez sera un autre Nétanyahou – j'espère sincèrement qu'il sera différent et ne ressemblera en rien à l'homme que je viens de décrire. Si tel est le cas, alors grâce soit rendue à Dieu, Qui apporte le changement en temps utile, et grâce vous soit rendue, aussi, de ne pas me tenir rigueur de cette lettre, ni d'attribuer à mon caractère ces mêmes défauts que je viens d'attribuer au sien. Je conclurai à l'aide d'une autre prière que vous ne trouverez dans aucune liturgie, mais chez Heine, je crois : *Mögen Fremde über uns alle urteilen !* – « Puissions-nous tous être jugés par des étrangers ! »

Veuillez agréer l'expression de mes sentiments les plus sincères et chaleureux,

Pr Peretz Levavi (Peter Lügner)
Université hébraïque
Jérusalem, Israël

VI.

Nous recevions mes parents à l'occasion de Thanksgiving. Ils avaient insisté pour faire les dix heures et quelques de voyage, étaient partis à l'aube dans la mauvaise direction, du Bronx étaient descendus à Penn Station où ils rebroussèrent chemin en empruntant la Lake Shore Line, qui leur fit traverser Albany, Schenectady, Utica, Syracuse et Rochester jusqu'à Buffalo – mes parents étaient le genre de voyageurs trop occupés à ne pas perdre le fil des arrêts pour apercevoir les changements de cultures rythmant le paysage –, où ils s'affalèrent ensuite dans un bus et fendirent les mornes champs de terre retournée, en une sorte de pénitence assez malsaine. Depuis que les parents d'Edith étaient venus célébrer les fêtes seuls chez nous, mes parents, Alter et Henya, s'étaient mis en tête de venir en passer à leur tour, et s'il leur fallait se décider pour une fête laïque, eh bien soit.

La table était recouverte des plats plus conviviaux qui, pour mes parents, étaient comme autant d'épis à glaner ; des préparations qu'Edith avait appris à cuisiner au dos des paquets dans lesquels ces plats étaient vendus : gratin « instantané » de patates douces aux marshmallows, soufflé « instantané » à la canneberge, farce « instantanée » ainsi que, bien sûr, la dinde à farcir, loin d'être instantanée, elle – un immense et reluisant monticule de viande déplumée mais ensaucée que je m'efforçai de découper à table, jusqu'à ce que mon père intervienne et m'arrache le couteau des mains. Une découpe est une découpe, qu'il s'agisse de tissu ou de volaille. Et un expert restait un expert.

Ma mère et mon père étaient tellement affamés après leur périple qu'à leur arrivée nous étions aussitôt passés à table, et dans la mesure où un repas était pour eux une corvée dont il fallait s'acquitter, en trente minutes à peine nous en étions déjà au dessert – ils venaient de passer plus de dix heures dans les transports pour engloutir un dîner tout entier ou presque en trente minutes chrono. Il y avait de la tarte à la citrouille en dessert, un gâteau renversé à l'ananas, un *brown betty* pomme-rhubarbe sur lequel furent projetés, après avoir été bien agités dans leur siphon, de généreux fleurons de chantilly aux pétales blancs.

Ce qui caractérise sans doute le mieux la différence entre les parents d'Edith et les miens, c'est que même après avoir terminé les plats sucrés (mon père gobant à la canule du siphon les restes de chantilly tandis que ma mère lui fustigeait la main), même après s'être resservis, ils ne bougèrent pas de leur chaise et ne firent montre d'aucune curiosité envers les autres pièces de la maison, et encore moins envers la fermeté des matelas, la garantie de nos appareils ménagers, les questions superficielles relatives au formica ou au micarta, le déternissement des cuivres, la restauration des porcelaines, ou la préparation des guillotines pour l'hiver.

Ils restèrent assis là et se contentèrent de la salle à manger, se contentèrent de la vue sur le salon contigu. Pour eux, l'étage de la maison représentait une autre vie. Ç'aurait tout aussi bien pu être l'appartement d'une autre famille, voire l'au-delà, une eschatologie entière.

Edith et moi sirotions notre café et mes parents leur thé, qu'ils prenaient à l'ancienne – une compotée tapissant le fond de leur tasse pour le sucrer, que nous dûmes remplacer par de la confiture de raisin à laquelle mon père ajouta un reste de sauce à la canneberge.

Je m'ennuyais et je suis sûr qu'Edith s'ennuyait elle aussi, mais seule Judy, qui refusait toute boisson chaude, le montrait ostensiblement, lâchant des soupirs théâtraux à mesure que la conversation abordait les sujets suivants : l'existence ou non d'un bus direct entre New York et Corbindale (non) ; la desserte de Corbindale par d'éventuels trains de voyageurs, ou étaient-ce toujours des trains de marchandises (marchandises, toujours) ; les différences entre le travail que je faisais à Corbin et celui que j'avais fait à CUNY (mon père : « Si je comprends bien tu fais pas passer autant d'examens ici, mais leurs notes comptent plus dans la moyenne finale ? ») ; l'avis d'Edith sur la bibliothèque – dans quels domaines les collections étaient correctes (dans les cotes 630, c'est-à-dire, selon la classification Dewey, l'Agriculture), dans quels domaines les collections laissaient à désirer (à peu près partout ailleurs, mais surtout dans les 490, Autres Langues) ; la durée pendant laquelle un livre était empruntable (ça dépendait du livre) et les pénalités de retard (un penny par jour). Alors elle – Judy – cherchait sans cesse à nous interrompre et à glisser un mot entre les relances de mon père qui, à chaque fois, l'ignorait ; du moins jusqu'à ce que ma mère lui empoigne la nuque : « Qu'est-ce qu'il y a ? demanda-t-il.

— Judy essaie de dire quelque chose, dit ma mère en faisant un petit signe de tête à Judy, qui marmonna :

— Non non, je voulais juste sortir de table, c'est tout.

— Et qu'est-ce que tu as à faire de si important que ça ? demanda mon père.

— Mes compos.

— Tes compos ?

— Mes dissertes, quoi.

— Tes dissertes, dit mon père, qui resta un moment sans bouger, tournant le mot dans sa bouche comme une pastille à la menthe, avant, malgré la pression croissante qu'exerçait ma mère en renforçant sa poigne, d'embrayer : Tu vas peut-être pas me croire mais figure-toi que je parle anglais, et tu ferais mieux d'en faire autant. Comme ça tous les deux on pourrait passer pour deux personnes qui parlent la même langue. »

Judy se radoucit : « Les dissertations que je dois rendre pour postuler à la fac.

— Aha. Ce sont donc les dissertations que tu dois écrire dans le cadre de tes candidatures auprès des universités.

— Sauf qu'en vrai, précisa Judy, c'est juste l'occasion pour Papa de faire son prof. J'écris des pages et des pages et je les lui donne à lire, puis il me les rend barbouillées de rouge pour me montrer toutes les étourderies que j'ai pu faire.

— La plupart du temps ce sont juste des suggestions que je fais, pas vraiment des corrections, expliquai-je.

— Et je suis sûre que c'est très utile, dit ma mère, cherchant à se rendre utile à son tour.

— En tout cas ce qui est certain, c'est que ça vise à améliorer les choses, ajouta Edith.

— Et c'est donc comme ça que les universités choisissent leurs étudiants, en se fiant à ces dissertations ? demanda mon père en pivotant dans ma direction. Tu vas tout de même pas me dire que t'es pas capable de passer un coup de fil à quelqu'un de l'université où elle veut aller pour lui dire, écoutez, je suis professeur moi aussi, comme vous, et j'aimerais s'il vous plaît que vous preniez ma fille parmi vos étudiants ?

— C'est pas comme ça que ça marche, Papa, et puis de toute façon, Judy n'a pas besoin que je mette mon nez là-dedans. Ni personne d'ailleurs. Elle s'en sort très bien toute seule.

— Alors pourquoi tu corriges ce que j'écris ? » s'exclama-t-elle.

Elle marquait un point. Peut-être que je corrigeais trop de choses chez elle. Peut-être que je corrigeais chez elle mes propres erreurs. Quoi qu'il en soit, je crois que je la poussais sans doute un peu trop, certainement, m'attendant à ce qu'elle invoque Edward Gibbon ou Thomas Carlyle, ou qu'elle s'embarque dans un débat entre Lincoln et Douglas au milieu des sujets éculés qu'on lui imposait : dans l'encadré ci-joint, merci d'écrire une « Lettre adressée au Passé », ou une « Lettre adressée à l'Avenir », ou complétez la phrase suivante, « Si j'étais président des États-Unis, je… ». Elle rédigeait ses brouillons dans une écriture penchée et toute en boucles, héritée d'une soi-disant méthode Palmer qui n'avait rien de méthodique, et, sous couvert de la nuit, elle les glissait sous la porte de mon bureau. Je les lisais, tard après mon propre travail, ou en lieu et place de mon travail – je reformulais, je restructurais, me disant qu'il n'y avait là rien de punitif, que je cherchais plutôt à enrichir son propos, sachant toutefois, depuis des profondeurs chthoniennes, que plus je passais de temps à faire ces corrections, plus je retardais l'échéance des Juifs qui me pesait – ou me pesaient – sur le cœur.

« Alors par exemple, demanda mon père, donne-moi un de ces sujets ?

— Il y en a plein, répondit Judy. Chaque fac est différente, mais la disserte à laquelle je travaille en ce moment, c'est sur la justice.

— La justice ? » Mon père s'enfonça le poing dans la joue. « Et qu'est-ce que tu dois en dire, de la justice ?

— C'est à lui qu'il faut demander ça, dit Judy, doigt pointé dans ma direction, c'est lui qui a un avis sur tout.

— Lui, c'est ton père, fis-je, avant de m'adresser à mon propre père : Tu veux qu'elle nous lise ce qu'elle a écrit ?

— Naan, Papa.

— Allez, Judy, une petite répétition sur commande ? Un petit récital ?

— J'ai pas envie.

— Et moi non plus, dit mon père, j'ai pas envie qu'elle me le lise. Si elle est pas capable de sortir ça de sa bouche à elle, c'est que ça doit pas causer de grand-chose. »

Il s'agissait d'une dissertation pour entrer à Vassar College, je crois, une université qui faisait partie des premiers choix de Judy, parce que le quota pour les Juifs y était plus important que dans la plupart des universités prestigieuses de l'Ivy League, à l'exception de Cornell et de Penn, et contrairement à Princeton les filles y étaient admises. De toutes ses dissertations, celle-ci nous donna le plus de fil à retordre, ou n'en donna peut-être qu'à moi. « Comment Définir La Justice ? » était la question exacte qui était posée, ainsi orthographiée, chaque initiale de chaque mot se voyant rehaussée d'une majuscule, et Judy et moi avions déjà passé de longs après-midi, les weekends d'automne, à discuter de sa réponse – nous demandant en quoi la question théorique « comment définir la justice » différait de son versant pratique, « comment définir ce qui est juste », et en quoi la justice pouvait souvent se heurter à la notion d'égalité (par exemple, la justice pouvait prendre en compte la réussite individuelle, ce qui ne pouvait jamais être le cas de l'égalité). Nous nous étions penchés sur les notions d'« égalité » et d'« équité », je la fis s'interroger sur le concept de « parité ». Puis nous nous étions chamaillés pour savoir si le mot « équitabilité » existait ou non, pour comprendre ce que pouvait recouvrir la notion d'« équivalence », et tant d'autres qualités qu'au regard de son idéalisme j'échouais à incarner. Or c'est ce qui m'agaçait le plus, de reconnaître dans l'idéalisme de Judy la dégradation du mien. Des mots – des expressions –, des sentiments logopœïques, propédeutiques, patriotiques émanaient d'elle, avec lesquels j'avais été vaguement d'accord, ou pensais l'avoir été jusqu'à ce que je les rencontre chez elle, dans sa voix à elle, qui leur prêtait une certaine banalité, ou naïveté, comme lorsqu'une petite fille se déguise pour imiter sa mère : « La justice est la démocratie en actes... La justice, c'est quand les femmes ont toutes leurs chances, et lorsque les minorités de ce pays, y compris les nègres, reçoivent un traitement identique... La justice revient à ne pas tenir compte des héritages ou des relations que peut avoir une famille quand on doit prendre une décision, et à ne jamais juger une personne, mais à juger des faits... »

Elle en donna, à l'attention de notre tablée, une interprétation vive, nerveuse mais inspirée, entièrement tendue vers l'éloquence, et elle glissa au milieu de parties improvisées des bribes de brouillon dont elle se souvenait, avant, subitement, de conclure sur ces mots : « Et la justice ça doit aussi passer par ça : la possibilité, pour chacun dans ce pays, de s'offrir un nouveau nez. »

Edith, assise bien droite au bord des applaudissements, s'affaissa soudain et ma mère, toujours aussi calme et impassible, plaça la main sur le genou d'Edith avant de dire à Judy : « Tu as le nez de Tante Zelda. Et l'homme qui t'aime t'épousera pour ton nez, pas malgré lui. C'est important de t'en souvenir. Beaucoup d'hommes trouvaient Zelda très jolie. »

Judy pouffa.

Un silence s'abattit sur nous telle une chape et mon père, plissant les yeux, sa voix retentissant comme depuis les ténèbres, finit par se lancer : « La justice. Moi aussi je suis pour la justice, dit-il avant d'embrayer, après une pause, et je veux être juste envers toi, ainsi donc, Judele, tu dois me dire, parce que je suis incapable moi-même de trancher. Est-ce que ce que tu viens de nous dire là maintenant, sur la justice, est quelque chose que tu dois dire pour cette fac, parce que ça plaira à ses profs, ou est-ce que c'est quelque chose que tu choisis de dire pour toi-même, parce que tu y crois pour de vrai ? Parce qu'au fond de moi je peux comprendre, je t'assure que je comprends qu'il arrive parfois, au travail ou dans la vie aussi, qu'on doive faire des choses qu'on n'a pas envie de faire – faut te pincer le nez, ton joli petit nez, et les faire quand même ces choses, parce que c'est ce qu'on attend de toi.

— Non, Zeyde, pas du tout. J'écrirais jamais un truc auquel je crois pas. Ça c'est mes opinions à cent pour cent. À cent dix pour cent, même.

— Je comprends, répondit mon père, en jouant de la petite cuillère contre la sous-tasse. Je comprends, à cent dix pour cent. Mais fallait juste que je te demande avant d'argumenter parce que ce serait idiot d'argumenter avec quelqu'un qui n'y croit pas. Mais puisque tu me confirmes que tu y crois et que c'est pas une façon de parler, une formalité, alors c'est différent. » Il poussa sa chaise en arrière, sans doute un peu plus violemment qu'il n'aurait voulu, et tandis que ma mère plongeait le regard vers ses genoux et qu'Edith levait le sien sur moi, j'essayais de me convaincre, Rube, tu sais très bien ce que ton père s'apprête à faire, tu sais très bien ce que ton père s'apprête à dire, et comment Judy va le prendre, alors s'il te plaît coupe-lui la chique, dis quelque chose : raconte-nous une blague, renverse ton café, bouscule son thé, fais comme ces magiciens de la Borscht Belt dans les Catskills, tire un bon coup sec sur la nappe pour ne laisser que les couverts sur la table ; fais ton possible pour attirer son attention et qu'il perde Judy de vue, et ainsi tu sauveras la soirée de sa mauvaise humeur.

Mais je n'ai pas pu, car il restait mon père et j'étais son fils, et tout ce que je pouvais faire, c'était rester assis là et encaisser ce qu'il disait, tout en essayant de me rappeler, en essayant de toutes mes forces de me rappeler que ce n'était pas autrement que je devais paraître aux yeux de ma fille : imbu de mon autorité, imbu de mes certitudes, m'as-tu-vu et mesquin.

« Faire uniquement ce qu'on croit, dit mon père, à ton avis à quel genre de vie ça mène, ça ? Comment appeler quelqu'un qui fait rien que suivre ce genre de comportement ?

— Quelqu'un d'honnête ? répondit Judy. Un héros ?

— Un macchabée. Moi j'appelle ça un macchabée.

— C'est d'un cynisme. »

Mon père pointa sa cuillère sur elle. « Si moi j'essayais d'entrer à la fac, je leur dirais, moi, aux huiles de la fac, non pas ce que je crois mais ce que je crois que ces gens veulent entendre, je les reluquerais un bon coup et trouverais bien quoi leur dire, et c'est grâce à ça qu'ils me choisiraient, moi, et tout le monde serait content : eux ils garderaient leurs opinions et moi j'aurais ma place à la fac. Eh ben le voilà, tiens, mon conseil, et t'en auras pas de meilleurs, même si le bonhomme qui te le donne a jamais mis les pieds de sa vie dans aucune école de ce pays. Moi ici j'ai travaillé et c'est à Kiev que je suis allé au *heder*. Tu sais ce que c'est, le *heder* ?

— Non.

— Eh ben c'est une école pour les enfants juifs, voilà ce que c'est, le *heder*, et il se remit à battre de la cuillère. Mais c'est pas ça le sujet, continua-t-il. Le sujet c'est la justice, pas le *heder* ni que j'aie jamais eu une éducation digne de ce nom, moi. » Il croisa le regard de Judy. « Je dirais pas à une université ce que je te dis là, ce que j'en pense moi de la justice, parce que je suis pas un *putz*, moi. J'ai peut-être pas reçu d'éducation mais ça fait pas de moi un *putz* pour autant, parce qu'au lieu de ça moi j'ai vécu ma vie, et c'est comme ça que j'ai appris que la justice c'était rien qu'une idée, comme quand les Soviets ont une idée et qu'elle marche jamais. C'est contre-nature, voilà tout.

— Justement, Zeyde, c'est ça le truc. Ça ressemble plus à un principe, en fait : la justice, c'est quelque chose dont faut se montrer à la hauteur. On est censé dans ce pays surmonter nos instincts grégaires et nos liens tribaux qui fonctionnent au népotisme, pour apprendre à vivre sur un même pied d'égalité, à juger les autres en gardant l'esprit ouvert, et à reconnaître qu'apporter son aide à ceux qui sont pas comme nous c'est aussi s'aider soi-même, en réalité.

— Et tu penses que c'est vrai, tout ça ? Parce que moi j'ai été dans les usines, j'ai été dans les syndicats, je me suis fait boxer les oreilles des deux côtés des piquets de grève, et j'ai jamais rien vu de tout ça.

— Peut-être qu'il fallait ouvrir les yeux. »

Ceci le mit en rogne et il en fit tomber sa petite cuillère pour tirer sur ses yeux, index au coin de chaque œil : « Essaie un peu d'ouvrir les yeux, tiens, il se passe quoi ? Tu peux pas les ouvrir plus grands que ça, et ils sont tout plissés, tes yeux, t'as l'air d'un vrai Japonais (langue tirée en guise de ponctuation).

— Immature, va. »

Il arrêta de faire l'andouille et retrouva sa petite cuillère, qui lui servait de baguette. « Dis-moi, Judele (sa voix affectant une humeur radoucie), dis-moi ce qui te paraît juste dans mon cas, à moi. Pas la peine de penser aux *schwartz*, va. Ni aux bonnes femmes. Oublie tous les *schwartz* et toutes les bonnes femmes du monde. Pense à moi plutôt. » Sur quoi il se frappa la poitrine à l'aide de sa cuillère avant de l'agiter au nez de ma mère, comme pour dire que toute pensée le concernant devait nécessairement l'inclure. « Ou bien pense à mes parents, tiens, qui ont été tués dans un pogrom, mon père, qui a au moins été tué par un homme. Pas comme ma mère, qu'est morte sous les sabots de son cheval, à cet homme, quand le canasson s'est enfui en la piétinant, c'était à Rjychtchiv en 1905, Yom Kippour. Qu'est-ce qu'il y avait de juste là-dedans, hein ? Et moi qui me suis retrouvé du coup orphelin à Kiev, à errer dans les étables. C'est juste, ça ? Plus de famille, plus d'argent, plus rien.

— C'est affreux, Zeyde. Mais la justice t'as pu venir la chercher en Amérique.

— Non, si je suis venu en Amérique c'était pour fuir cette grande révolution soviétique faite au nom de la justice, après quoi j'ai passé des années et des années à me faire voler ce rien qui me restait par tous ceux qui m'ont fait trimer.

— Mais le passé n'est pas forcément le futur. C'est justement ça, quand on aspire à quelque chose.

— N'empêche qu'on est tous nés comme on est nés et qu'on souffre tous comme on souffre, et si même Dieu arrive pas à faire en sorte qu'on soit tous égaux, qui on est nous pour penser que nos lois elles y pourront quelque chose ? » Il tapota la cuillère sur un pli de la nappe. « À moins que Dieu veuille pas qu'on soit égaux, tiens.

— Possible. » Judy se montrait désinvolte.

« Alors faut savoir, Judele : il peut pas ou il veut pas ?

— J'en sais rien moi. Je crois pas en Dieu.

— Alter », interrompit ma mère, sachant que ce serait la goutte d'eau, mais mon père l'envoya paître : « Suffit, Henya, je pose à ma petite-fille une question légitime… Demain, Judele, si demain le Ku Klux Klan débarque ici et décharge ses fusils, tu ferais quoi, toi ? Tu te planterais peut-être au milieu d'Evergreen Street en hurlant que c'est pas juste ? Non, hein. Tu te précipiterais chez des gens qui pourraient t'aider. Tu te précipiterais chez des gens en qui tu peux avoir confiance. Chez d'autres Juifs, quoi, des gens de ta famille. »

Edith toqua sur la table et se leva pour commencer à débarrasser, mon père virevoltant dans sa direction : « Eh bien quoi, Edith ? Penses-y, un peu. Si le Klan débarquait là et que vous deviez vous mettre à fuir. Tous les trois, là. Ruben, tu crois que les autres professeurs de ton université vous cacheraient dans leur grange ? Et ton département d'histoire, qui devrait en connaître un rayon en matière d'histoire, pas vrai ? Est-ce qu'ils vous apporteraient de quoi manger et boire ? Est-ce qu'ils viendraient vider vos seaux, pardon mais les seaux dans lesquels vous iriez pisser et chier ?

— C'est dégoûtant, Alter », dit ma mère, tandis qu'Edith, une pile d'assiettes à dessert branlante dans une main, essayait de prendre celle de mon père, qui s'y accrochait.

« Elle est vide, lui fit remarquer Edith, vous avez fini.

— J'ai pas fini, non mais », rétorqua mon père en claquant sa cuillère sur l'assiette comme s'il avait voulu frapper un gong et, voyant que rien ne se brisa, il lâcha prise. « En Amérique, poursuivit-il en direction de Judy, on te dit qu'il faut se mélanger avec les non-Juifs, qu'il faut se marier avec des non-Juifs, qu'il faut fuir ses traditions, prendre un nouveau nom, se faire refaire le nez, changer qui on est, manger de la dinde comme les Indiens, et en échange on obtient la justice. Elle est là, leur combine. Alors on change tout ça avant d'aller la réclamer, cette justice qu'on t'a promise, sauf que tous les bureaux de réclamation eh bien ils sont fermés, parce que ce pays il respecte jamais sa part du marché. Et même si c'est pas le cas, tiens, même si par accident il t'accorde un peu de justice, ou si la personne à côté il la traite avec encore plus d'injustice et qu'en comparaison on se sent pas si mal loti, eh ben il arrivera toujours une embrouille que la justice pourra pas tirer au clair, et quand ce moment arrive, eh bien tout le monde quitte le navire qu'est en train de couler pour aller se réfugier auprès des siens.

— Sauf que la démocratie nous dit que les gens qui nous entourent font partie des nôtres, répondit Judy. Tes voisins, ce sont des citoyens comme toi.

— Mais c'est qui qu'a parlé de démocratie ? Moi je te cause de ce qui va vraiment à l'encontre de la justice.

Même le moins *frum*, le moins religieux des Juifs, comme tes autres grands-parents, tiens, les *yeccas*, quand ils meurent, ils se mettent d'un coup à prier, ils se mettent d'un coup à réclamer les rabbins. Ils réclament qu'un rabbin vienne à leur chevet pour prier avant de lui dire "Mais c'est pas juste !".

— Et donc c'est ça ton argument contre la justice ? Vraiment ? Parce que la mort c'est pas juste, nous aussi on a le droit de pas l'être ? Qu'on est en droit de duper les autres au prétexte que la vie nous dupe ? »

Judy s'esclaffa ; mon père se rua en avant – plongea la main dans les restes englués de tarte pour se saisir de la pelle, un triangle plat et lustré pareil à une truelle de maçon, chic et crantée sur des bords qui s'effilaient de manière acérée, et il fit gicler la bouillie de citrouille visqueuse qui en tapissait le bout. « J'ai coupé du tissu pendant quarante ans, tu crois que je saurai pas te tailler le nez, ma fille ? »

C'est là que je me suis levé pour m'interposer. Et rappeler à mon père que j'étais plus grand que lui. Plus large aussi. Que moi j'avais profité de l'abondance américaine et que, juste ou pas juste, mes os s'en étaient gorgés. Il pouvait bien me percer un autre nombril s'il voulait, je ne sentirais rien, j'étais trop empli pour ressentir quoi que ce soit : qu'il la crève, cette poche, et n'en sortirait simplement que tout ce repas que je venais de m'enfiler.

Edith revint tête baissée dans la salle à manger. « Ruben ?

— Alter » ; c'était maintenant au tour de ma mère de se lever.

Judy, visage sereinement tendu vers mon père en signe de défi, déclara : « Chiche ? »

Edith agrippa le poignet de mon père pour lui arracher la pelle à tarte. Ce qu'elle fit de façon si vive et habile qu'il en resta interdit, et ce n'est que lorsque la pelle tinta dans l'évier de la cuisine que le charme fut rompu et que mon père quitta la table dans un haussement d'épaules mielleux. Il se rendit dans le salon et prit place dans le clic-clac. Où il s'allongea de tout son long. Il n'avait pas l'intention d'aider à débarrasser. Il n'avait pas même l'intention de proposer son aide. Il s'étira légèrement et bâilla.

Les giclures de citrouille ruisselaient lentement le long du mur dans la salle à manger.

Cette nuit-là, en sortant les poubelles dans l'enclos situé sur le flanc de la maison où étaient rangés les bacs, passant devant les cônes pointus des sapins délimitant la propriété des Dulles, je me mis à repenser au Klan.

J'imaginai notre rue illuminée par un pogrom, j'imaginai la femme de mon directeur, cette folle d'Ellen Morse qui ne ferait pas de mal à une mouche, venir nous apporter des plateaux-repas encore congelés tandis que nous nous faisions oublier dans leur garage individuel, puis repartir en trimballant un seau répugnant et grouillant de mouches, rempli à ras bord de nos ordures, à moi, Edith et Judy, pour aller le vider au pied des buissons aux feuilles noires.

Mes parents endormis dans le clic-clac, Edith remuant dans notre chambre, je pris place à mon bureau, coupable et repu, pour passer les événements de la soirée en revue. Me demander ce que j'aurais pu faire et pourquoi, ce en quoi moi je croyais et pourquoi. Me demander ce qu'était pour moi la justice. L'impartialité, l'absence de préjugés, l'absence de passion aussi, toute cette terminologie sans valeur pour dire l'objectivité et la neutralité. Plus je réfléchissais à ce concept, moins j'étais convaincu de le comprendre, or lorsque j'essayai de me figurer à quoi ressemblait la justice, tout ce qui me vint à l'esprit fut l'image de ce type – son calme, sa sobriété, son parfait aplomb – sur la boîte des Quaker Oats, l'ingrédient-phare pour farcir la dinde.

Je voulus mettre la main sur la dernière mouture de la dissertation de Judy, mais ne la trouvai pas. Mon bureau était un immonde tas de partiels dont je n'avais pas encore corrigé la moitié. Leur niveau était sensiblement inférieur à celui de Judy, mais dans la mesure où mes étudiants n'étaient pas mes enfants – je n'ai jamais mangé de ce pain-là –, les notes que je leur attribuais devaient s'échelonner le long d'une courbe bedonnante. Et puis Judy était elle-même trop fière pour mesurer son travail à l'aune d'une faculté pour laquelle elle n'avait aucun respect et où elle n'avait nullement l'intention de postuler – elle n'avait pas même l'intention d'envoyer son dossier à Corbin pour me faire plaisir, et j'avoue que l'idée me traversa l'esprit de contrefaire une candidature et de la soumettre en son nom, ne serait-ce que pour montrer aux collègues que nous autres, les Blum, n'étions pas de ces snobs élitistes qui se préservaient pour ce que mon père, s'emmêlant les ciseaux, appelait la « Ivory League ».

La seule chose qui me retint de le faire, outre la crainte de la rancœur qu'en éprouverait ma fille, c'était de n'avoir aucun plan et de ne pas être sûr des conséquences qu'aurait le refus, par Judy, de la bourse complète d'études que Corbin lui proposerait très certainement.

Je retrouvais systématiquement, à quelques pages d'intervalles, un partiel ou l'autre coincé dans le brouillon que Judy avait rédigé pour une autre de ses dissertations de candidature (« La décision la plus difficile que j'aie pu prendre, c'était lorsque… »). Dans certains cas, le partiel avait été annoté par mes soins et était couvert de soulignements trémulants, de mots entourés et de marques dont je n'aurais su dire s'il s'agissait de points d'interrogation redressés ou d'exclamation avachis ; comme celui que j'avais ajouté dans la marge d'une phrase visant à expliquer en quoi « les Articles de la Confadération [*sic*] sont à l'origine de la création des États Confadérés [*sic*], ce qui a conduit à la succession [*sic*] des États esclavagistes ». Parmi ce qui me fut donné de plus intelligent à lire se trouvait la copie d'un étudiant, Gary Farrier, qui se révéla à la hauteur de son surnom de « G-Man ». Il avait écrit : « La phrase qui ouvre la Déclaration d'Indépendance, *Tous les hommes ont été créés égaux entre eux*, est une expression célèbre qui signifie que la notion d'égalité s'arrête avec la Création, et que toutes les tentatives visant à consacrer cette égalité au sein du gouvernement et à l'imposer par des lois doivent être perçues comme des abominations envers D. [*sic*] le Père, des tentatives qui de ce fait frôlent le soviétisme »…

Sous cette copie gisait une liasse de lettres – au papier bon marché et froissé selon des pliures inégales, et dont l'écriture dactylographiée était noyée sous des mares de Blanco et un surplus d'encre ; elles étaient fixées par un trombone à une enveloppe décrépite dont le timbre représentait la Liberty Bell, fêlure bien visible, quoique striée par les oblitérations : c'était la lettre envoyée par ce rabbin de Philadelphie. Et dessous encore, une autre pile, mais constituée de feuilles trop grandes, modèle européen avec traits tracés à la règle, s'acquittant d'une écriture manuscrite élégante, fixée à une enveloppe *par avion* recouverte de timbres magnifiques, un grenadier, une fringante gazelle, et le visage broussailleux et désapprobateur de Herzl, qui, sous l'effet de ma fièvre, se confondait avec l'expéditeur de cette lettre, ce prof à l'Université hébraïque.

J'étais en panique et farfouillai partout dans cette paperasse pour y retrouver aussi mêlées des pages éparses provenant de mes recherches sur l'impôt – tout mon travail avait été mélangé.

À bout de bras, je fis valser tout ce tas de papiers au sol, m'assis par terre, à côté de là où il était tombé, et me mis à tout retrier, à refaire des piles pour séparer les travaux de mes étudiants de ceux de Judy, puis séparer ces travaux des miens dans le cadre du comité, de mes documents de recherche, de mes manuscrits. Or, à mesure que je faisais du tri, je tombais ici ou là sur des pages en hébreu, une langue dont je trouvais le système moderne des conjugaisons si ardu que la seule tentative de déchiffrer ne serait-ce qu'un titre me fit piquer du nez… et les pages lentement finirent par se confondre avec des feuilles, qui crépitaient, qui bruissaient dans leurs couleurs de rouille, aussi incompréhensibles qu'un rêve…

… Un rêve dans lequel je me retrouvais dehors, où je traversais des frondaisons automnales et brillantes sur un campus bien plus grandiose que celui de Corbin. Campus à l'anglaise, plutôt – type Oxford ou Cambridge, voyez –, pierre médiévale, un côté étranger, fantastique, les arbres en feu. Judy marchait à mes côtés, vêtue de l'une de ces tenues chic que les parents d'Edith lui avaient dégotées, tambourin sur le crâne et un autre en guise de sac en bandoulière, et au milieu de son visage fardé trônait son pince-nez ordinaire, une sorte de pince à vélo, mi-métal, mi-caoutchouc, avec ressort – la version nasale de l'orthodontie. Elle le portait en dormant pour redresser son nez, et elle le portait dans mon rêve, ce qui semblait tout à fait naturel et lui donnait un certain charme, comme s'il ne s'agissait pas d'un appareil orthopédique mais d'une espèce de bijou assorti aux clips d'oreilles offerts par Oma…

… Judy se dirigeait vers un bâtiment en pierre et je la suivais sur les chemins d'une vaste place d'armes à la pelouse impeccablement tondue, jonchée de jeunes apprentis officiers tout à leur callisthénie et leurs exercices de baïonnette, qu'ils interrompaient pour la reluquer et la siffler tandis que nous approchions du bâtiment…

… Puis nous étions dans un couloir, qui au début ressemblait à un couloir de Corbin, puis à un couloir du lycée de Corbindale, flanqué de casiers et de cris. De chaque côté du couloir se trouvaient des salles de classe, et la plupart des portes avaient beau être fermées et les salles plongées dans le noir, certaines portes étaient entrouvertes et des projecteurs dardaient leurs rayons sur le stratifié. Judy me devançait et je lui emboîtais le pas, lui laissant un peu d'air, et jamais elle ne tournait la tête en passant dans la lumière ; un rayon la frappait et elle maintenait son allure vive et rigide, comme si son être tout entier était pris dans une pince, son corps dans un étau. Je n'avais pas cette maîtrise, de mon côté, et en passant dans la lumière je plongeais mon regard à l'intérieur des salles. Dans chaque classe était retenu un ou une des camarades de Judy, un de ces amis qu'elle venait de se faire et qu'encerclaient quelques types imposants, pardessus brun sur le dos et feutre déformé sur la tête, que je reconnaissais de certains recoins du Bronx d'avant-guerre. Ils retenaient ces gosses prisonniers et les soumettaient à la question. La porcine Mary Busti était suspendue à un crochet, tête en bas, et les gus qui jadis passaient à l'épicerie de l'Oncle Sruly pour récupérer leurs enveloppes la faisaient lentement descendre pour la plonger dans un baril d'huile bouillante. Joan

Gerry, la petite Joan qui habitait au bout de la rue, se faisait écorcher à l'aide de petites brosses et de peignes fins par les frères Collee, types débonnaires aux manches retroussées. Tod Frew, le petit Quaker cousu de fil simple qui avait joué le Roméo de Judy et qui sans cesse auditionnait pour décrocher le rôle en dehors de la scène aussi, quand bien même les deux rivalisaient pour la tête de classe (le père du gamin, le Pr Frew, dirigeait le département de lettres à Corbin), était attaché à un piquet, prêt à brûler, tandis que Paul Manzonetto lui disait : « Explique-nous un peu – c'est tout ce qu'on veut savoir, nous – pourquoi Roosevelt n'a pas fait sauter les rails comme le boss lui avait demandé ? » Tod murmura quelque chose, mais seul du sang sortit de sa bouche, et l'un des sbires de Manzonetto la lui essuya avant de faire une boule de son mouchoir et de le lui enfoncer dedans. Un autre gus était par terre, qui dessinait des contours à la craie, et Manzonetto se pencha sur lui puis, d'une voix rauque, lui souffla « Je veux qu'il le sente passer… *Mi capisci, si ? Non ammazzarlo…* mais est-ce que quelqu'un va m'éteindre ces lumières, oui ? » et pile au moment où je m'apprêtais à entrer, la porte me fut claquée au visage, et je courus pour rattraper Judy…

… Le couloir déboucha sur une sorte de vestibule, où semblait nous attendre Edith, qui prétendit ne pas nous reconnaître, ni Judy ni moi ; qui prétendit ne pas être Edith non plus, d'ailleurs, mais une secrétaire plutôt mémère qui avait l'âge de sa mère, voire plus vieille encore, myope et voûtée, et qui à pas hésitants nous fit traverser le service dactylographie et la salle du courrier pour nous laisser sur le seuil de la porte de mon bureau, à Corbin…

… Mon bureau ; j'y mettais rarement les pieds, parce que je devais partager ce ridicule et sordide trou de souris avec un défilé de profs non titulaires et d'attachés temporaires dont je ne connaissais que les mugs et les bouts de sandwich moisis qui traînaient après l'expiration de leur contrat – un défilé qui visiblement incluait Jabotinsky. Il était assis derrière mon bureau. Ou derrière un bureau faisant partie de mes prérogatives. Il s'agissait bien de Jabotinsky, sans aucun doute. Lunettes rondes en bakélite sombre, cheveux à la Hitler plaqués sur le côté, dans les gris-blanc acier et coiffés d'un mortier à pompon, costume rayé avec veston croisé tendu par-dessus son squelette telle une tente, mâchoires puissantes dissimulant une lueur intérieure qui aurait pu être un rire ravalé ou bien sa langue en quête des trous laissés par des molaires égarées. Il pointa le doigt sur Judy, puis sur une chaise. Il n'y en avait pas pour moi, mais on aurait dit que je n'étais pas là… Comme si je ne faisais qu'observer une scène dans laquelle je n'apparaissais pas, ou comme si ma présence incongrue était délibérément écartée… Jabotinsky s'empara d'un dossier sur le bureau, qu'il parcourut en fronçant les sourcils et en se mordillant la lèvre, avant de demander « Et vous faisiez quoi pendant la guerre ? »… J'avais envie de lui hurler « Mais fichez-lui la paix – c'était qu'une enfant – elle a été conçue le lendemain de Pearl

Harbor », mais je restai sans voix et, de toute façon, la réponse de Judy fut meilleure : elle se contenta simplement de sourire. Contrairement à moi, elle savait reconnaître une blague quand on en faisait une, et elle força un gloussement haut perché, dû à la pression exercée par son appareil sur sa cloison nasale. On aurait dit le chant d'un oiseau, loin d'être désagréable. Jabotinsky prit du bout des doigts une feuille du dossier, plissa les yeux tandis que ses lunettes glissaient sur son nez, puis il déclara : « Résultats excellents, vraiment excellents. Qui s'accompagnent d'une belle liste d'activités extrascolaires… Club d'échecs, cours d'allemand, de français, école de théâtre Camelot, rédactrice de la revue littéraire *Salmigondis*, membre de l'association les Aficionados du plein air… et vous peignez à quoi ? — Aquarelle, principalement. — Parfait. Membre également de l'orchestre junior et senior et votre instrument, c'est… ? — La flûte. — Très bien, la flûte. — J'aime beaucoup l'art et les langues étrangères. — You have been very busy, nicht wahr ? L'art, les langues, tout ça fait partie intégrante de l'éducation des jeunes, mais ce qui m'inquiète, c'est le manque d'activités physiques. Un corps sain pour un esprit sain. Les jeunes doivent être en forme, surtout s'ils veulent suivre l'entraînement que nous proposons ici. Ça ne vous intéresse pas, le sport ? — Si si, je commence tout juste les sports d'hiver, le ski et le patin. Quand je vivais à New York, je n'avais pas souvent l'occasion de m'investir dans des activités physiques. Mais maintenant que j'habite à la campagne, j'en profite pleinement, je vous assure. » Jabotinsky posa le dossier – j'aperçus des lettres en hébreu, mais il ferma le rabat. « Vous permettez ? » demanda-t-il, et, sans même attendre de réponse, il tendit une main enflée et tremblante avec laquelle il lui retira son appareil nasal, dont il se servit pour refermer le dossier. Judy garda les yeux ouverts pendant tout ce temps, pas même un clignement. Jabotinsky se renfonça sur sa chaise, haletant, repositionna le pompon qu'il avait dans les yeux sur son mortier, puis fit craquer ses doigts, récupérant de ses efforts en la contemplant lourdement, non sans ironie, non sans une pointe d'érotisme non plus. « Et êtes-vous prête, demanda-t-il, quasi pantelant, à suivre n'importe quel ordre qu'on vous donne, sans la moindre hésitation, même si c'est un ordre qui vous rebute ? — Je suis prête. » Jabotinsky balaya ça d'un revers de main, à moins qu'il n'ait simplement voulu repousser le pompon qui était à nouveau tombé sur le pont de sa monture. « Et dans l'hypothèse où vous seriez capturée par l'ennemi, jureriez-vous de ne divulguer aucune information, malgré les menaces de mort ? » Judy hocha la tête. « Bien, fit-il. C'est ce que je pensais. » Il ouvrit puis referma quelques tiroirs du bureau, comme pour s'assurer que son rêve, à lui, était en lieu sûr, avant de déclarer « Je crois que c'est bon », mais alors il se tourna vers moi et admit enfin ma présence en ajoutant : « À moins que mon collègue ici présent, qui siège avec moi dans ce comité, n'ait d'autres questions à poser ? » J'étais sûr qu'il voulait parler du comité dont le rôle était d'évaluer la candidature de Judy, sauf que je n'avais aucune idée de quelle institution il s'agissait – une école d'étiquette versée dans l'art de la guérilla ? Un camp d'instruction littéraire spécialisé dans la chasse aux nazis ? J'envisageai de lui demander, vous êtes au courant que c'est ma fille ? Puis je réfléchis, à moins que moi aussi je ne sois sur le gril ? Lequel de nous deux passe l'entretien, là ? Elle ou moi, Vladimir Ze'ev ? Alors, apercevant une soudaine ouverture au-dessus de ma tête, je levai les yeux, ce que – comme Edith me le dit toujours – j'ai tendance à faire lorsque je mens ; et là, au lieu du néon et du faux plafond, s'ouvrait un vaste et haut balcon comme on en trouve dans une salle d'opération ou un tribunal. Tels des bancs d'église flanquant chaque cardinalité pour monter au ciel, les bancs étaient occupés par mes étudiants ainsi que mes collègues, ceux qui siégeaient avec moi et le Pr Morse au comité de recrutement, les Steinmetz ayant pris place dans une mezzanine criarde en dessous de mon père et de ma mère qui se tenaient debout au niveau de la galerie, puis il y avait l'Oncle Sruly, le corps blême de sa femme nue dans ses bras, qu'il avait choisi d'épouser car elle était rescapée de Birkenau, ce qui signifiait qu'elle avait dû se montrer gentille avec lui, et après la disparition de mon oncle elle s'était gazée dans la cuisine de leur appartement sans fenêtre… Et tous me hurlaient leurs questions… Ils hurlaient tous et de leurs bouches jaillissaient des flammes…

VII.

Les rêves sont involontaires. Telle est la croyance entretenue par chaque tradition, de la tradition neurologique à la plus sacrée. On considère que certains rêves relèvent de la prophétie, quand d'autres ne sont qu'inepties – soit une forme de prophétie non encore manifeste ; or tous ces rêves s'imposent à nous, y compris ceux que nous faisons éveillés – des rêves éveillés qui ne se distinguent nullement de nos désirs les plus ardents…

Judy, notre vaillante petite dauphine, en qui nous avions investi tant d'espoir, notre fille entéléchique, « douce espérance » de notre famille, « fleur de toutes nos attentes »… Des années durant, j'ai déambulé dans les rues de Corbindale en me disant qu'un jour elle serait à la tête de tout cela. Je passais devant l'une des maisons les plus cossues et douillettes appartenant aux patriciens de la ville et aux magnats du canal, décédés depuis, en me disant : un jour, c'est là que Judy habitera. J'allais faire mes emplettes à l'une de ces nouvelles chaînes qui bordent les doubles-voies, où jamais je n'arrivais à mettre la main sur du mastic ni même sur un vendeur susceptible de m'aiguiller, en me disant : un jour, vous serez à la botte de ma fille qui remettra un peu d'ordre dans tout ça. J'étais persuadé que tout ce qu'elle pourrait jamais souhaiter, que tout ce qu'Edith avait jamais souhaité, elle finirait par l'obtenir un jour. Une carrière. Une carrière dans les affaires, dans l'industrie, à cent lieues de la politique universitaire. Une carrière à Wall Street. Fonds propres et frais de courtage. Elle réussirait sans jamais avoir à lutter. Qu'elle puisse y parvenir tout en restant malheureuse ne m'a jamais dérangé. Elle trouverait bien une solution. Elle arrêterait de se sentir malheureuse, elle déciderait d'arrêter, une décision qu'elle avait d'ailleurs peut-être prise à Thanksgiving, déjà, cette année-là.

Quasiment une moitié de siècle s'est écoulée depuis ce lendemain matin, et Judy n'a trouvé pour ses actes aucune explication meilleure que ce cri – son cri de sirène qui déchira mon sommeil et m'extirpa de toute cette paperasse jonchant le sol de mon bureau.

J'étais censé me lever tôt pour conduire mes parents à la gare et déposer Judy, qui avec des amis avait prévu une balade en traîneau à Holiday Valley. Nous devions partir à 6 heures – plus exactement, c'était l'heure à laquelle mes lève-tôt de parents, dont ce n'était là qu'un des multiples TOC, étaient supposés nous réveiller, Judy et moi, mais ma fille n'avait pas dormi de la nuit : elle était restée éveillée, n'attendant que ce moment.

Tel, du moins, est le film que je rejoue dans mon esprit : Judy passant la nuit à ne pas dormir et, si seulement je m'en étais aperçu, à ne pas ronfler, les yeux fixés sur le réveil jusqu'à ce que – entendant remuer mes parents au rez-de-chaussée, qui viennent de boucler leur valise et replient le clic-clac – elle quitte son lit et s'agenouille sur la moquette, près de sa porte, qu'elle pose les mains contre les panneaux de sa porte, qu'elle transfère tout son poids de menue jeune fille dans ses mains, avant d'aligner son visage sur le bouton de porte, en sorte que ses yeux l'effleurent et qu'elle puisse y mirer son reflet cuivré et déformé.

À 6 heures tapantes, mes parents étaient plantés devant sa porte. Du moins mon père, qui tripatouillait la poignée ; or la porte était verrouillée. Il toqua. « Réveille-toi, Miss Justice. On y va. » Pas de réponse. Un peu plus fort maintenant, « Réveillez-vous, Judele, mère des justes. Et que ça saute », à quoi Judy répondit, dans une voix ensommeillée, « Tu peux entrer ». Mon père s'excita sur le bouton de porte. « C'est fermé. De quoi elle a peur, pour s'enfermer comme ça ? » Judy expliqua, « Je tire, mais c'est coincé ». Sauf qu'évidemment ce n'était pas coincé et qu'elle ne tirait rien du tout ; elle pesait au contraire de tout son poids contre la porte. « Essaye, là, Zeyde. » Mon père dit « OK, écarte-toi » – il a toujours maintenu qu'il l'avait prévenue ; ma mère, qui se tenait en haut de l'escalier, et Edith, qui était sortie de notre chambre pour se poster près de ma mère, ont tour à tour corroboré et infirmé ses dires, leurs versions s'accordant ou divergeant selon les situations et le climat familial.

« Vas-y, Zeyde, dit Judy, je me suis écartée », or évidemment tel ne fut pas le cas : elle n'avait pas bougé, toujours à genoux sur la moquette, derrière sa porte, tel un moine en pleine méditation ou un imam en plein salamalec, visage collé au bouton de porte ; à peine avait-elle, dans un souffle, abandonné ses mains à la pesanteur et laissé ses bras mollement retomber le long de ses flancs, que ma brute de père rassembla ses forces d'ouvrier textile pour enfoncer la porte, qui jaillit soudain et dont le bouton intérieur emboutit le nez de Judy, comme si ce nez n'avait été qu'un gros clou à river dans son visage.

Du moins est-ce ainsi que j'ai depuis imaginé la scène, et s'il m'a fallu l'imaginer, c'est que je n'y ai pas assisté… Je dormais pendant tout ce temps, jusqu'au cri final…

Depuis, je n'ai cessé d'en rêver : la raideur des genoux fichés dans la moquette couleur de bile, la sueur exsudant du nez honni et gouttant sur le miroir cuivré du bouton de porte, la discipline perverse qu'il fallait pour attendre ainsi sans bouger que le moment idéal arrive – que mon père puisse abîmer le visage de ma fille comme elle l'avait tant souhaité.

Toutefois, Judy n'était pas encore au bout de ses peines, car elle n'avait jusque-là évoqué que la rhinoplastie esthétique. Or, comme le comprirent les médecins dès l'instant où mon père et moi lui fîmes franchir le seuil de l'hôpital, toute chancelante, étourdie, geignante, ce dont elle avait besoin était une intervention réparatrice complète.

Le sang sur la moquette ne partait pas, Edith eut beau frotter, ma mère eut beau frotter à son tour quand Edith en eut marre, rien n'y fit : la teinte biliaire ne fait que s'empourprer davantage.

Mes parents ont fini par partir, je ne sais plus quand au juste, mais je sais comment – Edith les a mis à la porte, avant de passer des jours à éventer ses émotions au téléphone avec des moquettistes du coin, à essayer d'enjôler quelqu'un susceptible de remplacer la moquette avant que Judy quitte l'hôpital et rentre à la maison. Et comme pour chaque tâche qu'entreprenait Edith, elle la mena à bien.

La porte, c'était mon boulot. Il y avait des éclats sur le montant et du sang coagulé dessus ; il fallait donc, c'est-à-dire Edith estimait qu'il fallait, la remplacer. J'avais réussi à la dégonder, horrifié par la fierté que j'éprouvai face à cette petite victoire, et la chambre de Judy resta béante.

Après avoir ficelé la porte sur le toit de la voiture, je la trimballai jusqu'à Chautauqua Bois et à Bemus Portes & Fenêtres, ainsi qu'à une dizaine d'autres endroits où, à chaque fois, on me disait qu'il fallait passer commande et que la nouvelle porte ne serait pas disponible avant Noël.

Ils avaient d'autres modèles en stock, évidemment, mais Edith insistait pour conserver le même : il suffisait qu'une seule porte d'intérieur soit différente des autres pour rappeler la tragédie qui s'était déroulée derrière elle. Après avoir passé la commande, je me mis à parcourir les environs à la recherche d'un bois, d'un chantier, d'un endroit discret où me débarrasser de la vieille porte pour ne pas avoir à laisser devant la maison la moindre preuve à l'attention des éboueurs ou des voisins. J'avais fini par décider de l'abandonner dans une benne située à l'arrière de la cafétéria de Corbin, dans l'espoir qu'un gamin la trouve et s'en serve comme luge lorsque la neige déboulerait des montagnes.

J'étais ensuite repassé par le lycée de Corbindale où je pris les devoirs de Judy, avant de les ramener à la maison, de les faire et de les rapporter. Des fiches d'exercices sur la scansion, bases et acides, calcul différentiel et intégral – ce dernier me donna du fil à retordre.

Tandis qu'Edith dormait à l'hôpital dans un fauteuil au chevet de Judy, moi je restais à la maison où je broyais du noir dans sa chambre, en fouinant sur ses étagères, en remarquant que la couleur la plus utilisée dans sa boîte d'aquarelle était le noir, que le doigté le plus souvent griffonné au-dessus des portées, sur ses partitions d'études, était le trille do/do#. Un pan satiné de chemise de nuit dépassait de sous son oreiller et je m'en voulais de ne pas m'en être rendu compte plus tôt – de ne pas m'être aperçu que la Judy que j'avais emmenée à l'hôpital avait été tout habillée. Son visage ensanglanté, c'est sans doute ça qui détourna mon attention de la tenue qu'elle arborait plus bas, un des tailleurs irrattrapables et souillés déjà, que ses autres grands-parents lui avaient offerts, une toilette qui dans mon rêve avait été immaculée et impeccablement repassée. Je tirai sur le bout de nuisette et tombai sur l'appareil nasal, emmailloté à l'intérieur. Le dos d'un guide de beauté en avait fait la réclame et Judy avait détaché le coupon, qu'elle avait envoyé. L'appareil était arrivé peu après Yom Kippour, dans un emballage brun sans chichis, et pas une nuit ne s'était passée depuis sans qu'elle le portât – sauf la nuit blanche qui avait précédé… Au cours de laquelle Jabotinsky s'en était servi pour faire tenir le dossier qu'il avait sur elle…

Je le plaçai dans un sac avec les autres choses qu'Edith m'avait réclamées – cahiers de mots-croisés et autres jeux –, puis je pris la direction de l'hôpital, où je lui remis cette charlatanerie de forceps nasal dans les mains.

« L'appareil de Judy ? Et je suis censée en faire quoi au juste ? Et elle, elle est censée en faire quoi, hein ? Elle n'en a plus besoin.

— Elle ne le portait pas.

— Et ?

— Quand on l'a amenée. Quand ça s'est passé. Elle ne le portait pas.

— Et ça prouve quoi ?

— Ça prouve que ce qui s'est passé n'avait rien d'un accident. »

Lorsque Edith cessa de pleurer, elle se leva et me raccompagna jusqu'aux ascenseurs, où elle jeta ces espèces de pinces à la poubelle. « Et ma grossesse, Ruben, si tu permets, c'était un accident, ça aussi ?

— Non.

— Et tu dirais que notre mariage était un accident ?

— Bien sûr que non, pas du tout.

— Mais de quelles preuves tu disposes au juste ?

— Aucune, sauf toi. La seule preuve que j'ai, c'est ce que tu en dis.

— La seule preuve que tu as, c'est ce qu'on en dit tous les deux, et dans ce cas précis, ce qu'on en dit, tous les deux, c'est que Judy a eu un accident.

— Compris.

— Et à force de le répéter, on finira bien par y croire un jour ou l'autre. »

Quand j'allais faire des courses, chaque fois que j'ouvrais une porte, j'imaginais Judy de l'autre côté. Je repensais à chaque porte ouverte un peu trop brusquement et au visage de Judy qui s'était trouvé là... Avait-elle préparé son coup, ou même tenté de me faire culpabiliser ? Qu'en était-il de toutes ces fois où elle avait voulu emprunter des ouvrages de référence déclinés en plusieurs volumes, ou un livre parmi d'autres, un tome épais à la couverture cartonnée – pourquoi avait-elle donc besoin du *Capital* de Marx, sinon pour pouvoir le laisser tomber du haut d'une échelle avant d'en redescendre quatre à quatre pour que le livre lui pilonne la bosse de la cloison nasale au milieu de sa figure ahurie ? Et qu'en était-il de cette fois où elle s'était retrouvée un peu trop près des intervalles entre les lattes rétractables qui fermaient le garage ? S'agissait-il à chaque fois de tentatives avortées ? Dans le Bronx de mon adolescence, un gars de ma rue prétendait qu'une technique spéciale de masturbation, à l'aide d'élastiques, lui avait permis de rallonger la peau de son pénis, de recréer le prépuce dont un coup de ciseaux l'avait privé à l'âge d'une semaine. Je me demande si ça a marché. Je veux dire, il m'avait montré, il nous l'avait tous montré dans la ruelle, mais je n'étais pas vraiment capable de le dire. Aux dernières nouvelles, il avait fait fortune dans les assurances, la réassurance et le crédit à la consommation. Tout ça pour dire que c'est ce dont j'aurais besoin, je pense, pour comprendre ma fille : une sorte de chevalet de torture mentale, bricolé et moyenâgeux.

Après avoir fouillé ses tiroirs, j'ai retourné tout mon bureau, bien décidé à finaliser ses derniers brouillons de dissertation avant de les taper à la machine, de compléter ses candidatures et de les signer de son nom. Puis, le jour où Edith devait ramener Judy à la maison, je suis allé à la poste. Un bien joli bâtiment, sans fioritures, dans le crépuscule de décembre. Un bien joli bâtiment de brique clémente. Une couronne de sapin était suspendue au-dessus du guichet. Sur la route du retour, des chandelles au bout étoilé clignotaient, et dans les pelouses des ânes décoratifs adoraient un enfant dans son berceau de paille.

Pendant les vacances de Noël, je continuai de me rendre chaque jour à l'université, ne fût-ce que pour pouvoir zyeuter en chemin les rideaux tirés, les vitres lavées, les intérieurs aux sapins enguirlandés. Chaque foyer s'était comme qui dirait transformé en pub grandeur nature – *et maintenant, un mot de notre partenaire…*

Notre maison était la seule à rester plongée dans le noir. Si l'an dernier l'absence de décorations à nos fenêtres clamait – à l'égard de nos voisins, mais surtout de notre propre sentiment d'infériorité – « Ici vivent des Juifs », cette année la mention « Hélas » avait été ajoutée.

Nous ne nous rappelions même plus quand avait lieu Hanoucca.

À l'intérieur, pendant qu'Edith et moi nous punissions l'un l'autre, Judy exultait en passant ses journées au lit, bordée serré sous ses couvertures comme si elle s'était cassé tous les os de son corps. Alors qu'en réalité elle n'avait rien, hormis quelques bleus et une légère douleur, ainsi qu'un côté panda au niveau des yeux. Tête calée princièrement contre les oreillers, elle regardait la télé en s'accommodant tant bien que mal de son pansement en guise d'attelle, qui paraissait lui hérisser le visage d'une antenne de gaze.

Le téléviseur était neuf, nous venions de l'acheter. Jamais je ne me serais permis un cadeau aussi généreux si je n'avais été faible à ce point. Ce cadeau était pour nous trois, de notre part à tous les trois. Voici ce que je me disais : nous avions bien besoin d'un peu de rire dans cette maison, nous avions besoin d'un peu d'éclat, et les derniers modèles sur le marché avaient la couleur. Je m'étais arrêté sur la massive « Miss America » de la marque Philco, dont la console de bois blond ressemblait à une souche de pin, et j'avais demandé aux livreurs de la monter à l'étage, dans la chambre de Judy, avant qu'Edith n'eût le temps d'objecter, avant même qu'elle ne sût que je l'avais achetée.

J'avais pris soin de préciser, à Judy d'abord, puis à Edith lorsqu'elle rentra de la bibliothèque, qu'un tel arrangement était temporaire.

Dès que Judy aurait récupéré, le téléviseur redescendrait d'un étage pour retrouver la place qui était la sienne.

Ce qu'elle aimait, c'étaient les jeux télévisés, et ça faisait du bien de l'entendre rire et hurler les réponses dans ses accès de douleur entre deux prises de Percodan.

De mon bureau, je n'entendais pas clairement les questions ; j'entendais seulement ce que Judy hurlait et à partir de ces réponses – si elles étaient correctes, ce qui était le cas presque tout le temps –, il me fallait deviner les questions. Vasco de Gama. Quel navigateur portugais a découvert la voie maritime des Indes ? Willem Barents. De qui la mer de Barents tient-elle son nom ? Judy braillait ses réponses, hurlait lorsque les participants à l'écran en donnaient de mauvaises et, quand on lui donnait raison, elle se mettait à applaudir. Elle s'applaudissait elle-même et poussait des hourras. C'était déroutant. Le contraste faisait penser à un trouble bipolaire, du moins si on s'attardait sur son aspect de momie ensanglantée.

C'était comme si, à la seule pression d'un interrupteur ou rotation d'un bouton, ou tout simplement sous l'effet d'une porte lui ayant embouti le visage, un des circuits du plaisir avait été activé et qu'elle s'était remise à sourire comme elle le faisait jadis, enfant – du moins dans la mesure où la douleur d'un sourire lui était supportable.

« Explorateurs & Explorations » était l'une de ses catégories favorites, mais elle aimait également « Inventeurs & Inventions », « Anatomie », et « Système Solaire ». Le soupçon de trucage pesant sur ces quizz lui plaisait, car quand bien même tout le monde trichait, c'était toujours elle qui gagnait. Elle tenait ses propres comptes et annonça fièrement, un beau jour, qu'elle avait gagné – avait gagné, non pas aurait pu gagner – 32 000 $ et une croisière à San Juan pour deux personnes : « Lequel de vous deux j'emmène se faire dorer la pilule avec moi ? »

Edith et moi restions à ses petits soins – ou disons qu'Edith se chargeait des soins pendant que je me faisais tout petit, fracture au cœur. Nous montions l'escalier sur la pointe des pieds et avancions vers sa chambre à pas feutrés, sur la nouvelle moquette qui faisait des bosses et des creux, mais que le soleil n'avait pas encore décolorée.

Nous frappions au montant et attendions là, sur le seuil de sa chambre toujours dépourvue de porte, avec son Percodan et un Canada Dry sur un plateau, et nous limitions nos conversations à quelques plaisanteries télévisées : *Ça va, ça va super, je suis très contente d'être là… Je veux juste dire un petit coucou de Hollywood à tous les gens de Peoria… Je suis tout excitée à l'idée de participer à l'émission…*

Au rez-de-chaussée, Edith et moi discutions comme une bonne et un majordome qui, ayant mis fin à leur liaison, chercheraient à écarter leurs différends pour mieux servir leur maîtresse souffrante. Nous chuchotions à l'oreille l'un de l'autre à propos des repas de Judy. Nous chuchotions pour déterminer si elle avait mangé, quoi et en quelle quantité le cas échéant. Nous chuchotions pour déterminer si nous pouvions encore envoyer les vœux de la famille pour Noël ou si c'était trop tard, une pratique à laquelle, comme on nous l'avait fait comprendre l'année précédente, on ne pouvait pas vraiment couper quand on était membre de la Ligue des femmes de Corbindale, du Conseil de quartier d'Algonquin Heights, et de l'Association d'entraide mutuelle d'Evergreen Street. Nous chuchotions toujours, quand bien même la télé hurlait et le lave-vaisselle tournait dans la cuisine.

Lorsque nous avions de vraies choses à nous dire, nous sortions sur le porche.

Judy s'était pris une porte (ce que nous avions raconté aux médecins) ; Judy avait glissé et en tombant s'était pris une porte (ce que j'avais raconté aux profs de Judy au lycée de Corbindale) ; les grands-parents de Judy descendaient l'escalier tandis qu'elle le montait, « et les petits vieux m'ont fichu la frousse en trébuchant, du coup j'ai dû plonger pour les rattraper » (ce qu'Edith entendit Judy raconter à ses amies au téléphone). Edith et moi étions dehors, sur le porche, à chuchoter-débattre pour décider de la version à laquelle nous raccrocher si quelqu'un nous posait la question, et pour savoir s'il fallait envoyer des fleurs aux médecins ou si avec les fleurs nous en ferions un peu trop. Pourquoi ne pas emmener Judy consulter un spécialiste en ville – un spécialiste en ville signifiant un médecin juif –, histoire de nous assurer que tout, à l'intérieur de son corps, fût bien en voie de guérison – car une lésion nasale pouvait parfois entraîner une lésion cérébrale, pas vrai ?

« Comment ça ? demandai-je. De quel médecin tu tiens ça ?

— Le Dr Dolittle. Le Dr Jivago. Tout le monde sait ça. Si l'os du nez s'enfonce dans le cerveau, ça peut provoquer des lésions.

— Sauf que l'os du nez de Judy ne s'est pas enfoncé dans son cerveau.

— Qu'est-ce que t'en sais ?

— Ou alors ça l'a rendue plus joyeuse.

— Ça l'a rendue encore plus folle, tu veux dire. Au point qu'elle me fait peur, là. J'ai peur de ce qu'elle pourrait faire si on la laissait toute seule. »

Voilà la façon dont Edith montrait son inquiétude, mais aussi cherchait à se soustraire aux engagements que nous avions pris pour Noël, en me disant que je devrais me charger moi-même de nos visites de courtoisie. Et si je ne pouvais pas faire ça tout seul, eh bien je n'avais qu'à annuler. Or je n'étais pas sûr de savoir ce qui serait pire : qu'un membre de la communauté enseignante aille à une réception sans sa femme ou qu'il n'y aille pas du tout. Ne pas y aller du tout aurait été pris pour un affront et aurait été interprété religieusement ; mais y aller solo suggérait des embrouilles à la maison. Problème de boisson dans la cuisine. Ou problème de médicaments. Voire un professeur en chasse.

« Qu'est-ce que je dois faire ?

— C'est pas mon problème. Moi je veux pas y aller. Pas cette année.

— Et qu'est-ce que je dis, moi, alors ? »

Edith fit une pause. « Dis-leur que ta femme ne veut pas laisser ta fille toute seule de peur qu'elle se pende à une tringle à rideau, ou qu'elle s'étouffe à l'aide de sacs en plastique, ou qu'elle allume le gaz.

— Edith, arrête un peu, tu perds la boule.

— On est tous les deux là à chuchoter sur le porche en plein hiver devant une maison quasi vide. On a tous les deux perdu la boule. Mais moi je vais rester à la maison pour m'assurer qu'il n'arrive rien.

— Comme ces gens qui font attention de ne pas marcher sur une fissure ni d'ouvrir leur parapluie à l'intérieur, quoi. Comme ces gens qui ne parviennent pas à dormir de peur qu'un météore s'écrase sur la terre.

— Comme eux, oui, exactement. T'as qu'à leur dire que je suis malade.

— Malade de quoi ?

— Un rhume. C'est de saison, non ? Et qui sait, peut-être même que j'en ai un. Peut-être qu'à rester ici sur le porche sans manteau je suis en train d'en attraper un juste là, maintenant ? »

Le téléphone sonna et Edith se précipita à l'intérieur. Il fallait qu'elle décroche dans la cuisine avant que Judy ne prenne l'appel à l'étage, sur le nouveau poste que nous avions installé sur sa table de chevet pour que ce soit plus pratique – à nouveau, mesure temporaire.

Si Edith parvenait au téléphone avant que Judy ne décroche – encore fallait-il patienter sans faire de bruit –, elle pouvait écouter toute la conversation, Judy ayant constaté que sa mère n'était pas au bout du fil après avoir hurlé « Maman, raccroche ! Maman, t'es là ? Raccroche si t'es là ! », comme si sa voix n'était pas déjà amplifiée.

Je suis rentré et j'ai fermé la porte du porche derrière moi en tâchant d'être discret, puis je me suis efforcé de prolonger mes préparations, mettant mes chaussures lentement, puis mon manteau, puis mon chapeau avant de revenir, tout penaud, dans la cuisine pour faire un signe d'au revoir à Edith, qui m'ignora.

Telle fut la scène domestique que j'emportai avec moi dans le froid : celle d'une femme qui, appuyée contre le plan de travail, téléphone contre l'oreille, une main sur le micro et le cordon du téléphone s'entortillant autour des doigts de l'autre main, écoutait en secret tandis que la fenêtre donnant sur le porche, derrière elle, laissait entrer dans le silence de la cuisine les derniers rayons du soleil qui se prenaient dans la poussière.

J'arrivai en retard à chacune des fêtes auxquelles j'assistai cette saison-là. Je ne prenais pas la voiture mais j'y allais à pied et marchais lentement sur le chemin le plus long, prenant tout mon temps à la Poudre de Perlimpainpain pour acheter des gâteaux – des bûches de Noël achetées en boulangerie, voilà qui rendait la maladie d'Edith crédible.

« Elle a une grippe carabinée, dis-je au Pr Hillard lors de la fête de Noël organisée par le département.

— Le Pr Morse m'a dit que vous lui aviez dit que c'était un rhume. C'est donc une grippe, maintenant ?

— Elle n'est pas sûre.

— La pauvre. Faites attention que ça ne se transforme pas en pneumonie, hein. »

Lors de la fête de Noël organisée pour tout le personnel enseignant de l'université, le Pr Morse déclara : « Quelle dommage qu'elle ne soit pas encore remise sur pied. Son absence doit se faire sentir à la bibliothèque. Moi aussi, elle me manque. Une Edith en pleine forme nous aurait cuisiné quelque chose.

— Et on m'a dit que Judy n'était pas dans son assiette, elle non plus ? s'enquit Mme Morse.

— J'ai entendu dire, renchérit le Pr Morse, qu'elle avait eu quelque chose comme un accident de toboggan, non ?

— Elle s'est amoché le nez en se cassant la figure, et j'imagine que pendant qu'elle se requinquait à la maison elle a dû attraper ce dont souffre Edith.

— Quelle horreur, déclara Mme Morse.

— N'allez pas l'attraper, hein, Rube, fit le Pr Morse, parce que d'ici à ce que ça vous tombe dessus, ce truc sera devenu incurable.

— Quelle horreur, vraiment, lâcha Mme Morse avant de grimacer. Mais ne devriez-vous pas passer votre costume de père Noël ? »

Le Pr Morse enveloppa son épouse dans son costume en tweed et l'attira à lui en la faisant tourner sur elle-même : « Rube ne jouera pas au père Noël cette année.

— Ah bon ? Oh, mais quel dommage !

— Je crois que Rube est déjà bien occupé comme ça, ma chérie.

— Mais alors qui se glissera dans la peau du père Noël ?

— J'ai bien peur qu'il faille nous en passer cette année. »

Mme Morse se tourna vers moi en affichant une gentillesse qui m'aurait dissimulé au Klan, qui aurait dissimulé ma famille tout entière sans jamais nous dénoncer, à la seule condition que chaque année je revête le costume et me glisse dans sa cheminée pour lui déposer mes cadeaux.

« J'avais vraiment aimé quand vous l'aviez fait, Pr Blum, parce que vous, vous avez la mentalité nécessaire. Certaines personnes ne sont pas taillées pour le rôle, mais vous, vous savez ce que veulent les gens et n'hésitez pas à le leur donner… Vous au moins, vous n'êtes pas au-dessus de tout ça… »

J'étais sur le point de la remercier, mais elle embraya : « Et dire que je m'étais imaginé, en voyant que vous vous étiez laissé repousser la barbe, que vous seriez notre père Noël cette année encore pour perpétuer la tradition…

Mais quelle idiote… En tout cas, je suis contente qu'elle ait repoussé. Ça vous va bien, la barbe. »

Mes mains se ruèrent sur mon visage, mais l'une d'elles tenait mon lait de poule, qui aspergea ma cravate. Je pris congé, déposai ma tasse sur l'une des fontaines à eau, puis je quittai le gymnase encrêpé pour l'occasion et m'enfonçai dans les couloirs de béton. Je suivis la frise aux couleurs écarlates de Corbin qui courait sur les murs. Je tentai de la prendre de vitesse, cette frise, en passant devant les tableaux de liège punaisés de petites annonces qui pendaient comme autant de langues. Je fis une pause devant une vitrine – verre devant, miroir derrière –, remplie de trophées or et argent brillant de leurs idoles minuscules qui brandissaient leurs attributs. Mon regard se projeta au-delà de ces bonshommes pour se poser sur l'arrière de la vitrine, où mon reflet flottait. Je me contemplai, là, contemplai mon épuisement, ma cravate fichue, ce pelage inattendu et en bataille. Edith ne m'avait rien dit et j'imagine que ça faisait un bail que je ne m'étais pas dévisagé ainsi dans une glace. Je ne me souvenais plus de la dernière fois où je m'étais rasé. Je m'évertuai à frotter les poils pour les faire partir comme de la crème séchée, mais ils formaient des petits pics hérissés. Ma bouche était cernée d'un champ de tiges gelées, des tiges en noir et blanc comme les parasites de la télé, grises comme les parasites de la télé, une pointe légèrement plus longue au niveau du menton que – je m'en rendis compte – je tournicotais depuis un bout de temps, rêveusement, à l'instar d'Edith entortillant le cordon du téléphone ; et là, juste derrière ces idoles en guise de trophées, un rabbin ébouriffé me renvoyait son regard noir de dégoût.

De retour à la maison, le cou écorché et parsemé de petites boules de papier-toilette, j'entrepris pour une fois de ne pas passer par mon bureau et d'aller directement me coucher aux côtés de ma femme, qui ne devait pas dormir – c'était impossible. Pas moyen de dormir avec ce boucan qui provenait du couloir avec l'interruption des programmes, la mire de la télé diffusant jusque dans notre chambre sa tonalité aiguë et ses barres spectrales. Il fallait que je m'y fasse, ou alors j'allais devoir me relever et m'enfoncer dans le couloir jusqu'à l'absence de porte au niveau de la chambre de Judy pour débrancher la fiche de la prise béante.

« Fais pas ça, dit Edith.

— On va jamais arriver à dormir.

— Si elle y arrive, on peut nous aussi. Va pas la réveiller. »

Je me recouchai et voulus étreindre ma femme, mais elle s'écarta en se retournant. « Tu es ivre et tu sens le tabac.

— Je suis désolé.

— Et tu lui mets trop la pression, à notre fille. T'arrêtes pas de dire que c'est jamais assez bien. Ses dissertes, ses notes, ses nouveaux amis.

— Je suis désolé. Je sais.

— Du coup Judy s'en est prise à ton père pour te le faire payer.

— Je sais, dis-je, avant d'ajouter après une pause : C'est ta mère qui t'a dit ça ? C'est son interprétation de psy amateur ?

— Oui. Et oui.

— Et qu'est-ce que tu lui as répondu, toi ?

— C'est pas juste, Maman. »

Le soir du réveillon, la télé soudain était éteinte et les studios de notre maison remplis d'un vrai public, qu'Edith et moi avions invité. Tous les nouveaux amis que Judy s'était faits, les Aficionados du plein air, la moitié de la section à vent de l'orchestre, Tod Frew, alias Roméo, ainsi que celles qui partageaient avec Judy le haut de l'affiche dans cette production Gilbert & Sullivan, Mary Busti et Joan Gerry, dont j'avais également rêvé et qui, à mon grand soulagement, étaient sortis tous les trois indemnes de leurs tortures.

Ils venaient chercher Judy pour l'emmener à un bal, et pendant qu'ils attendaient qu'elle descende, tout à son sérieux, Tod Frew s'enquit de la santé d'Edith (« Je suis heureux de voir que vous allez mieux, Mme Blum, mon père m'a dit que vous aviez été souffrante ces derniers temps »), puis de celle des grands-parents de Judy (« Quand même, à leur âge, dégringoler comme ça dans l'escalier, ils ont du bol d'être encore en un seul morceau, Mme Blum »), et voulut savoir si Edith et moi avions quelque chose de prévu pour la soirée (« J'imagine que vous avez sans doute besoin d'air, non ? »).

Puis Judy descendit prudemment l'escalier, toute resplendissante dans les talons de sa mère et la robe fourreau bleu-noir qui venait d'arriver pour les fêtes, envoyée par les parents d'Edith en remplacement – une nouvelle robe pour ses entretiens à l'université, qu'elle n'avait de toute évidence pas l'intention d'attendre pour porter –, le tout couronné par un nez sans pansement ni bosse qu'elle pointait fièrement vers le plafond. Il restait quelques traces de l'ecchymose, et de face il était encore un peu enflé, mais de profil il était impeccable. Les dernières lividités jaunâtres, les quelques plaques pâlottes qui devaient encore s'estomper à l'endroit du sparadrap, avaient rosi sous l'effet de l'anticernes et du fard que Judy avait appliqués avant de faire ressortir le tout avec du mascara, de l'eye-liner et un rouge à lèvres carmin – soit la moitié de ce qu'il y avait dans la trousse d'Edith.

Tod Frew se tourna vers Edith : « Elle tient de vous, Mme Blum. » Puis se tournant vers moi : « Elle tient de votre femme.

— Oui, j'ai entendu, Tod », répondis-je en pressant la main de Judy.

Alors Judy déclara : « Je tiens de ma mère, moi ? La vache, j'espère pas, franchement. »

Edith se flétrit.

Judy était cruelle. Armée de la cruauté piquante de celle qui avait obtenu ce qu'elle souhaitait. Et l'avait obtenu de la façon la plus juste qui soit – après en avoir bavé.

VIII.

Telles furent les températures à l'entame de l'année 1960 : froides. Je n'avais qu'une envie, rester dans mon bureau devant ma machine à écrire, perché sur mes quatre kilos pris durant la trêve hivernale, et corriger mes examens tout en tâchant de réfléchir un peu aux questions de dettes et de déficits dans l'Amérique antebellum. Sauf que, malheureusement, j'attendais de la visite. Janvier n'est pas tendre avec les mondains.

Judy retourna au lycée le lundi 4, mais le semestre universitaire ne débuta pas avant le lundi 18 et ce jour-là, la neige se remit à tomber et gagna en intensité tout le mardi – le mercredi nous en avions quinze centimètres.

Ça ne servait à rien de déblayer, hormis pour tenter de me débarrasser du mal de tête avec lequel je m'étais réveillé ; alors je me couvris et, commençant par le bord du trottoir, je me mis au planter/talonner/soulever pour dégager de larges marges jusqu'aux parterres de fleurs mortes qui bordaient l'allée. J'en étais tout juste arrivé au perron – à bout de souffle et en nage – que le trottoir était à nouveau givré. Je rentrai en catimini prendre une douche.

Quand je redescendis dans la fragrance de mon après-rasage, l'horloge sonnait midi et je jetai un coup d'œil à la fenêtre. L'allée était à nouveau immaculée de blanc.

Dans la cuisine, Edith avait sorti la coutellerie. Cordons de tablier bien serrés, elle passait ses lames sur les fromages et sculptait les pommes en forme de cygnes brisés.

« Sale temps. Il va peut-être annuler, non ? »

C'était assez effrayant, l'ampleur du festin qu'elle avait préparé. Qui, passé Noël, peut endurer la moindre calorie supplémentaire ? Qui pouvait encore avaler quoi que ce soit, y compris des badineries ? Je n'étais pas certain de comprendre ce qu'Edith cherchait à prouver, ni à qui : se donnait-elle tout ce mal pour prouver son statut de bonne épouse ou combler mes – et celles de mon département – folles exigences ? Il y avait un plateau de crudités, des petits bols remplis de nougatine et de massepain provenant de chez les Amish, ainsi que quelques pâtés gélatineux achetés au bungalow scandinave de cuisine fine sur l'autoroute 394.

« "Recevoir de potentiels collègues chez soi est de longue date une tradition de Corbin", dis-je, répétant ce que le Pr Morse m'avait confié et espérant ajouter cette remarque à la liste privée de nos boutades, à Edith et moi. Ou bien était-ce "Divertir de potentiels collègues chez soi est à la base de l'hospitalité de Corbin, depuis longtemps" ? »

Edith n'esquissa aucun sourire.

« Quand moi je suis venu passer mon entretien, tu sais où ils m'ont invité ? À la cafétéria. »

Je voulus aller chercher un genre de cracker boursouflé, mais Edith pivota en brandissant une lame dans la lumière et j'y réfléchis à deux fois.

Je pris place dans le salon avec un livre expliquant la destruction de la Banque des États-Unis sous la présidence de Jackson, mais mon regard fut principalement absorbé par la page blanche de la pelouse. À chaque fois que je me disais qu'il allait falloir me relever et remettre la main à la pelle, j'entendais le bruit d'une voiture dans Evergreen et j'en avais mal au ventre.

L'impression de ressembler à Judy avant un rendez-vous galant, à ceci près que Judy n'attendait jamais près de la fenêtre. Elle savait rester digne et attendre dans sa chambre.

Selon la croyance populaire, Andrew Jackson n'était qu'un plouc dépeceur d'Indiens, dont les poteaux rustauds avaient fondu sur la capitale le jour de son inauguration pour mettre la Maison Blanche à sac, laissant traîner leurs empreintes boueuses partout sur le damas et dégobillant sur les tapisseries de velours. Mais la vérité, c'est que Jackson avait envie de redécorer le palais présidentiel, sauf que n'ayant pas les moyens pour ce faire, il avait invité des gens sur qui il pouvait compter pour saccager les lieux, avant, dans les lueurs ivres du lendemain matin, d'aller titubant jusqu'au Congrès afin de réclamer de l'aide pour tout nettoyer et acheter du mobilier neuf – le subterfuge n'était pas sans rappeler celui mis en place par Judy…

Après la motion de censure passée par les Whigs contre Jackson, mais juste avant que cet Anglais branque ne cherchât à l'assassiner – c'est là que j'en étais… En guise de marque-page, la seule communication que Nétanyahou avait eue avec moi avant sa visite – une carte de « Joyeux Noël » :

Arrivée prévue le 2Ø/1 vers midi. Pr Morse m'a donné l'adresse.

Cordialement, B. Nétanyahou.

PS : Excusez la carte.

Il avait une écriture de pygmée ; non seulement la date était écrite à l'européenne, mais son zéro était barré, comme le veut la pratique en Europe, où les femmes ne s'épilent pas et ne portent aucun sous-vêtement, et où tous les enfants fument et boivent du vin.

Une voiture pétarada dans Evergreen et ralentit en se rapprochant du trottoir pour mieux distinguer les numéros. Nous avions fixé notre 18 de bronze au linteau, Famille Blum à notre boîte aux lettres, une boîte aux lettres qui n'était pas tout apprêtée dans le style polaire… Quant à notre porte, elle était clairement dépourvue de couronne… Voilà les indications qu'il aurait fallu communiquer à Nétanyahou : cherchez la seule maison qui ne ressemble pas à l'atelier du père Noël.

La voiture était une Ford toute rouillée, couleur désert, modèle caréné avec ponton sorti tout droit des années 40. C'était un véhicule plutôt tendance à son époque, il faut bien le dire, même s'il y avait belle lurette que l'époque en question était passée lorsqu'il dérapa dans notre rue. L'un des premiers modèles qu'on s'était remis à fabriquer après la guerre, et l'un des derniers à être dotés d'un visage. Je veux parler de l'avant de la voiture, qui, avec ses phares en guise d'yeux juchés sur deux hautes orbites espacées et une calandre avancée faisant office de nez, ressemblait à quelqu'un. Elle avançait sur vous avec cet air humain délicieusement débile. Un air de dépendance pitoyable qui vous faisait presque oublier que son inventeur était un nazillon. Ce spécimen était particulièrement poignant, car le visage qu'il arborait était tout écrabouillé. Il lui manquait une calandre et son parechoc chromé, tout bosselé, pendouillait à moitié dans le vide en faisant mine de déblayer la neige sur le passage du véhicule, tel un chasse-neige impotent.

Mais ce n'était peut-être pas Nétanyahou. Pour commencer, il y avait bien trop de monde dans cette voiture. Plus d'une personne à l'intérieur, c'était déjà trop. Dans la carte de vœux qu'il m'avait envoyée, Nétanyahou n'avait pas mentionné le fait qu'il viendrait accompagné, or cette voiture de clown avançant vers moi paraissait tellement bondée que – au prisme de ma fenêtre et du parebrise du véhicule – je ne voyais pas clairement le nombre de passagers à l'intérieur ni ce qu'ils fabriquaient : se crêpaient-ils le chignon ou bien se rhabillaient-ils ?

Il y avait, à l'époque, cette mode particulièrement prisée par mes étudiants, qui consistait à tenter de deviner combien d'entre eux pouvaient tenir dans une cabine téléphonique – cela paraissait même, pendant un temps, être l'une des préoccupations majeures de l'ère Eisenhower : la question « Sommes-nous sur le point d'anéantir la planète au cours d'une guerre thermonucléaire ? » rivalisait avec « Combien d'entre nous peut-on caser dans cette cabine téléphonique, dans ce placard à vêtements, dans ce carton de réfrigérateur ? » Photographes et équipes de tournage se pointaient dès qu'un numéro était prévu afin d'immortaliser, pour la télé, le cinéma ou les pages de la gazette annuelle, ce moment hormono-hilarant. L'acharnement avec lequel mes étudiants s'efforçaient de faire entrer autant de leurs jeunes corps que possible dans un espace étriqué soulignait leur tentative d'exorciser, alors, le confondant mélange de conformisme étouffant et de consommation effrénée, du moins autant qu'il leur procurait de bonnes raisons de se livrer à quelques attouchements, en une sorte de répétition générale mais inconsciente de la révolution en marche : mais non voyons, je ne tripote pas des paires de seins pour le plaisir de tripoter des seins, j'essaie juste de battre le record du monde... du nombre de camarades que j'arrive à caser dans un paquet de M&M's...

Cette manie du remplissage touchait également aux voitures, et notamment les vieilles Ford comme celle dans la rue, dont le modèle était répandu parmi les étudiants qui en avaient hérité de leurs parents. Tandis que d'un haussement d'épaules j'enfilais mon manteau, l'idée m'était venue que Nétanyahou avait pu tomber en panne quelque part et qu'il s'était mis à faire du stop. Des étudiants avaient alors pu l'embarquer... Et en route pour le campus, ils s'étaient retrouvés dans un carambolage... Ce qui expliquerait les nuages de fumée en forme de popcorn qu'on aurait cru tout droit sortis des laboratoires de Los Alamos, ainsi que son parechocs défoncé qui ne tenait que par un bout et faisait un bruit de crécelle tandis que le véhicule passait devant chez les Dulles avant de s'arrêter, condamnant notre allée.

Je mis un pied dehors juste à temps pour apercevoir la porte de derrière s'ouvrir et des corps en valdinguer – pas vraiment des clowns en tenue ridicule, trompe dans une main et pile d'assiettes tournantes dans l'autre, mais pas loin : un, deux, trois gosses emmitouflés dans leur peau de mouton. Il me fallut un certain temps pour en dénombrer trois : le petit, le moyen, le grand. Leurs manteaux identiques en peau lainée, mais aussi et surtout leur énergie soudainement déconfinée, les firent paraître plus nombreux qu'ils n'étaient. Ils se coursaient tous les trois entre le trottoir et la chaussée tout en se jetant des boules de neige, tandis que deux silhouettes plus grandes, adultes, s'extirpaient de la porte avant, côté trottoir. Les portes, de l'autre côté du véhicule, devaient être bloquées. À première vue ces deux adultes semblaient indifférenciables l'un de l'autre et parfaitement androgynes, enveloppés tous deux dans les mêmes peaux de mouton, quelques tailles en plus, que celles arborées par les petits. Cinq manteaux identiquement fourrés avec les mêmes boutons-bûchettes, sans doute achetés en lot avec, espérons-le, une bonne ristourne. Pour les gamins c'était du sauve-qui-peut autour de la voiture, boules de neige tour à tour lancées puis esquivées dans leur mutinerie, alors l'un des adultes leva au ciel une tête encapuchée et hurla dans ce langage qui, dans ma jeunesse, avait été celui de Dieu. Elle – car c'était une femme qui avait hurlé ainsi – avait dû demander aux petits de cesser de courir et de la mettre en veilleuse. Et c'est ainsi que je fis connaissance des Nétanyahou, la famille au grand complet : *die ganze mishpo'ha.*

Tandis que l'épouse rameutait la marmaille, le mari repoussa sa capuche pour dévoiler le visage que je connaissais, ou pensais reconnaître, d'après le portrait miniature collé à l'emporte-pièce dans le coin supérieur droit de son CV. Il avait pris un coup de vieux. Devait avoir près de la cinquantaine à l'époque, son visage, une dure noix aux traits vaguement mongols, deux yeux minuscules tels des noyaux d'olive et une paire d'oreilles charnues, en conques d'huître absolument énormes, sillons nasogéniens fortement marqués dont je ne dirais pas qu'ils formaient les lignes d'un sourire ni d'un rire, car la bouche aux lèvres pincées était en elle-même dépourvue de la moindre trace d'humour. Sur sa tête poussaient deux touffes de cheveux pareilles aux deux bosses d'un chameau de Bactriane, le dôme les séparant, un œuf lumineux de calvitie parsemée de taches de rousseur. Les premiers mots qu'il m'adressa furent « Pr Blum, je suppose ?

— Ravi de vous rencontrer.

— Pr Ben-Zion Nétanyahou. »

Car oui, il insista dans un premier temps pour utiliser nos titres. Et oui, il me serra la main sans même ôter sa moufle pelucheuse. Son accent était plus prononcé que ce à quoi je m'étais attendu, avec un côté rugueux, or j'eus plus tard l'impression qu'il l'appuyait à dessein : Ben-*t'*Zion.

« Vous pouvez m'appeler Ruben. Ou Rube. Shalom. »

Nous étions dans la neige sur ce qui aurait pu être le trottoir ou la pelouse, impossible de le savoir, et il pinça les lèvres puis hocha la tête pensivement, comme s'il ne reconnaissait pas cette salutation, ou comme s'il s'y résignait. « Shalom, Rube. »

Je le précédai sur l'allée poudreuse jusqu'à la maison, suivi de sa femme et de ses enfants qu'il ne m'avait pas encore présentés.

Ce ne fut qu'après avoir gravi le perron et une fois à l'intérieur que l'épouse trapue, cheveux courts et bouffants, déclara « Je m'appelle Tsila », mais elle le dit tout en dévisageant son mari, qui répéta « Ma femme, elle s'appelle Tsila » ; alors je lui tendis la main et Tsila l'empoigna pour me tirer vers elle et m'offrir une joue. Sur laquelle je déposai un baiser. Elle m'offrit l'autre joue. Sur laquelle j'en déposai un autre.

Elle avait les joues froides.

Edith, fraîchement pomponnée, dents éclatantes, vint nous accueillir. « Tsila, Ben-Zion, voici Edith », et Edith embraya : « Oh, charmant… vous avez amené les enfants… quelle bonne surprise, Ruben ne m'avait pas parlé d'enfants… Les garçons, venez, je vais prendre vos manteaux… »

Enfants et parents se débarrassèrent de leurs peaux de mouton identiques puis de leurs moufles, de leurs écharpes, de leurs bonnets et, à force de les entasser, finirent par transformer Edith en porte-manteau.

« Ça vous embêterait » sa voix un pépiement étouffé derrière toutes ces couches de vêtements « de retirer vos chaussures, s'il vous plaît ? »

Mais les parents avaient déjà franchi le paillasson sans même s'essuyer les pieds pour s'enfoncer dans le salon, une traînée de neige apparaissant sur le parquet dans leur sillage, qui en fondant et en ruisselant formait des petites flaques sur le bois.

Les garçons se mirent à brailler. Apparemment, le plus grand des trois avait réussi à faire passer une boule de neige, en douce, et s'escrimait à l'introduire partout où il pouvait dans les vêtements du cadet, sa chemise, son pantalon, sous l'élastique d'un slip qui lui rentrait dans la raie des fesses.

Tsila les réprimanda en hébreu, tandis que le cadet coursait l'aîné autour du piano et que le plus petit pleurnichait. Davantage de neige se transforma en eau par terre, les empreintes de pas s'infiltraient dans les simili-arabesques du tapis simili-persan, et Edith tenta à nouveau sa chance : « Ça vous embêterait, s'il vous plaît ? Vos chaussures ? Je crains que nous ayons des habitudes asiatiques dans cette maison. »

Tsila répéta quelque chose, quelque chose de trop brusque pour être une traduction, un seul mot compacté, impatient et dense, tendu, décliné, genré, et d'un coup les garçons se figèrent et se laissèrent tomber où ils étaient, les deux aînés sur le tapis, le petit dernier sur le parquet, et ils se mirent à tirer sur leurs lacets aux multiples nœuds. « Vous aussi, si ça ne vous dérange pas », demanda Edith à Tsila et à Nétanyahou, qui échangèrent des regards circonspects avant de s'asseoir sur le clic-clac pour ôter à leur tour ce qu'ils avaient aux pieds.

Aucun d'entre eux, réalisai-je alors, ne portait de bottes ni de galoches, ou ne serait-ce qu'une paire de chaussures un tant soit peu adaptée à l'hiver : Nétanyahou portait des Blucher, Tsila des chaussures plates, et les garçons étaient chaussés de tennis en toile bon marché. Les bas de Tsila étaient trempés et l'une des chaussettes de Nétanyahou avait un trou d'où pointait un gros orteil à l'ongle long et tortueux.

Tsila tendit sa paire de chaussures et celle de son mari à Edith, qui fit le tour pour collecter celles des enfants. Comme chacun donnait sa paire, Tsila les nomma tour à tour : l'aîné Jonathan, le cadet Benjamin, et le plus petit Iddo, qu'Edith remercia : « Merci Jonathan, merci Benjamin, merci Fido. » Tsila la corrigea : « Iddo », et Edith répéta « Fido ». Alors les deux aînés se mirent à glousser et à chaque fois qu'ils crachèrent leur hébreu à la face de l'avorton de la famille, leurs phrases se terminaient toutes par « Fido ».

À mesure qu'Edith déposait les paires de chaussures sur le paillasson pour les faire sécher, Tsila donna l'âge des enfants, 13, 10 et 7 ans respectivement, et je me souviens avoir remarqué ce décalage et m'être dit que c'était sans doute la seule chose un tant soit peu ordonnée et disciplinée dont ils furent capables, ces Yahous – je me mis aussitôt à les appeler ainsi intérieurement, une bande de Yahous grossiers et chahuteurs qui avaient déboulé chez nous et enneigé tapis et parquet, et qui s'étaient déjà relevés pour arpenter le salon comme s'ils faisaient leurs repérages en vue d'un casse, Jonathan et Benjamin inspectant le manteau de la cheminée, étudiant les Mayflower et Speedwell miniatures enfermés dans leur bouteille, triturant les figurines mécaniques, en fer-blanc, de Burr et Hamilton, et surchargeant les coupelles de cette ancienne balance en étain avec des poids qui n'arrêtaient pas de s'entrechoquer. Iddo quant à lui restait dans leurs jambes, touchant les chenets du bout du doigt avant de l'enfoncer dans le foyer de la cheminée, puis de se frotter le visage en le barbouillant de cendres.

« Ruben, dit Edith, on va avoir besoin de chaises supplémentaires… Ruben Blum tu me reçois ? Tu vas devoir aller en chercher dans la salle à manger. »

Tsila, qui n'avait probablement pas compris, dit aux garçons quelque chose qui devait vouloir dire de s'asseoir, et ils partirent en quête de perchoirs, Jonathan et Benjamin s'octroyant les fragiles chaises Shaker en face du clic-clac avant qu'Edith ou moi n'ayons pu les en empêcher.

Iddo, privé de chaise, tenta de se hisser sur les genoux de Jonathan qui le repoussa, alors il tenta de se hisser sur les genoux de Benjamin qui le repoussa à son tour, le piètement et l'assise en osier des chaises Shaker chancelant de façon préoccupante. Du coup, Iddo – dont la culbute lui fit frôler dangereusement la table-plateau Chippendale – battit en retraite et rampa, pleurant, jusqu'à ses parents pour se nicher entre eux deux, non sans avoir au préalable essuyé son visage humide et grimé sur un flanc du clic-clac.

Je me rendis dans la salle à manger, d'où je ramenai deux chaises plus robustes, au cadre en aluminium, que je positionnai sur la frange de notre petite assemblée ; je pris place sur l'une d'elles et posai les yeux sur la deuxième en tâchant de réfléchir à la manière la plus courtoise d'amener les deux plus grands à troquer les leurs.

« J'ai préparé un petit buffet, déclara Edith, avec pas mal de salé, mais je me dis qu'il vaudrait sans doute mieux que j'apporte un peu de sucré pour les petits, non ? »

Tsila ne réagit pas, se contentant de caresser la tête du gamin au visage noirci qui continuait de geindre, alors Edith s'y hasarda à nouveau : « Ça vous va si j'apporte aux garçons des c-o-o-k-i-e-s ? »

Perdue, Tsila répéta l'orthographe, « C-o-o-k- », mais Jonathan interrompit sa mère : « Des cookies, elle vient d'épeler le mot cookies. » Puis se tournant vers Edith : « On parle votre langue.

— On est pas idiots, fit Benjamin.

— Et lui alors ? » Edith s'adressa à Iddo. « Toi aussi ?

— Non, lui c'est un idiot, dit Jonathan. Pas vrai, Iddy ? J'ai pas raison ? Iddy, tu serais pas un idiot qui ne sait pas parler anglais par hasard ? »

Iddo, voix rendue pâteuse par ses pleurnicheries, tendit les bras vers sa mère et répéta « Cookies ».

Tsila le souleva pour le sentir, puis l'allongea sur la table-plateau avant, sans y placer de serviette, de lui baisser le pantalon et de lui dépiauter la couche. « Les garçons mangent de tout, fit-elle, comme pour faire allusion à toute cette cacade. Franchement il n'a plus besoin de ces pampers sauf pour la nuit et quand on fait un long trajet en voiture. »

Edith, fermant les yeux, disparut dans la cuisine. Comme Tsila fouillait son sac en quête d'un rouleau de papier toilette pour essuyer Iddo, je tentai ma chance : « Ben, Jon, ça vous dirait d'échanger vos chaises ? »

Mais Benjamin était plié sur la cendreuse nudité de son petit frère et lui décocha une pichenette sur le pénis. Tsila lui écarta la main d'une tape et Iddo se mit à hurler. « Des petits cookies aux pipites de chocolat caca, entonna Benjamin, doigt pointé sur le lange, des petits cookies aux pipites de chocolat caca fourrés au cacaramel.

— C'est pas du caca, m'informa Tsila, c'est juste du pipi… du *pish*…

— De l'urine, corrigea Jonathan en arrachant un pétale au poinsettia.

— C'est qui, ça ? s'enquit Nétanyahou, indiquant l'étalage de cadres sur la petite table, tous achetés chez Sears, avant d'en prélever un portrait de famille. Votre fille ?

— Judy. C'est Judith.

— Yehudit.

— Elle est en cours toute la journée, au lycée, j'ai bien peur que vous ne fassiez pas sa connaissance.

— C'est le nom hébreu, ça, Yehudit, dont le livre est accepté par les goyim mais ne fait pas partie du canon juif par pudibonderie. Yehudit, cette héroïne juive qui fait mine de séduire ce général d'Assyrie, Holopherne, en le gavant de nourriture et de boisson jusqu'à l'état de stupeur, et puis sort un couteau et lui tranche la tête.

— Elle tient son prénom de la grand-mère d'Edith, qui avait épousé un marchand de céréales originaire de Trèves, avant de devenir un marchand de fermetures Éclair sur la 34e Rue. »

Nétanyahou reposa la photographie sur la petite table, nous plaçant, Judith, Edith et moi, à l'envers contre la lampe.

« Iddo était prophète, il a écrit des livres dont on sait qu'ils ont existé mais qui sont perdus maintenant. Et Jonathan, c'est Yonatan, et Benjamin, c'est Binyamin. Eux, vous devez sûrement les connaître, ils sont dans le Tanakh, la Bible hébraïque. »

Tsila lui tendit la couche en boule, mais il l'ignora. Il dit juste : « Yoni, Bibbi et Iddy… J'espère ne pas regretter de les avoir emmenés… »

Tsila laissa tomber la couche sur ses genoux et lui dit quelque chose en hébreu, une sorte de pique – le seul mot que je saisis, un mot qu'elle répéta, ressemblait à « bégueule » ou « bagel » –, et alors qu'elle poursuivait, le regard de son mari se porta plus bas pour se poser sur le trou dans sa chaussette humide et comme palmée, d'où pointait l'orteil, frétillant toujours plus à mesure que Tsila parlait plus fort, jusqu'à ce qu'il se mît à taper du pied par terre et aboyât : « En anglais. »

Tsila déclara, à mon intention j'imagine : « Moi je regrette déjà que nous sommes venus avec lui. »

Son anglais était plus haché que celui de son mari, plus limité, mais son accent était meilleur, ressemblait à celui du Midwest avec une pointe gutturale en provenance du Levant : « Les garçons devaient rester avec notre… madame, dit-elle, la madame qui reste avec eux.

— La babysitter, précisa Nétanyahou. La babysitter a dû annuler à cause d'un incendie.

— Sa maison a été inondée à cause des tuyaux qui sont congelus.

— Je pensais que c'était un incendie.

— C'était une inondation à cause des tuyaux congelus et un incendie.

— Comment c'est possible d'avoir à la fois une inondation et un incendie ? L'incendie éteindrait l'inondation ou ferait fondre ce qui pouvait être gelé.

— Qu'est-ce que tu en sais ? C'est moi qui lui a parlé. »

Nétanyahou se tourna vers moi. « Comme je disais, une urgence : la babysitter n'a pas pu rester avec les garçons et Tsila n'a pas voulu rester seule avec eux.

— Tsila est juste là. Tsila est assise en face de toi. Et non, Tsila n'a pas voulu rester à la maison avec les garçons et les garçons ne voulaient pas rester à la maison avec Tsila. » Elle parla alors en hébreu, en s'adressant à Iddo, avant de repasser à l'anglais pour demander : « Qui voudrait rester à la maison avec une mère qui oublie le slip de son fils ?

— Il n'y en a pas un qui traîne dans la voiture ? demanda Nétanyahou. Dans la boîte à gants ?

— Je peux aller le chercher, dit Jonathan.

— Je viens avec toi, fit Benjamin.

— Non, dit Tsila. Je ne m'occupe pas de la voiture (ceci à mon intention), la voiture, c'est le problème de mon mari, pas le problème de moi. » Elle déchira un carré de papier toilette qu'elle porta à sa bouche pour l'humecter, puis le fixa à la pointe de la nudité de son fils. « Ça devrait suffire pour le moment. » Elle lui remonta le pantalon, le prit dans ses bras pour le planter devant elle, entre le clic-clac et la table-plateau en lui asticotant le bidon et chantonnant, dans une voix de fripouille gonflée à l'hélium : « Nous on voulait tous venir avec ton papa ! On ne peut plus se passer de lui ! Dès qu'il sort de la maison y a tout qui s'écroule ! » Elle souleva le pull d'Iddo et un autre identique sous celui-là, puis le maillot de corps sous celui-ci, et elle se pencha pour lui faire des poutou-poutoux sur le ventre, jusqu'à ce que ses hurlements se soient mus en rires hystériques : « Qu'est-ce qu'on ferait sans lui ?... pffbllpffbllhh... Oui oui oui oui oui qu'est-ce qu'on ferait sans lui hein ?... pffbllpffbllhh...

— Je suis pareil, dis-je, pour détendre l'atmosphère. Sans Edith, je ne vaudrais plus un pet de lapin. »

Tsila plissa les yeux et rhabilla Iddo. « Ce que nous voulions, nous, c'était passer des vacances en Nouvelle-Angleterre et c'est seulement après qu'on est partis et qu'on était sur la route que nous avons compris que le grand génie de la famille s'était trompé et que Upstate New York ça ne veut pas dire Nouvelle-Angleterre.

— Bien sûr que si, rétorqua Nétanyahou. C'est la Nouvelle-Angleterre.

— Vous en pensez quoi, vous, Rube ? Upstate New York, c'est la Nouvelle-Angleterre ?

— Je ne sais pas trop, dis-je, hésitant.

— Soyez franc, Rube.

— Ça fait peut-être partie des États Mid-Atlantic. Mais je ne crois pas que Nouvelle-Angleterre soit une désignation officielle.

— Oh mais si, fit Tsila. Ça inclut le Maine, le New Hampshire, le Vermont, le Massachusetts, le Rhode Island et le Connecticut : c'est tout ça, la Nouvelle-Angleterre.

— D'accord.

— Mais la carte n'est pas bonne, déclara Nétanyahou.

— New York, ça fait partie des États Mid-Atlantic, poursuivit Tsila, et il y a quoi en dessous ?

— Plein d'États, répondis-je.

— En dessous des États Mid-Atlantic, c'est Washington DC, et en dessous de Washington DC c'est les États du sud, le Dixieland.

— Mais enfin cette carte est périmée, clama Nétanyahou.

— Parce que tu crois que ça change ? répliqua Tsila en direction de son mari. Tu crois qu'un État ça bouge de place peut-être ? Appelle l'AAA, dit-elle en détachant chaque lettre. L'Association américaine automobile. Tu pourras leur expliquer la géographie quand tu auras appelé avec Edelman. »

C'est le mot, le nom que je l'entendis prononcer : Edelman.

Nétanyahou haussa les épaules.

« Est-ce que mon mari peut avoir – est-ce qu'il peut utiliser votre téléphone, Rube, pour passer son appel ? Il a besoin d'appeler avec Edelman. »

Chaim « Hank » Edelman, le rabbin de « Philly », réalisai-je.

Nétanyahou s'exprima en hébreu.

« Tiens donc, maintenant tu veux parler hébreu ? Appelle !

— Appelle, toi.

— Pas moi. C'est ton ami. Toi. Va appeler avec lui et jette ça dehors. La pamper. À cause de toi ça sent mauvais ici. »

Elle le fusilla du regard en plissant le front, jusqu'à ce que Nétanyahou ait attrapé la couche et se soit levé d'un bond : « Où est le téléphone ? »

Je l'emmenai vers la cuisine, où Edith déversait des cuillères de chocolat en poudre dans des tasses. « Notre invité a besoin du téléphone.

— Eh bien tu sais où il se trouve », dit-elle en saccadant ses petits coups de cuillère. Il y avait du cacao un peu partout sur le plan de travail.

Je soulevai le couvercle de la poubelle pour que Nétanyahou y jette la couche, puis je le conduisis jusqu'au téléphone, fixé au mur près des toilettes, avant de me replier vers la gazinière, où Edith fouettait le lait sur le point de bouillir.

« Arrête de négliger tes invités comme ça. Et ramène-leur ça, tiens. »

Elle avait disposé des cookies plus très frais, en forme de chaussettes de Noël, sur le pourtour d'une assiette, au centre de laquelle, derrière une clôture en sucre d'orge, il y avait la maison en pain d'épice, plus très fraîche elle non plus, qui nous avait été offerte par deux de ses collègues à la bibliothèque – les sœurs Stunodsky, veuves toutes les deux, qui à chaque Noël s'enorgueillissaient de concocter pour chaque collègue une maison en pain d'épice qui ressemblait, du moins aux yeux des deux veuves Stunodsky, au vrai domicile du ou de la collègue en question.

J'arrachai une boule de gomme de notre toit glacé puis, après m'être approché d'Edith qui me tournait le dos, je tentai de la lui glisser de façon aguicheuse dans la bouche, mais elle opposa une résistance et détourna la tête, la petite dragée de gélatine rouge tombant au sol.

Nétanyahou, qui composait son numéro, fut témoin de toute la scène. Il dut raccrocher et recomposer le numéro. Je me penchai sur le lino pour ramasser la boule de gomme, que je laissai dans l'évier et qu'Edith récupéra pour la mettre à la poubelle, fronçant les sourcils lorsque le couvercle, en se soulevant comme soudainement régurgité, répandit la puanteur de la couche.

« Edelman, *nu*, Edelman », disait Nétanyahou, le reste étant en hébreu, son accent empruntant des sonorités slaves et vacillantes : Varsovie, ça me revint.

J'apportai l'assiette, et les deux aînés s'en prirent à la maison avant même qu'elle ne se soit posée sur la table. Ils se ruèrent sur le jardin et abattirent les murs, bourrant dans leur bouche des portes faites de gaufrettes, des lucarnes en pâte d'amandes dotées de volets en réglisse, éparpillant nonpareilles, vermicelles et miettes partout.

Je retournai en cuisine pour aller chercher des serviettes en papier, mais Edith m'intercepta dans la salle à manger et me flanqua dans les mains un plateau de tasses clapotantes dans lesquelles flottaient des marshmallows. « C'est le genre de chocolat chaud qui ne tache pas, hein ?

— Tout à fait, Ruben – tout comme ton humour, à toi, n'est pas du tout un humour qui tache. » Elle fit demi-tour et se dirigea à nouveau vers la cuisine. « Je ramène le gueuleton pour les adultes dans une minute. »

J'apportai les tasses, pour Jonathan et Benjamin, et voyant qu'il en était privé, Iddo se mit à glapir. Alors Tsila me demanda de lui cueillir « un de ces bâtonnets à la menthe » – un sucre d'orge, m'imaginai-je, un genre d'enseigne de barbier que j'arrachai à la clôture pour lui donner à sucer.

Des verres, du vin, des crackers avec un assortiment de fromages, et des couteaux ne coupant pas pour bien étaler le tout : ledit gueuleton pour adultes arriva. Olives, cacahuètes et noix. Edith fit un voyage avec le bol d'olives, en fit un autre pour amener le bol de noix, puis d'autres voyages séparés encore pour les bols vides où jeter les noyaux d'olives et les coques. Elle faisait autant de voyages qu'elle le pouvait, et ce ne fut que lorsqu'il n'y eut plus rien à apporter de la cuisine, rien du moins que je pusse imaginer, à moins qu'elle eût l'intention de ramener Nétanyahou en personne ainsi que le téléphone auquel il était accroché en plus du contenu du frigo – le beurre, les œufs, ce qu'il restait du pain de viande d'hier, le poulet à la King d'avant-hier, la gelée, la machine à spätzle, le mixeur, le blender, le frigo lui-même pendant qu'elle y était –, qu'elle prit enfin place sur la chaise de la salle à manger, en face de moi, sourire forcé aux lèvres.

Puis elle se frappa la cuisse et se releva aussitôt : « Zut, les serviettes. »

Du Edith tout craché : c'est en s'affairant comme ça qu'elle évacuait ses émotions.

Elle fit la distribution des petites serviettes, des serviettes en papier que les deux grands ne déplièrent pas sur leurs genoux mais glissèrent dans leur col de chemise comme des bavoirs, ce qui assura la protection de leur pull Disney contre les coulures de chocolat, mais ne protégea pas notre tapis.

« Des serviettes en papier, déclara Tsila, comme l'essuie-tout, même les nappes sont en papier. Du papier, du papier, toujours du papier. C'est ce que j'aime en Amérique, toutes ces choses rejetables.

— Jetables, rectifiai-je.

— Les tasses, les assiettes, les bols rejetables. Les pampers rejetables. Plus de tissu. C'est tellement plus facile d'élever ses enfants aux États-Unis.

— Vous trouvez ? demanda Edith.

— Lave-linge, sèche-linge. La machine pour la vaisselle. Quand vous avez besoin de l'eau tiède, quand vous avez besoin de l'eau chaude, vous n'avez qu'à tourner le robinet et voilà ça vous brûle, pas de chauffe-eau qu'il faut attendre, et l'été, vous avez le climatiseur, pas le ventilateur. En Israël, tout ça c'est des produits de luxe et personne ne les a. Mais ici aux États-Unis, pour vous tout est si facile.

— Oui, même notre génération a la belle vie ici aux États-Unis, si on compare avec la génération de nos parents, dis-je.

— Vous n'y croiriez pas, soupira Tsila, la chance que vous avez. Vous ne me croiriez pas si je vous disais.

— Vous êtes à Philadelphie depuis combien de temps ? s'enquit Edith. Ça fait un bout de temps, maintenant, non ?

— Mais Philadelphie, même un jour là-bas ça fait un bout de temps, un jour là-bas dure éternellement.

C'est une ville pas possible, impossible, à la quitter. Vous roulez et vous roulez et vous vous demandez, je suis toujours à Philadelphie ? Et la réponse est oui, vous êtes toujours à Philadelphie. Vous roulez et passez dans la banlieue, vous passez dans les fermes où même les chevaux ils vont plus vite, et vous roulez et vous roulez et vous demandez, encore Philadelphie ? Oui oui.

— Le trajet a dû vous épuiser, surtout par ce temps.

— Mais pas seulement par ce temps, aussi en été. Et vous savez que vous êtes partie quand vous arrivez à Allentown. Wilkes quelque chose, comme l'homme qui a tué Lincoln.

— Wilkes-Barre, précisai-je.

— Non non, autre chose. »

Jonathan, essuyant d'un revers de manche les perles de chocolat accrochées aux vagues poils d'une moustache portoricaine, s'en mêla : « Wilkes Booth.

— C'est ça, Wilkes Booth.

— Wilkes-Barre, répétai-je, près de Scranton.

— Le comédien John Wilkes Booth, renchérit Jonathan, c'est lui qu'il a, qui a tué le président Avraham Lincoln, le seizième président des États-Unis, celui qui a rendu leur liberté aux esclaves en 1865 à la fin de la guerre de Sécession américaine.

— Prends un cookie, Rube », dit Edith pour tenter de me faire penser à autre chose. Puis, à l'intention de Jonathan : « Dis donc, tu maîtrises aussi bien l'histoire que l'anglais, toi.

— Mon anglais à moi il est plus mieux », fit Benjamin, et Jonathan le corrigea : « Meilleur on dit », et Benjamin poursuivit : « Mais Iddy c'est un idiot et lui il a pas tué personne.

— Et Scranton, continua Tsila, quelle ville affreuse. Vous passez Wilkes Booth et vous vous dites est-ce qu'une ville peut être plus affreuse que ça ? Est-ce que ça existe, un endroit plus affreux ? Et puis vous quittez Wilkes Booth et passez dans Scranton, et vous avez votre réponse.

— C'est une région minière, dis-je, sans grande conviction. Il n'y a pas grand-chose, c'est assez désolé comme paysage.

— Peu reluisant, intervint Edith, mais si on ne veut pas être gelés, il faut bien du charbon.

— Il ne fait pas trop froid ici ? Je dois faire un feu ?

— Moi je veux faire un feu, dit Jonathan, et Benjamin ajouta : Rebecca Gatz elle a fait un feu, elle ; Jonathan : Rebecca Gatz elle a fait une inondation.

— Rebecca Gatz, c'est votre babysitter ? demanda Edith.

— Avant aujourd'hui, déclara Benjamin de but en blanc, elle était amoureuse de Ronnie Edelman mais aujourd'hui elle est amoureuse de Jonathan, sauf que Jonathan lui il est amoureux de ses gros lolos. »

Jonathan recracha un marshmallow en l'air, qui à son apogée entama sa descente, et il le rattrapa avec la bouche et se remit à le mâchouiller : « Et pas que de ses lolos.

— Tout est cassé là-bas, tout est noir, dit Tsila en léchant son pouce, qu'elle frotta ensuite sur le visage d'Iddo, assis sur ses genoux, pour le rendre à sa blancheur. Même en plein jour, c'est noir à Scranton. Vous traversez la ville et vous vous dites, Mais le soleil, il brille encore ? Vous n'arrivez pas à savoir, c'est impossible. Qu'est-ce qui lui arrive, au soleil ? Et alors vous voyez un panneau qui dit Vous entrez dans l'État de New York, et vous pensez que c'est bon, OK, super, New York est un endroit civilisé, tout ira mieux maintenant, mais non non non. Pas du tout. Et vous savez ce qui se passe quand vous franchissez la frontière de l'État de New York ?

— Euh… Vous êtes dans l'État de New York ? fis-je.

— Oui, et ça ne fait qu'empirer.

— Au moins c'est de la forêt, dit Edith.

— Quel ennui, tout cette forêt et ces fermes. Et si vous ouvrez la vitre pour avoir un peu d'air, tout ce que vous avez c'est du vent et de la neige et avec les animaux l'odeur des pampers. » Tsila me tendit son verre à vin pour que je le remplisse, alors j'attrapai la bouteille et la resservis, puis resservis Edith, et alors que j'étais sur le point de me resservir, Tsila m'agita son verre sous le nez, comme pour me morigéner.

Je dus remplir son verre quasiment à ras bord.

La voix de Nétanyahou tonitrua soudain, « Edelman… Edel-man » – on aurait dit une vieille crécelle hébraïque abandonnée –, et Jonathan porta les deux mains autour de sa bouche pour l'imiter, Benjamin éclatant alors de rire, une gerbe de bardeaux en bonbons de maïs mélangés à une cheminée-boudoir giclant d'entre ses lèvres.

Tsila descendit son verre d'un trait et augmenta le volume de son anglais aux consonances lutefisk afin d'éclipser ses enfants : « Tout du long de la route 81 on a conduit jusqu'à (ce mot m'échappa), et puis on a remonté en suivant (à nouveau ce mot qui m'échappait), on a traversé le pont à Great Bend, et là le grand génie de la famille que j'ai marié, le vrai conducteur hors pair, celui qui a la carte, il roule trop vite quand je lui dis d'aller plus lent, de ralentir, proche Hallstead la ville où on fait la sortie de route comme un gros monsieur qui glisse dans sa baignoire et presque on va dans (encore un blanc à la place de ce mot, que d'un regard adressé à Edith je tentai de remplir, mais Edith fixait avec horreur les lèvres vinasseuses de Tsila), mais c'est même pas notre voiture, on a dû l'emprunter à Edelman.

— Oh là là, dites donc.

— Il va être très fâché, Edelman, mais c'est pas ma faute à moi… » Tsila voulut reposer son verre sur la table et renversa un peu de vin sur la tête d'Iddo. « C'est la faute de mon mari célèbre, donc c'est à lui d'expliquer tout à Edelman comment il a faillu tuer toute sa famille à cause qu'il conduisait trop vite dans la neige à Hallstead et qu'il a faillu tous nous noyer dans » – et toujours ce mot, quelque chose comme la Saksallah ou la Sachsvalhalla.

Alors Edith devina : « La Susquehanna.

— C'est qu'est-ce que j'ai dit », et qui sait – peut-être Tsila avait-elle raison ? Peut-être connaissait-elle la prononciation amérindienne ? Après tout, comme elle le dirait plus tard à Edith, ses parents avaient quitté la Pologne lituanienne pour s'installer dans le pré-État d'Israël après un passage par le Minnesota. Quelque dix années plus tard, j'entendrais ce même anglais dans les discours de Golda Meir, fille de parents immigrés dans le Wisconsin. Un mélange singulier d'Israël et des territoires du Nord-Ouest américain.

Un cri et une sorte de bing retentirent dans la cuisine avant que Nétanyahou, le pas guindé, ne refasse son apparition dans le salon où les deux grands arrêtèrent leurs imitations, se balançant d'avant en arrière sur leur chaise qu'ils firent grincer en tâchant de contenir leur hilarité comme une envie pressante.

En passant devant eux, Nétanyahou leur demanda de poser leur chocolat chaud – il avait dû le leur dire en hébreu –, ce qu'ils firent : ils posèrent leur chocolat chaud, puis il empauma leurs deux crânes, un dans chaque main, et bim les choqua l'un contre l'autre, au point que, la scène eût-elle été davantage expressive, des petits oiseaux auraient tourbillonné éperdument autour de leurs têtes pour les auréoler comme dans les dessins animés.

« Veuillez excuser mes fils, dit-il, tandis qu'ils se mirent à chigner. S'ils ne sont pas sages, nous ne partirons plus jamais en vacances. »

Les vacances en question, pensai-je : six heures de voiture sur fond de pâturages et de mines razziées, une étendue sauvage et dépouillée, noir anthracite. Je vis alors – du moins avais-je cru voir – que Tsila pensait la même chose, mais elle ne pipa mot.

« Vous avez des garçons charmants, déclara Edith avant de s'emparer de chacune de leurs tasses, une à la fois, pour les reposer aussitôt sur les sous-verre.

— J'ai oublié comment ça s'appelle, remarqua Tsila.

— Des sous-verre.

— En Angleterre on appelle ça des *des*sous de verre, corrigea Nétanyahou.

— Parce que les Anglais parlent mieux peut-être ? rétorqua Tsila.

— Certaines personnes le pensent.

— Sans doute les mêmes certaines personnes qui pensent que New York c'est la Nouvelle-Angleterre. »

L'horloge sonna 13 heures et Nétanyahou jeta un coup d'œil à sa montre, seule digne de confiance.

« Il est 13 heures, dis-je. Heure de New York en Nouvelle-Angleterre.

— Au boulot, renchérit Nétanyahou. On a le cours à donner, l'entretien à passer, le dîner, puis la conférence suivie de la réception, c'est ça ?

— C'est ce qui est prévu, oui.

— Et le comité sera là à chaque fois ?

— Je crois. Peut-être pas à votre cours, cela dit, car il est rattaché à un autre département. Bien sûr, pour l'entretien, ce n'est pas ouvert à d'autres personnes que le comité. Le dîner est prévu pour les membres du comité et leurs épouses. Quant à la conférence, elle est ouverte au public et j'espère qu'il y aura un peu de monde. On a passé une annonce dans la *Corbindale Gazette* et je sais qu'Edith a déposé des prospectus à la bibliothèque, j'en ai parlé autour de moi à tous ceux que j'ai pu croiser, et je l'ai rendue obligatoire pour mes étudiants. C'est toujours la croix et la bannière pour faire bouger les gens, je suppose que vous savez ce que c'est, mais c'est encore plus difficile juste après Noël, quand tout le monde hiberne, donc on a essayé de mettre les bouchées doubles.

— Et le comité, embraya-t-il en opinant du chef, comme désintéressé par ce que je lui racontais, il est composé de Morse, Galbraith, Kimmel, Hillard, et vous-même, c'est ça ?

— En effet, c'est bien ça.

— J'ai fait des recherches sur tout le monde, mais pour certains je n'ai pas trouvé grand-chose. Il faudra que vous m'en disiez plus sur eux. Par exemple, Galbraith, est-il aussi stupide en personne que ce qu'il raconte sur le régime de Vichy ? Et Kimmel, il est allemand ?

— Je crois que le Pr Kimmel a passé un été sabbatique à Wittenberg. Quant au Pr Galbraith, il est originaire de Louisiane.

— Je vois. Vous m'en direz plus quand on sera tous les deux.

— Ah, entre l'entretien et le dîner j'étais censé vous emmener à la réception de votre hôtel, le Corbindale

Inn, mais je me rends compte que l'université a dû vous prendre une chambre simple et qu'il va vous en falloir une autre… Je ne pense pas que quiconque s'attendait à ce que vous veniez avec les enfants, et il faudra donc… »

Tsila se tourna vers Nétanyahou pour lui lancer quelque chose en hébreu, qu'il para d'une remarque sèche et cassante.

« Je ne peux pas le croire, fit Tsila, je lui ai dit d'appeler pour dire que nous venions avec et faire la réservation d'une autre chambre.

— J'ai oublié, dit-il.

— Adgaçante, je te l'ai dit, une chambre adgaçante.

— Ad*ja*cente. J'ai oublié.

— C'est pas grave, interrompis-je. Je suis sûr que ce n'est rien. Je vais en parler au département ou alors… Edith, tu te souviens comment s'appelle la femme du propriétaire de l'hôtel ?

— Mme Marl, oui, elle est bénévole à la bibliothèque, elle s'occupe de l'heure de lecture aux enfants.

— Vous pourrez appeler avec elle ? demanda Tsila.

— On n'a pas besoin d'une autre chambre, lança Nétanyahou, surtout si la fac ne veut pas payer. On se débrouillera avec des lits supplémentaires, avec des lits de camp, comme à l'armée. Ou en faisant un peu de place pour que les enfants dorment par terre.

— Fais pas ton radin, dit Tsila. C'est toi qui vas dormir par terre. Tu vas dormir dans la baignoire. » Se tournant vers Edith : « Vous pourrez vous arranger ?

— Bien sûr. Je vais appeler Mme Marl.

— Dites-lui que c'est la fac qui paye, précisa Nétanyahou. Bon, Rube, il ne reste plus qu'une question à régler.

— Laquelle ?

— Edelman, l'homme que je viens d'appeler et qui m'a prêté sa voiture. Il voulait que je vous demande si vous connaissiez un bon garagiste.

— Je ne sais pas… Je peux me renseigner…

— J'ai pas fini… Laissez-moi finir… Il, Edelman, voulait que je vous demande si vous connaissiez un bon garagiste dans le coin, mais moi je suis d'avis que sa voiture marche très bien. Elle fonctionne très très bien. S'il a pu y avoir des dégâts en venant ici, non seulement ils sont purement cosmétiques mais c'est de la faute d'Edelman et personne d'autre. C'est juste que sa voiture n'a pas été entretenue avant qu'on la conduise et Edelman a fait preuve d'irresponsabilité en nous la prêtant dans cet état. Il a pris un très gros risque. Quelqu'un aurait très bien pu être blessé ou tué.

— Quel est le problème avec cette voiture, selon vous ?

— Je viens de vous le dire, il n'y a pas de problème avec cette voiture et ce n'est pas de notre faute. C'est Edelman le responsable, et je lui ai dit. Mais bon, il m'a fait promettre de vous demander pour le garagiste et je lui ai promis, donc je vous ai posé la question, alors maintenant vous allez me dire que non, que vous ne connaissez pas de bon garagiste dans le coin, ou que tous les garagistes du coin ne sont que des escrocs et des voleurs, ou que personne ne peut s'en occuper parce qu'il neige aujourd'hui… quelque chose comme ça…

— Vous voulez que je dise quoi ?

— Vous pouvez peut-être appeler Edelman et lui dire vous-même. Ou si c'est trop demander, en arrivant sur le campus on pourrait s'arrêter à votre bureau et lui écrire une lettre.

— Vous voulez une lettre ?

— *Cher Pr Nétanyahou, En réponse à votre question posée ce 20 janvier, malheureusement aucun bon garagiste n'est actuellement disponible autour de Corbindale…*

— Une lettre adressée à vous ?

— Pour que je puisse la montrer à Edelman, oui… Ou alors vous pouvez l'adresser à Tsila, pour que ça soit moins suspect… *Chère Mme Nétanyahou, Je suis au regret de vous dire que tous les garagistes autour de Corbindale sont déjà pris par d'autres réparations…*

— Vous plaisantez, j'espère ? Vous voulez que je lui mente ?

— Je ne vous demande pas de mentir sur l'état de sa voiture, seulement sur la disponibilité de ceux qui sont professionnellement en mesure de l'expertiser. À moins que de votre plein gré vous ayez envie d'émettre une opinion pour dire que les dégâts ne sont que cosmétiques et que la voiture fonctionne très bien et sera en mesure de faire le trajet du retour, jusqu'à Philadelphie. Sans problème. Qui suis-je pour vous l'interdire ?

— Je ne sais pas quoi dire.

— Pas d'inquiétude si vous ne vous souvenez pas des mots exacts. Quand on arrivera à votre bureau, je les dicterai à votre secrétaire.

— Ma secrétaire ?

— À moins que vous préfériez les taper vous-même. C'est vous qui voyez. »

Je fis mine de consulter l'horloge : « Nous avons une heure pour rejoindre le campus. Je ne suis pas sûr que nous ayons le temps.

— Eh bien Edith pourrait s'en occuper sinon ? »

Tsila le tss-tssa, tandis qu'Edith empilait les bols, l'air maussade.

« Tsila pourra l'aider, poursuivit Nétanyahou. Vous allez bien vous entendre, toutes les deux.

— Je n'en doute pas, répondit Edith. Veuillez m'excuser. » Elle emporta un plateau dans la cuisine et Nétanyahou se tourna vers les deux grands, qui complotaient à voix basse : « Quant à vous, les garçons, soyez sages avec votre mère et Mme Blum et Devorah, quand elle rentrera.

— Devorah ? s'interrogea Tsila.

— Deborah ?

— Judith, rectifiai-je. Judy » et j'en profitai pour redresser notre photo de famille posée à l'envers.

« Pas loin, dit Nétanyahou. Yehudit.

— C'est qu'elle est en cours. Je pense que vous ne la verrez pas.

— Super. On dirait bien que tout est en ordre, alors.

— Si vous le dites. » Et tandis que Nétanyahou se mettait à farfouiller dans sa sacoche, je me levai : « Vous m'excusez ? »

J'avais moi aussi entendu la même chose qu'Edith – la tonalité du téléphone, que Nétanyahou n'avait pas bien raccroché, et comme j'entrai dans la cuisine avec les restes de notre maison en miettes, Edith reposa le combiné. Visage décomposé, livide, elle dit : « *Ikh ken nisht.* »

Ce n'était jamais bon signe quand Edith passait au yiddish, cette langue que nous parlions entre nous, tels des enfants, lorsque nous ne voulions pas que Judy, ou que des non-Juifs, puissent nous comprendre. Mais en l'occurrence, le yiddish n'allait pas nous être d'un grand secours.

« Chut. Tu crois que ces Yahous ne comprennent pas le yiddish, peut-être ?

— Qui ça ?

— Nos invités.

— Oh mon Dieu, où avais-je la tête ?

— Edith, s'il te plaît, plus bas.

— Les Yahous, très drôle, c'est profond… Ruben, si seulement nous parlions, je sais pas moi, swahili. On aurait dû apprendre le swahili tous les deux. » Des hurlements provenaient du salon, des hurlements et des coups. « Ils sont horribles, pousse-toi-de-là-que-je-m'y-mette.

— Je parie que tu dis ça de tous les Juifs.

— Ruben, faut toujours que tu te plies en quatre. C'est pas franchement séduisant.

— Edith, j'aimerais te demander pardon. J'aimerais te dire merci. Je te revaudrai ça. Je suis vraiment navré.

— *Freier* », dit-elle, ou du moins était-ce le mot que j'avais compris : chiffe molle en yiddish, ou lavette, un truc tout juste bon à éponger les surfaces, et au moment où elle détourna le menton je déposai un baiser dans le vide.

Je retraversai la salle à manger pour y trouver Iddo qui martelait les touches du piano, et les deux aînés qui faisaient n'importe quoi avec le téléviseur – Benjamin jouant avec les boutons, Jonathan tirant l'antenne dans tous les sens.

J'avais demandé à Tod Frew et son père, le Pr Frew, de m'aider à descendre le poste jusqu'au salon, le jour de l'an, et ma colonne vertébrale en avait payé le prix.

« *In farbn* », s'exclama Nétanyahou, ce qui en yiddish signifiait en couleurs. Il s'était rechaussé et déambulait en imprimant le tapis de ses empreintes dégoûtantes, clin d'œil en ma direction, hochement de tête vers la télé, « *Sheyn* » – joli.

Je ne pense pas qu'il y avait la moindre trace d'ironie dans ses propos, hormis le choix de la langue. En soi, le yiddish était une façon de me débiner, mais ses mots étaient étrangement admiratifs.

Iddo y allait de son petit accompagnement atonal, ces grappes d'accords qu'il tambourinait comme à l'approche d'un monstre, ou du méchant qui s'apprête à apparaître à l'écran – son père, en l'occurrence, qui le faucha du tabouret pour le poser par terre, où il se demanda s'il n'allait pas se mettre à pleurer jusqu'à ce que la foudre s'abatte sur lui, et qu'il se calme et s'assoie en tailleur, tel un Indien avachi sur son feu de camp, hypnotisé par les étincelles.

Maintenant que le troisième millénaire de l'ère chrétienne est entamé, personne à la lecture de ces lignes n'a idée – pas même l'ombre d'une idée – de ce que signifiait, aux yeux d'un gamin en 1960, la découverte non seulement d'un téléviseur, mais d'un téléviseur couleurs. Pour commencer, posséder un téléviseur en 1960 n'avait en soi rien d'anti-intellectuel, pas plus qu'il ne s'agissait de suivre le troupeau – c'était un gage de modernité. Et posséder un téléviseur couleurs, c'était encore autre chose, c'était chic, c'était faire partie de l'élite, et j'en avais presque honte : c'était un luxe à la hauteur des Steinmetz.

J'ai honte aussi de repenser au divertissement que me procuraient les programmes dont l'absence d'options, l'absence de variété, laisserait quiconque, habitué aux normes d'aujourd'hui, pour le moins perplexe. Jeux et westerns, rien d'autre, jeux et westerns, soit grosso modo l'essence même de l'esprit américain : des scénarios à somme nulle mettant en scène gagnants et perdants, dont le cran se mesurait à l'aune de la chance.

« *Gunsmoke.* »

Mais sans doute avais-je tort, car Benjamin, désormais en lotus lui aussi, objecta sans même décoller de l'écran son regard de serpent : « Non, mets *Bonanza.* »

Jonathan, dans une attitude d'absorption méditative, expliqua : « *Gunsmoke* est en noir & blanc, *Rawhide* est en noir & blanc. *The Cisco Kid* et *Bonanza* sont en couleurs. »

Edith tenait le manteau de Nétanyahou, dans lequel il enfonça maladroitement les bras : il n'avait pas l'habitude qu'on l'aide. Je sautai quant à moi dans une paire de bottes et mis mon manteau.

Voici deux histoires auxquelles je vous demanderai de bien vouloir réfléchir : une horde de desperados originaires de l'autre côté de la frontière menace un ranch ; on embauche un bandit solitaire pour s'en débarrasser, qu'on paye une fortune avec ce qu'il reste des pépites poussiéreuses d'une prostituée joli-cœur… Ou alors, une tribu d'Apaches sauvages s'en prend à un convoi d'honnêtes missionnaires chrétiens qui n'ont d'autre choix que de se compromettre en faisant usage de la violence… Je ne suis pas en train de suggérer que ces histoires aient pu avoir une influence disproportionnée sur la direction qu'allaient prendre les fils Nétanyahou ; je dis juste qu'elles auraient eu une influence disproportionnée sur quiconque, à l'époque. Or en définitive, après avoir mis mes galoches, envoyé un baiser à Edith – qu'elle refusa d'attraper au lasso –, et quitté l'hacienda en proie aux *yih ha* et au crépitement des pistolets, c'était au père que j'avais à faire, à Ben-Zion lui-même, ainsi, pour être honnête, qu'à tous ces conférenciers de passage et ces professeurs invités, universitaires de tout poil, tireurs embusqués et solitaires, étrangers allant de ville en ville, nomades par habitude, nomades d'esprit, qui brûlent d'envie d'en finir avec leur passé et de prouver aux locaux hostiles et cruels qu'ils sont les plus forts.

Telle était l'histoire de ce Yahou qui pavanait à mes côtés, de ce Yahou qui pavanait à quelques pas devant moi, quand bien même il ignorait où il allait – un solitaire déboussolé dans un désert de neige, un artiste esseulé à la gâchette facile sous sa capuche et sa chapka, moufles sans pouce, écharpe effilochée et Blucher à la semelle décollée, des semelles qui claquaient mollement telles les babines d'un cheval.

IX.

Le séminaire de théologie de Corbin (depuis renommé faculté Hussein-Gupta de théologie et de religion comparée) fut la première des composantes institutionnelles de l'université à être fondée, et il en est sortie toute une brassée de pasteurs, formés depuis plus d'un siècle dans les moules congrégationaliste ou puritain. Son ensemble de bâtiments en pierre défraîchie avait pour centre la chapelle, où la participation hebdomadaire était encore obligatoire, tant pour les étudiants que leurs professeurs – étant attendu des étudiants qu'ils en tirent un bénéfice spirituel, les enseignants ayant quant à eux pour seule tâche de faire l'appel. À l'époque, chaque département devait proposer les services de leur toute dernière recrue, afin que chacune puisse s'acquitter de cette tâche à tour de rôle, et me revenaient les groupes des lundi/vendredi, autrement dit les étudiants dont les noms étaient compris entre W et Z. Cette année-là, les lundis débutaient avec M. Wabash (une star de baseball), généralement aux abonnés absents, et se terminaient avec

M. Zych (spécialisé en agronomie), une fine crapule ; quant aux vendredis, ils débutaient avec M. Washburn (qui finirait par prendre la direction du Lavomatic de Corbin), un insupportable boute-en-train, et se terminaient avec M. Zoll (qui finirait par prendre la direction du Vietnam), un gars au visage boutonneux. Dans la mesure où le groupe W-Z était une mince affaire – d'un point de vue alphabétique, s'entend –, j'étais généralement arrivé en bas de ma liste avant que les étudiants n'aient terminé de prier, or je ne pouvais quitter mon banc, ni même faire passer le temps en avançant sur mes travaux universitaires : telles étaient les règles dictées par le Pr Huggles, le rév. père qui dirigeait le séminaire et célébrait l'office. J'avais eu beau exécrer ces règles initialement – sans mentionner l'office –, j'en étais progressivement venu à trouver cette corvée de chapelle plutôt apaisante. C'était le seul moment où je pouvais me vider l'esprit. Ou ne serait-ce que réfléchir au paradoxe contenu dans cette bénédiction : *Et maintenant rendons-nous en classe afin de poursuivre notre quête de vérité, au nom de Jésus, Amen.*

Nous marchions vers le presbytère, situé derrière la chapelle ; c'était là que devait se tenir le cours d'études bibliques que Nétanyahou avait accepté – il n'avait pas eu le choix – de prendre en charge. Si Corbin décidait de lui offrir un poste au département d'histoire, il aurait en outre des cours à donner au séminaire, un par semestre a minima. Ce qui pour lui constituerait une humiliation, dont on l'avait seulement informé, apparemment, la semaine qui précédait. Dans une conversation téléphonique avec un certain… Pr Huggins ?

« Huggles… Pr Huggles…

— C'est absurde, pesta Nétanyahou comme nous quittions Evergreen à contrevent. Demander à des historiens d'enseigner la religion. Pourquoi ne pas demander à des prêtres d'enseigner l'histoire, tiens ?

— On ne peut rien y faire. C'est une question de budgets alloués aux recrutements. On ne peut vous avoir en histoire que si Huggles vous récupère pour son séminaire, ou quelqu'un d'autre ailleurs. L'idée étant de tirer un peu sur la corde. Retour sur investissement. Le Pr Morse n'aime pas beaucoup ça non plus.

— Et il ne fait rien pour que ça cesse ?

— J'ai lu vos travaux sur les Juifs qui à l'époque médiévale s'opposaient à l'Église, et autant vous dire que notre situation, ici au département d'histoire, n'est guère bien différente : on est à la merci de l'Église. Et je préfère même ne pas penser au sort qui nous serait réservé si on osait montrer la moindre résistance à la volonté toute-puissante du séminaire de théologie de Corbin. »

Nétanyahou fit une pause au coin de Dexter et de Wolcott, une intersection transformée en monticule de neige où luttaient des vents contraires. « Vous plaisantez, là, mais soyez sérieux une minute : ça vous a mis en rogne, pas vrai ? la présomption de cet homme, le Pr Morse ; j'ai pas raison ?

— Que voulez-vous dire au juste ?

— Qu'on vous demande, à vous, un américaniste, de promener un Juif, au motif que vous-même êtes juif. Ça a dû vous agacer. Mais vous imaginez un peu ce que vous pourriez ressentir si on vous demandait à l'occasion de votre entretien d'enseigner un cours sur la Bible exactement pour la même raison ?

— Sauf que ce n'est pas forcément pour cette raison. Peut-être qu'on vous a demandé d'enseigner un cours sur la Bible parce que vous parlez hébreu.

— Vous chipotez. Si l'hébreu est la langue de la Bible, c'est parce que c'est la langue des Juifs, et ce, qu'ils la parlent ou non. »

Je laissai cette remarque se prendre dans le nuage crayeux de son haleine, et sous mon impulsion nous reprîmes le chemin du campus.

Nétanyahou s'ébrouait derrière moi, puis à mes côtés, et lorsque les portes du campus apparurent au loin, il était à un ou deux pas devant moi, ses propos soufflés par-dessus son épaule : « Qu'est-ce que la Bible ? Une suite de présages et de miracles, de piliers et de fléaux, et je serais qualifié pour quelle raison au juste – parce que j'ai des galons d'historien ? Et même en admettant qu'il s'agisse d'une question purement linguistique, selon laquelle je serais censé inculquer à de jeunes délinquants et aux futurs éleveurs d'ouailles de l'État de New York la langue de Salomon, d'Ézéchiel, de Jérémie et de Moïse – dites-moi un peu, vous seriez compétent, vous, pour enseigner Shakespeare ou Chaucer, tout ça parce que vous savez commander un hamburger ou lire les panneaux dans la rue ?

— Arrêtez… Pr Nétanyahou, stop… Je ne plaisante pas… »

Mais Nétanyahou fonça tête baissée, sans égard aucun pour le panneau, et il gravit ce monceau de blancheur pour traverser au pas de course, cherchant à devancer la déneigeuse qui créait sa propre voie au milieu de la route. Et ne montrait aucun signe de ralentissement, accélérant même – de sorte que Nétanyahou, pris de panique, jeta sa sacoche et se propulsa au sommet de cette montagne de fange qu'était le trottoir d'en face.

J'attendis que la déneigeuse fût passée en me faisant légèrement éclabousser. Nétanyahou, en revanche, était recouvert.

Je récupérai sa sacoche et la débarrassai des incrustations en la cognant contre le portail du campus. « Ce chauffeur est complètement cinglé », dit-il, et il me l'arracha des mains.

Tandis que nous pénétrions sur le campus, j'entamai mon petit topo pour lui faire faire le tour du propriétaire : « Et donc l'amphi pour ce soir se trouve là-bas. Et ici vous avez la bibliothèque, où Edith travaille, et là, juste à côté, c'est Fredonia Hall, le bâtiment qui héberge le département d'histoire et toutes les sciences humaines. »

Or Nétanyahou avait l'esprit ailleurs : « Alors qu'il se rendait à son cours sur la religion, un historien célèbre a trouvé la mort… Et qui pour dire que ce n'était pas mérité ?

— Il faut que vous compreniez, Pr Nétanyahou. Corbin est une toute petite université et nous devons tous nous dédoubler. C'est du moins le cas des nouvelles recrues et je suis sûr que bientôt les autres devront s'y mettre aussi. Tenez, prenez les membres du comité par exemple. On s'attend tous à ce qu'on nous demande de mettre la main à la pâte. Le Pr Hillard, qui travaille en géographie historique, est convaincu qu'il finira tôt ou tard par enseigner la levée de terrain. Les Pr Kimmel et Galbraith quant à eux se préparent déjà à devoir enseigner les rudiments de l'allemand et du français. Il a même été question que j'enseigne la comptabilité.

— Quel scandale. »

Nous continuâmes par le parvis, croisant sur notre chemin des boules de duvet et de fourrure qui, en leur cœur surchauffé, devaient être des étudiants ; un bonhomme de neige dont la carotte en guise de trompe s'était muée en phallus ; une bonnefemme de neige arborant une monstrueuse paire de seins d'où pointaient des brindilles en guise de tétons ; puis la statue de Mather Corbin trônant au milieu des stalactites, un industriel et eugéniste dont la tête vert-de-gris avait été criblée par les intempéries et exhibait une phrénologie bariolée de fientes de pigeon.

Nétanyahou passa droit devant tout cela sans y prêter la moindre attention.

Il fixait ses Blucher, dont les semelles flipfloppantes giflaient les allées, et il finit par manquer un virage pour s'enfoncer dans la neige recouvrant le parvis, dans laquelle il fora son propre chemin en arrondissant les angles. Soit ses pensées étaient ailleurs, soit il tentait de faire passer ses récentes cabrioles dans la poudreuse pour volontaires. Il devait être gelé.

« J'ai lu il y a quelque temps un truc sur les kibboutz en Israël.

— Kibboutzim, s'il vous plaît. Pas kibboutz. Je déteste qu'on omette le pluriel.

— Sur les kibboutzim, donc, si ça peut vous faire plaisir. J'ai lu que tout le monde y avait un rôle à jouer. Vous aviez beau être violoniste à Minsk, ou peintre à Pinsk, poète à Lvov, balayeur de rue ou ingénieur aéronautique, peu importe ; au sein du kibboutz, vous êtes un travailleur. Tout le monde à tour de rôle travaille dans les champs, pour biner, labourer, que sais-je encore. Vous ne pouvez pas vous soustraire à cette responsabilité. Vous devez prendre votre tour.

— Bienvenue en terre marxiste. Où on vous fait ramasser le crottin de – comment ils s'appellent, ces tout petits chevaux ?

— Des baudets ?

— Non.

— Des mules ?

— Non plus. On vous fait ramasser à la pelle le crottin de ces tout petits chevaux, ceux qui parlent dans la Bible… » Il s'arrêta pour plonger les doigts dans sa chaussure, avant de poursuivre : « Pas dans la Bible, la Torah… » Et il plongea la main entre chaussure et chaussette, entre chaussette et peau, pour en ressortir des mottes de givre.

« Pr Nétanyahou, quand nous aurons trouvé un téléphone, je vais peut-être appeler à la maison pour qu'on vous dégote quelque chose de plus approprié à mettre aux pieds. Edith pourrait sans doute nous apporter une autre paire de chaussures vite fait ? »

Mais Nétanyahou grommela et se remit laborieusement en route.

« Je suis navré, j'aurais dû y penser plus tôt. Mais je vous en prie, j'ai une autre paire de galoches. Ou ne serait-ce que des bottes en caoutchouc. Vous devez être gelé. »

Il s'arrêta, pivota, puis me cracha son yiddish au visage :

« *Farvas ?* (Pourquoi ?) *Vayl irre kalt, zol ikh tsiter ?* (Parce que vous avez froid, je devrais frissonner ?) Notre peuple est doté de jambes courtes et de petits pieds, pour autant on sait marcher dans la neige mieux que quiconque. Vous pensez peut-être qu'ils ont de meilleures paires de chaussures dans votre kibboutz gauchiste ? Dans un kibboutz les gens n'ont que des chaussures pour le pied gauche et tournent en rond. Et dans les camps nazis, où il y avait bien plus de neige qu'en haut du mont Hermon, qu'est-ce qu'ils avaient à se mettre sur le dos sinon leurs guenilles ? Et pourtant ils faisaient avec. Il y en a même qui ont réussi à survivre, figurez-vous. En emmitouflant leurs guenilles autour des orteils qu'ils n'avaient plus. Alors vous n'avez qu'à vous dire qu'on est dans un camp de concentration en Pologne… Là-bas (moufle pointée en direction de la chapelle, sur la flèche de son clocher), un mitrailleur et le projecteur ; et là-bas (pouce exposé braqué sur les murs du complexe renfermant le séminaire), rien que des barbelés électrifiés ; et ici (sa main s'agitait dans tous les sens sans trouver sur quoi se poser, et il conclut dans un haussement d'épaules), vous n'avez qu'à vous dire que telle est notre situation, comme ça vous aurez moins de scrupules pour mes pieds. »

Nous nous étions arrêtés à l'entrée de l'ensemble de bâtiments composant le séminaire – un lopin de neige fade et gris comme le ciel –, et il plissa les yeux sur cette croix basique, sans personne dessus, qui s'élevait un peu plus haut au milieu des arbres, comme pour se demander s'il n'allait pas y grimper, ne serait-ce que pour me semer.

« Pr Nétanyahou, j'essayais juste de vous rendre service.

— Service ? Mais c'est gênant. Ça me gêne. Cette fixation que vous faites. Vous ne parlez que de ça, que de mes pieds, depuis qu'on se connaît. J'avais à peine fait un pas chez vous qu'on aurait dit Dieu s'adressant à Moïse : enlève tes chaussures, car le sol que tu foules est sacré.

— C'est pas qu'il est sacré, mais c'est quand même un chouette tapis. Cela dit, c'est vrai qu'il m'arrive de me dire qu'Edith et Dieu, c'est un peu la même chose.

— Vous pensez qu'on profane votre maison, mais nous, nous sommes des hôtes respectueux qui font ce que vous leur demandez, ce qui ne vous empêche pas, vous, de vous moquer ensuite de nos chaussettes.

— Mais personne ne s'est moqué de vos chaussettes. » J'aperçus, par-dessus l'épaule de Nétanyahou, une silhouette trapue qui dans une parka d'Esquimau dandinait vers nous. « Et puis de toute façon, je n'ai pas parlé de désert. Ni de ma maison. Je constate qu'il fait froid, c'est tout.

— Parce que vous croyez qu'il ne fait pas froid dans le désert ?

— Le buisson était ardent. Il était en feu, et le feu ça réchauffe.

— Tiens-tiens ! Pr Blum ? » Le Pr Huggles nous salua à bout de souffle, un petit homme rondouillard dont le visage porcin, émaillé d'un groin, saillait derrière les petits verres ronds de ses double-foyers qui le lui sanglaient. « Quel point de théologie peut-il être si pressant que vous en débattiez comme ça dehors ?

— Pr Bart Huggles, dis-je, voici le Pr Ben-Zion Nétanyahou.

— Ravi, lâcha Nétanyahou, regard noir posé sur moi, main effilochée en offrande. Ce n'est pas très malin de notre part, au Pr Blum et moi-même, d'avoir cette conversation tous les deux alors que nous avons parmi nous un véritable expert de la Bible – peut-être pouvez-vous, Pr Huggles, nous venir en aide ?

— Je peux toujours essayer.

— Je citais au Pr Blum quelques-uns de mes passages préférés dans l'hébreu original et il me demandait la source de l'un d'eux, chapitre et verset, et je ressens une certaine humiliation à la réalisation que cette réponse m'échappe. » Et là il se mit à réciter dans un yiddish sournois une phrase que je reconnus pour l'avoir jadis entendue dans le Bronx : « *Mayn fis zenen nas, aber er layd*... Je dirais Exode 3, n'est-ce pas ?

— Je crois bien, oui, Exode 3, approuva le Pr Huggles vigoureusement.

— À moins que ce soit Exode 4 ? »

Le Pr Huggles cligna des yeux derrière ses double-foyers, complètement perdu.

Mayn fis zenen nas, aber er layd signifiant : J'ai les pieds mouillés, mais c'est lui qui souffre... J'ai les pieds mouillés, mais c'est lui qui se plaint... J'ai les pieds mouillés, mais c'est lui que ça dérange...

Comme le Pr Huggles nous faisait pénétrer à l'intérieur de son domaine tout de pierre affublé, Nétanyahou continuait à bavasser dans son yiddish maléfique : « Voici donc l'homme qui enseigne la Bible (*Torah*) ? Ce bovin (*bulvan*) qui confond le yiddish et l'hébreu et prétend me connaître ?

— *Genug*, dis-je (assez).

— Espérer apprendre quoi que ce soit d'un homme comme lui c'est comme espérer un œuf d'une vache... Bonjour madame la vache, vous m'en pondez un... ?

— *Shvayg* (taisez-vous).

— Rube, je me tairai quand vous m'aurez répondu – cet homme est-il un crétin (*narr*) perdu dans une université de menteurs (*ligners*), ou un menteur dans une université remplie de crétins ? »

J'étais tenté de lui répondre, Et vous, lequel des deux vous seriez si vous vous retrouviez à travailler chez nous ? Mais à la place, je répondis simplement, et en anglais : « Je ne suis pas expert en hébreu, contrairement au Pr Huggles ici présent, et donc si vous n'y voyez pas d'inconvénient, tenons-nous-en à l'anglais.

— *Gewiss* (d'accord).

— Par égard à mes propres limites. »

Le Pr Huggles sourit et me tapa dans le dos. Et alors que nous entrions dans la salle de classe, il m'agrippa, comme s'il voulait me retenir, pour me supplier de ne pas le trahir.

Il n'y avait plus de chaise libre, aussi étions-nous restés debout tandis que le Pr Nétanyahou prit place devant la classe. Le Pr Huggles, ne relâchant pas la pression qu'il exerçait sur moi, nous accula contre le tableau noir situé dans le fond de la salle.

Pendant que les regards de la bonne vingtaine d'âmes composant ce cours biblique allaient et venaient entre nous et leur invité, j'imaginais le dos de nos manteaux blanchir au contact de ces paroles d'évangile ineffacées.

Il s'agissait peut-être du cours le plus mixte qu'il m'eût été donné de voir jusque-là à Corbin, l'auditoire étant constitué pour moitié ou presque de femmes, des apprenties catéchistes avec, parmi elles, une nonne plus âgée, tout devant, qui n'avait pas l'air commode, raide comme un i sur sa chaise dans l'immaculation de son habit – c'était la seule catholique de la classe, qui devait faire la navette depuis le couvent de Dunkirk, sans doute, et la seule étudiante à ne pas se retourner à notre arrivée.

Nétanyahou abandonna sa sacoche sur le bureau avant de poser chapeau, moufles et écharpe sur la chaise. Il ôta son manteau puis le suspendit à la hampe, emmaillotant ce faisant la bannière étoilée de la classe dans sa peau de mouton trempée.

Le Pr Huggles pencha la tête vers moi et murmura, « Je suis mortifié… Après tout ce boulot pour faire venir ce grand homme sur notre campus, je découvre que je prononçais mal son nom. Dire que je l'écorchais pendant tout ce temps. Dans mes conversations avec moi-même, avec l'administration. Et même avec les étudiants. Dieu merci vous l'avez prononcé en premier, avant que je n'aie l'occasion de passer pour un âne.

— Il doit avoir l'habitude, j'en suis sûr, dis-je. Qu'on l'écorche. »

Nétanyahou me jeta un œil, haussant le sourcil. De son manteau, de l'eau plicploquait sur le sol.

« Vous pourriez me le reprononcer ? » demanda le Pr Huggles.

Je répétai le nom.

Il se pencha plus près. « Encore ? »

Je répétai le nom derechef.

Et encore plus près. « Une dernière fois, pour que je m'en souvienne bien ? »

Je lui fis ce plaisir et Nétanyahou m'entendit.

Il leva la tête et cria « Présent ! », ce qui en fit glousser plus d'un.

« Comme le Pr Blum vient très à propos de le remarquer, je suis le Pr Ben-Zion Nétanyahou et j'enseigne l'histoire, pas la Bible. Mais à ce que je comprends, enseigner la Bible fait partie du travail d'historien ici, à la faculté Corbin. J'aimerais penser que ce travail supplémentaire m'est confié en raison de mes compétences particulières, un peu comme si on demandait à un botaniste qui travaillerait ici et saurait lancer comme Koufax ou manier la batte comme Greenberg d'entraîner les Corneilles de Corbin. Mais la vérité, c'est que des compétences particulières, je n'en ai aucune en ce qui concerne les études bibliques ; mes exégèses sont plus de l'ordre de l'eiségétique. Et dans la tradition qui est la mienne, l'enseignement de la Bible se fait à destination des bambins, et c'est typiquement un travail qu'on confie au dernier des fils encore célibataires d'un vulgaire rabbin de province. J'essaie de me convaincre qu'il s'agit sans doute d'un travail honorable, bien que ce soit un travail éreintant, fastidieux, et franchement des plus ingrat. C'est d'ailleurs ce qu'on dit en général pour persuader les gens de faire un métier difficile mais néanmoins important, même s'il ne rapporte rien, comme ramasser les ordures ou combattre à la guerre : on leur dit alors que c'est un boulot honorable. »

Il fit une pause et le radiateur, qui avait gargouillé tout du long, se mit à faire de la vapeur.

« Donc je me demandais : comment expédier au mieux ce modèle de cours ? S'il y en a parmi vous qui en plus de la sœur ici présente êtes catholiques, on pourrait se lancer dans une bonne vieille dispute théologique, à l'issue de laquelle on assassinerait le perdant. Or l'histoire enseigne – ma discipline, l'histoire, je le répète – que quels que soient les arguments que je pourrais avancer, c'est moi qui serais le grand perdant et qui y passerais, ce qui aurait pour effet de pas mal contrecarrer ma conférence de ce soir, qui sera des plus intéressante, je vous assure, suivie en outre d'une réception qui s'annonce fastueuse... Vous m'entendez bien, au fond, Pr Blum ?

— Oui, dis-je, avant d'ajouter en ravalant quelques glaires, cinq sur cinq. »

Nétanyahou hocha la tête.

« La plupart d'entre vous, pour ne pas dire tout le monde, avez grandi avec une telle croyance dans la vérité de la Bible que vous avez choisi de l'étudier à l'université, et pourtant la façon dont la Bible y est généralement étudiée – notamment sous la houlette d'historiens comme moi – finit presque toujours par saper cette croyance en s'attaquant à la véracité même de ce que dit la Bible. Et je ne pense pas que ce soit très juste. Et vous, ma sœur ?

— Pardon Professeur ? bégaya-t-elle. Je crains... Vous pouvez répéter la question ?

— Je vous demande si vous pensez qu'il soit juste, à force d'analyser votre foi, que vous la perdiez ?

— Je... ne sais pas. Faut-il forcément la perdre ? Est-ce le cas pour tout le monde ?

— Ou bien la mettez-vous en jeu ? Ou à l'épreuve ? Vous là, répondez-lui… Oui le garçon qui ressemble à un valet de ferme… Le garçon d'écurie avec les euh, jarretelles, non, les bretelles, vous oui… Qu'en pensez-vous : est-il inévitable qu'on finisse par éroder ses propres croyances à force de les passer au crible ?

— Pour certains, monsieur.

— Mais qu'en est-il pour vous ?

— Je crois que la Bible est la parole de Dieu, monsieur.

— Et pourquoi ça ? Comment ? Parce que c'est Dieu qui le dit ?

— Parce que c'est Dieu qui le dit, oui.

— Et Dieu, il vous l'a dit à vous ?

— Pas à moi, non. Dieu l'a dit à quelqu'un d'autre.

— Ah. Excellent. Dieu l'a dit à quelqu'un d'autre. Et ce quelqu'un l'a répété à quelqu'un qui l'a répété à quelqu'un d'autre. Et donc, dès que cette parole quitte la bouche de Dieu, on a une provenance. Dieu l'a dit à Moïse qui l'a dit à Joshua qui l'a dit aux Sages qui l'ont dit aux Prophètes qui l'ont dit aux hommes de la Grande Assemblée, le Sanhédrin. Telle est la ligne de transmission. En d'autres termes, les paroles de Dieu furent rapportées dans la Torah, ce que vous appelez la Bible, vous, ou les Saintes Écritures, ou l'Ancien Testament qui précède ce que vous appelez le Nouveau Testament dans ces livres dont vous remplissez les tiroirs des tables de chevet dans vos auberges. La Torah est interprétée dans la Mishna. Et la Mishna est commentée dans la Gémara. La Mishna et la Gémara à elles deux forment le Talmud. Vous me suivez ? Vous comprenez ce que je vous dis ? Je le tiens de mon père, qui le tenait du sien. Il existe une lignée ininterrompue au cours de laquelle la parole de Dieu entre dans l'histoire. »

Il regarda alors par la fenêtre et les étudiants se penchèrent dans la même direction, à la recherche d'une manifestation quelconque dans cette tempête sur le point d'éclore. « Selon cette perspective, embraya-t-il, il semblerait que l'histoire soit quelque chose en quoi on puisse croire, une croyance qui ne vous décevra pas. Il ne s'agit pas d'attendre la moindre révélation, ni le moindre miracle. Contrairement à la religion, cette discipline paraît fiable. L'histoire ne fait aucune promesse ni aucune alliance, mais se contente de rapporter comment quelque chose tout là-bas est arrivé jusqu'ici. Jusqu'à nous, dans le présent. À l'avant de la salle de classe, où se trouve le professeur. Sauf que j'ai une mauvaise nouvelle à vous annoncer : l'histoire n'est pas toujours très fiable. Et ça c'est quelque chose que les Juifs, dont la vie s'est résumée à communiquer la parole de Dieu de génération en génération, et d'une foi à l'autre, savent mieux que n'importe qui. Pourquoi ? Parce qu'ils ont toujours vécu sous la gouverne d'étrangers. Leur histoire en terres chrétiennes a été une histoire chrétienne ; leur histoire en terres musulmanes a été une histoire musulmane ; une histoire écrite par des non-Juifs sous la houlette de despotes qui réclamaient avec insistance qu'on les flatte, ou qui du moins insistaient sur l'aspect central de leur rôle. Ce sont les Juifs qui, les premiers, ont compris qu'une vérité unique et partagée par tous les peuples était impossible. Ce sont eux qui, les premiers, ont compris que seule était possible une vérité partagée par ceux qui dominaient, le groupe ou sous-groupe ou la famille au pouvoir. La vérité universelle, si une telle chose existait, ne pourrait se trouver que dans la Bible, qui en se revendiquant d'une provenance et d'une autorité divines exige son exacte préservation. C'est cette réalisation qui est à l'origine de la distinction farouche établie par la culture juive entre la préservation et l'interprétation, soit l'ébauche sur le plan psychique de ce trauma découlant d'une exactitude fanatique. Dès lors que la Bible fut vantée à d'autres religions, les Juifs se tournèrent vers son interprétation. Car à de nombreux égards, l'interprétation était leur seule liberté. Et ces facultés interprétatives, c'est ça qui leur a permis de se tenir en dehors de l'histoire pour se réfugier dans le mythe, qui leur inculquait la morale et l'éthique, structurait leur calendrier ainsi que la vie de la communauté. Cette préférence juive pour l'aspect éducatif et esthétique du récit plutôt que pour une histoire précisément documentée est une conséquence directe des circonstances de la Diaspora, au cours de laquelle les Juifs furent exilés et opprimés en plus de se voir ôter leur droit à l'auto-gouvernance. En exil, où les non-Juifs faisaient l'histoire que les Juifs devaient endurer, les détails pouvaient-ils alors avoir la moindre importance ?

Pourquoi se soucier des faits, lorsqu'il vous est impossible d'en être à l'origine ? À quoi servirait de préserver le nom et les coordonnées de chaque ville qui vous a mis à la porte, la date exacte de chaque misère et de chaque massacre qui vous sont tombés dessus ? Lorsqu'il s'agissait de tenir la chronique de la vie juive, quelle différence pouvait-il bien y avoir entre Rome, la Grèce ou Babylone ? Ne s'agissait-il pas, en fin de compte et à chaque fois, d'une énième variation sur le thème de la servitude égyptienne ? Et ceux qui les gouvernaient, étaient-ils en substance autre chose que de nouvelles incarnations du Pharaon ? Or à force de constamment relier la Bible au présent, l'histoire a fini par être niée ; plus on répétait ces récits – à chaque résurgence hebdomadaire du Chabbat, à chaque résurgence annuelle des fêtes religieuses –, plus le passé s'introduisait dans le présent, jusqu'à ce que passé et présent finissent essentiellement par s'effondrer, que chaque nouvelle année soit identique à la dernière, que chaque occurrence soit contemporaine d'une autre. Cet effondrement du temps a conféré un certain messianisme à la vie quotidienne des Juifs pris individuellement, mais aussi à la vie spirituelle du peuple juif pris collectivement. En d'autres termes, à travers l'interprétation, ces conservateurs de la parole divine se sont eux-mêmes préservés. Prenez l'exemple de Sion, un royaume historique qui dans sa destruction se changea en mythe pour devenir, au cours de la Diaspora, un récit ainsi qu'un trope poétique régnant sans rival sur l'imagination juive pendant des millénaires. Le monde est rempli d'événements réels, d'objets réels, qui dans leur destruction se perdent et ne peuvent subsister, dans leur histoire écrite, qu'à titre de souvenirs de choses ayant réellement existé. Mais parce que le souvenir de Sion a été préservé non pas en tant qu'histoire écrite mais en tant que récit interprétable, Sion a su retrouver une réalité avérée avec la fondation de l'État moderne d'Israël. Avec la création d'Israël, le poétique a fait son retour dans les choses pratiques. C'est la toute première fois que cela se produit dans le cours de la civilisation humaine – qu'un récit devienne réalité ; c'est devenu un vrai pays doté d'une vraie armée, avec de vrais services essentiels, de vrais traités et de vrais accords commerciaux, de vraies chaînes d'approvisionnement et un vrai système de tout-à-l'égout. Or maintenant qu'Israël est devenu une réalité, c'en est fini du temps où on colportait tous ces contes bibliques, la véritable histoire de mon peuple peut enfin commencer. Et s'il doit demeurer une hypothétique Question juive à laquelle il faudrait répondre, c'est la suivante : mon peuple a-t-il oui ou non la capacité, ou l'envie, de faire la différence entre les deux ? »

X.

L'entretien se tenait dans la salle de lecture principale de Fredonia Hall, où les étudiants ne pratiquaient d'ailleurs pas tant la lecture que la sieste, du moins lorsque les réunions de département ne les empêchaient pas d'avoir accès à la salle, barricadée derrière une corde en velours. Que je détachai pour laisser passer Nétanyahou, après quoi nous nous enfonçâmes dans l'obscurité, fenêtres embuées, mes collègues autour de la table ronde.

C'était la première fois que le comité de recrutement se réunissait au grand complet et j'eus l'impression d'interrompre quelque chose, l'impression que mes collègues étaient là depuis un certain temps, ou qu'ils s'étaient même déjà réunis à mon insu pour discuter non pas du cas Nétanyahou, mais du mien. Afin d'évaluer mes compétences. Jauger mes aptitudes à le prendre sous mon aile. Noter ma prestation sur une échelle allant de passable à servile. Déterminer si j'étais capable d'amener quelqu'un d'un endroit du campus à un autre, et ce plus ou moins dans les temps, avant d'aller chercher des boissons caféinées – si d'aventure Mlle Gringling était indisposée.

Comme les membres du comité se levaient péniblement de leur fauteuil capitonné pour offrir au candidat leurs flatteries, le Pr Morse me fit une sorte de petit signe : un index levé que je pris pour le signal qu'il me fallait augmenter la température de la pièce – non –, un battement de doigts que j'imaginai vouloir dire fermez les rideaux – non plus ; pas moyen de déchiffrer ce signe, si c'en était bien un.

Il fallut que Nétanyahou fût assis et que le revêtement des sièges se tût pour que je comprenne enfin : il n'y avait pas assez de chaises autour de la table ; il en manquait une pour moi – aussi allai-je chercher une banquette, que je m'efforçai de traîner en grognant, mais elle était boulonnée au mur.

« Êtes-vous bien installé ? » demanda le Pr Morse, et j'étais sur le point de répondre lorsqu'il ajouta : « Je présume que le Pr Blum s'est bien occupé de vous.

— Assez bien », répondit Nétanyahou, soudain en proie à un flegme tout britannique.

Joues marquées par le froid, chapka posée sur ses genoux, moufles en boule et écharpe à l'intérieur telle une vieille gourde en tartan.

Il arborait toujours sa peau de mouton, qui en chemin depuis le séminaire avait amassé une nouvelle épaisseur de neige, qui fondait rapidement.

« Très bien. » Le Pr Morse mélangea plusieurs fiches autour desquelles il avait retiré l'élastique. « Nous nous réjouissons de cette occasion qui nous est donnée de faire plus ample connaissance.

— Naturellement. »

Le Pr Morse plaça les cartes, face dissimulée, en éventail sur la table. Il se les distribua, une à la fois, piochant dans les tas sur les côtés, puis piochant au milieu, avant de lire à voix haute : « Comment voyez-vous le lien entre vos enseignements et votre recherche ? Seriez-vous disposé à impliquer vos étudiants dans votre recherche ? Pourquoi avoir choisi ce champ d'études ? Comment réagissez-vous à la critique ? Accordez-vous plus de valeur aux essais ou aux examens ? Selon vous quelle est la principale compétence que doit posséder un professeur d'histoire ? »

Le Pr Morse posait ces questions l'une après l'autre, comme un joueur qui se défausserait de son jeu, ou serait amené à se coucher, sans même laisser le temps à Nétanyahou de répondre.

J'avais été assez fier de ces questions lorsque je les avais concoctées à la demande du Pr Morse, mais à les entendre ainsi posées à voix haute et dans le désordre, elles me parurent un tantinet trop légères – ou trop inspirées par les jeux télévisés que regardait Judy... À gagner aujourd'hui, un salaire annuel dérisoire de 5 700 $, net : donnez-moi trois mots que vos étudiants pourraient employer pour vous décrire ? Irascible, irascible, et irascible...

J'aurais pu jouer à ce petit jeu avec tous ceux réunis autour de la table. Pr Kimmel, germaniste de son état : ennuyeux, pénible, répétitif. Pr Galbraith, historien de la France : répétitif, petit, grassouillet. Selon l'opinion que je m'en faisais – et qui dépassait les trois mots –, ces deux-là étaient des ratés tout droit sortis de la « Ivory League », des tire-au-flanc enchaînés au lierre qui les étouffait ; des aristos propres sur eux mais propres à rien et tombés de haut – dans les faits, Kimmel venait de Boston, je crois, et Galbraith d'une des bourgades autour de La Nouvelle Orléans, en perte de vitesse et rongée par la haine. L'unique publication de Kimmel avait été l'analyse d'une seule lettre de Luther à Mélanchthon, qui s'avéra être un faux. Galbraith avait quant à lui écrit sur Napoléon : les II et III, moins connus, le fils et le cousin. Le Pr Hillard, assis entre les deux, n'avait de son côté pas joui de leurs privilèges : lui, c'était le type misérable débarqué de sa cambrousse, le fils élancé d'un couple de paysans plus ou moins du coin à qui il en voulait, et il avait réussi tant bien que mal à s'immiscer dans le monde universitaire grâce à sa maîtrise de la chronologie, de la géographie historique, de l'histoire des Vikings et de leurs relations étrangères. Un célibataire aux costumes fades et cravates de cowboy, à l'haleine aigrie, héraut des périls de la méritocratie.

« Ma plus grande faiblesse ? répéta Nétanyahou, moue supérieure aux lèvres. Demandez à ma femme, je connais déjà sa réponse : ma plus grande faiblesse, c'est ma tendance à travailler trop, ce qui pour elle est source de contrariété, mais qui pour moi est source de joie. »

Le Pr Morse esquissa un sourire en rebattant les cartes, mais le Pr Hillard intervint : « À propos de votre travail, Pr Nétanyahou, sa diversité est telle qu'elle en est presque affolante. Je me demandais si ça vous embêterait de nous le résumer ? Ou du moins d'en définir son sujet principal ?

— Pas du tout. La plupart vous diront que je traite des Juifs à l'époque de ce qu'on a appelé le Moyen Âge.

— Mais lequel ? Le Haut Moyen Âge ? Le Moyen Âge tardif ? La période est vaste.

— Disons la période qui se situe entre la chute du dernier grand empire de la christianisation qui gouvernait les Juifs et les expulsions ibériques.

— Donc tout le Moyen Âge ?

— Y compris le Moyen Moyen Âge.

— Soit, en gros, un millénaire.

— Un millénaire, à peu près. Mais si vous voulez je peux cibler une période plus restreinte. Disons, à la louche, les huit cents ans pendant lesquels musulmans et chrétiens se sont disputés la péninsule Ibérique, ou grosso modo les trois cents ans séparant la mise sur pied des Inquisitions papale et royale. Pour parler franchement, la période en soi ne m'importe pas autant que les Juifs, qui pour moi constituent un véhicule privilégié pour étudier la façon dont s'écrit l'histoire.

— C'est-à-dire ?

— L'étude de qui l'écrit, pourquoi et comment.

— Je sais que les Juifs représentent le peuple élu, Pr Nétanyahou, mais pourquoi les élire, eux, pour un tel projet ? Qu'est-ce qui fait d'eux le meilleur véhicule, comme vous dites, pour une telle entreprise ?

— De tous les peuples au monde, aucun n'est moins historique, ou moins préoccupé par l'histoire – ce qui peut paraître curieux si on tient compte de l'ancienneté du judaïsme. Comme pourra sûrement vous le confirmer le Pr Blum, c'est aujourd'hui une boutade assez répandue parmi les Juifs d'Amérique de dire qu'un Juif préférera toujours que ses enfants deviennent pédiatres ou avocats plutôt que, disons-le, le messie. Quoique j'aurais tendance à dire, pour ma part, que le messianisme, et même un messianisme fallacieux, est une discipline plus juive que ne l'est l'histoire, dont l'allégeance à des puissances sublunaires tels que les régents et les faits a traditionnellement été perçue comme de l'idolâtrie par les rabbins.

— Vous êtes opposés aux régents et aux faits ? demanda le Pr Kimmel.

— Et qu'en est-il alors des doyens d'université ? renchérit le Pr Galbraith.

— Je n'y suis pas opposé, répondit Nétanyahou. Je m'intéresse principalement aux antagonismes.

— Entre ? s'enquit le Pr Hillard.

— Plein de choses.

— Comme ? Pourriez-vous nous donner un exemple ?

— Comme, soupira Nétanyahou, l'antagonisme entre Aristote qui croyait que le monde était infini, et Platon qui, avec Origène et Augustin et Thomas d'Aquin, croyait quant à lui que le monde, dans la mesure où il avait été créé, pouvait tout aussi bien être détruit… Et puisqu'on parle d'Augustin, l'antagonisme entre ses Six Âges et les Quatre Empires de Cellarius dans les périodisations catholique et protestante de l'apocalypse… Et disant cela, je me rends compte que je cite ces exemples dans un ordre qui n'est pas le mien, ce pour quoi je vous prie de bien vouloir m'excuser… L'antagonisme entre messianisme juif, d'ordre politique, et messianisme chrétien, d'ordre religieux… Antagonisme entre gouvernance humaine et gouvernance divine dans la philosophie politique d'Abravanel… Antagonisme entre identité religieuse et identité raciale à la fois dans la façon dont les chrétiens considèrent les Juifs et la façon dont les Juifs se considèrent eux-mêmes, cet antagonisme-ci étant important… Quoi d'autre ? Qu'est-ce que j'oublie ? » Il agrippa alors des deux mains le bord incurvé de la table. « Je peux peut-être conclure sur l'antagonisme entre la croyance selon laquelle l'histoire ne se répète jamais et la croyance selon laquelle elle se répète toujours, dans l'éternité circulaire de cette table même.

— Pardon si vous comptiez aborder tout cela dans votre conférence, sourit le Pr Morse.

— Pr Morse… » Nétanyahou ne céda rien. « Je vous assure, je ne fais pas partie de ces universitaires qui ne font que répéter les idées des autres et appellent ça conférence. Je vous donne ma parole que tout ce dont je vais parler ce soir est de mon cru.

— Je n'en doute pas.

— Permettez-moi donc de vous demander autre chose, dit le Pr Kimmel, qui ne concerne pas tant votre recherche que l'accueil qu'elle a rencontré.

— Je vous en prie.

— Comme vous-même l'avez ouvertement reconnu dans certains de vos articles, une bonne part de vos travaux diverge de ceux entrepris par vos collègues, et vous avez pu expliquer que cette position adverse n'était pas le résultat de votre personnalité, mais plutôt de vos sources – des sources juives, auxquelles la majorité des historiens n'a pas accès, d'un point de vue linguistique. Or quiconque a une connaissance aiguë des documents internes à son peuple doit aussi savoir comment ce peuple réagit à la façon dont ces documents sont utilisés – à la façon dont ils sont interprétés.

— Mes travaux diffèrent, en effet, parce que mes sources diffèrent. À ceci près que j'attribuerais cette différence moins à mes propres compétences qu'à l'ignorance de mes collègues. Ce que vous appelez une barrière linguistique, moi j'appelle ça de l'antisémitisme.

— Soit, se mêla le Pr Galbraith. Sauf que ce n'est pas la question qu'on vous pose. On vous demande simplement comment votre travail a été reçu dans votre communauté ?

— Ma quoi ? » Nétanyahou faillit s'étrangler.

« Nous voulons savoir si d'autres Juifs se sentent autant anti- ou an-historiques que vous ?

— Je ne suis pas certain de savoir comment répondre à cette question, fit Nétanyahou en frétillant dans son manteau. Je ne pense pas être en mesure d'exprimer l'opinion de chaque Juif.

— Mais peut-être pouvez-vous seulement nous donner l'opinion qui prévaut ? » demanda le Pr Morse dans un but d'apaisement.

Et c'est à ce moment-là que Nétanyahou recula sa chaise pour se tourner vers moi, qui étais assis sur mon banc : « Peut-être devrait-on poser la question au Pr Blum. Il est sûrement plus qualifié que moi concernant l'opinion qui prévaut chez les Juifs.

— Alors, Rube, on vous écoute, fit le Pr Morse.

— Deux Juifs, trois opinions, dis-je de là où j'étais. Je ne parle pas plus au nom de tous les Juifs que le Pr Nétanyahou, pas plus que lui ne parle au nom de tous les Israéliens, ni que vous, Pr Morse, ne parlez au nom de tous les chefs de département… Sans parler de tous les fanas de cartographie, ou les amateurs de gin, ou les collectionneurs de pipes… »

Le Pr Morse esquissa un rictus.

Nétanyahou embraya : « Excellente réponse, Pr Blum. C'est une excellente non-réponse, et en ce sens une réponse très juive. Que j'admire. Il y aura toujours parmi les gens ceux qui vivent au prisme de leurs passions, et ceux qui vivent au prisme des faits. Et ceci est vrai aussi bien des Juifs que des Américains. Mais ça va au-delà encore… Pr Kimmel, permettez-moi de vous demander : si vous vous mettiez à diffamer le nom de Zwingli, quelle serait la réponse des Suisses ? Ou vous, Pr Galbraith, si vous vous mettiez à calomnier la visée de la campagne en Cochinchine, de Gaulle vous passerait-il un coup de fil ? Quant à vous, Pr Morse, si jamais vous osiez vous lancer dans une réévaluation audacieuse de la politique britannique en Inde, se mettrait-on à brûler votre effigie dans les rues de Londres ou de Madras ? Ceci n'a rien d'une provocation, je suis dans une position similaire eu égard à mon sujet de recherche. Le travail que nous effectuons, messieurs, est à ce point coupé et éloigné de la vie ordinaire qu'il confine au sacerdoce. Et si ceci est le cas dans un pays aussi calme et prospère que les États-Unis, alors ça l'est d'autant plus dans mon pays, dont la vie ordinaire est trop préoccupée ces derniers temps par des questions de survie pour prêter attention à ma petite personne, sans parler de lire mes notes de bas de page. »

Le Pr Morse tira sur l'élastique qui avait sanglé ses petites fiches. Puis déclara : « Les questions de survie l'emportent », et les Prs Kimmel et Galbraith approuvèrent d'un hochement de tête.

« Qui plus est, poursuivit Nétanyahou, cette idée selon laquelle les Juifs et l'histoire seraient aux antipodes l'une des autres fait sans doute partie des idées juives les moins radicales, si on inclut dans cette catégorie le christianisme et le marxisme. Même dans un contexte chrétien, où des croyances en des choses comme la réincarnation sont assez répandues, ça n'a rien de radical. Il y a d'ailleurs des hommes qui enseignent dans cette université, au moment où je vous parle – tenez, j'en ai rencontré un aujourd'hui, juste avant de venir ici, lorsque j'ai dû prendre en charge son cours sur la Bible –, des hommes, donc, qui croient en des choses comme l'immaculée conception... Mais je ne veux dénigrer personne... Je vous assure que ces croyances ne sont pas plus saugrenues que celles enseignées par certains de mes propres professeurs à l'Université hébraïque, qui pensent avoir mis le doigt sur l'année exacte de la Création et l'endroit précis du jardin d'Éden, du mont Sinaï, du mont Horeb, de Sodome et de Gomorrhe, de cette rivière de feu qui coule pendant six jours et se repose le septième, le Sambatyon. Je connais des archéologues qui ont organisé des fouilles en vue d'exhumer le royaume mythique des Khazars et qui régulièrement exigent du gouvernement israélien qu'il fasse pression sur le Vatican pour que l'Arche de l'Alliance soit rendue. J'ai fréquenté des collègues qui clament avoir retrouvé les dix tribus perdues parmi les Druzes, les Samaritains, les Kurdes, les Pachtounes, les Éthiopiens, les Cachemiris, et les Indiens lenapes, et des collègues qui affirment que les Juifs originels étaient les esclaves africains qu'on a emmenés jusqu'aux Amériques, et que les Blancs qui aujourd'hui se disent juifs sont impliqués dans un complot visant à priver ces Noirs de leur véritable héritage. J'ai travaillé avec des universitaires a priori réputés selon qui seul le passage de comètes pouvait expliquer l'ouverture de la mer Rouge ; selon qui le déluge de Noah n'avait pu être causé que par un tremblement de terre ou des radiations électromagnétiques, en provenance de Jupiter ou de Saturne, qui auraient modifié l'orbite et l'inclinaison axiale de la Terre. Les Juifs d'Europe n'ont pas été déportés ni exterminés, c'est juste qu'ils ont été enlevés par des extraterrestres qui les auraient fait voyager dans le temps pour les ramener en Égypte antique, en Mésopotamie et en Mésoamérique, où on les a forcés à divulguer le secret des pyramides : ça, c'était la thèse de l'un de mes anciens camarades, qui plus tard la révisa pour annoncer que les Juifs étaient en réalité les extraterrestres en question. L'histoire de chaque peuple est aussi l'histoire de ses propres folies, et plus la science lorgne vers la religion, plus la religion se doit de prétendre à l'aspect scientifique de ce qu'elle avance, désespérément à l'affût de la moindre explication logique. Vue ainsi, ma thèse supposant une résistance juive à l'histoire ne peut manquer de paraître sensée.

— Fascinant, dit le Pr Morse en se penchant en arrière, ventre en saillie. Merci. » Je l'avais épié tout du long – il avait admiré par la fenêtre la neige qui se contorsionnait. « Bien, s'il n'y a plus de question… Je pense que nous pouvons…

— Une dernière question, si je puis me permettre, dit le Pr Hillard d'une voix plus forte qui alla se percher dans les aigus. Je dirais qu'il existe une autre raison pour laquelle nous sommes curieux d'en savoir plus sur la réception de vos travaux, et ça n'a rien à voir avec le fait que nous n'avons pas accès à la position juive, ou israélienne. Personne ici présent ne craint les foudres du clergé – du moins nous ne craignons pas d'être dénoncés par quiconque hormis le Pr Huggles. Mais s'il y a quelqu'un qui doit vous juger sur des critères religieux, c'est lui, pas nous. Le dogme a beau être une préoccupation du séminaire, tel n'est pas le cas du département d'histoire.

— Entièrement d'accord », lâcha le Pr Morse, qui jaugeait le coucher de soleil : c'était l'heure du cocktail.

« Pour le dire brutalement, continua le Pr Hillard, la raison à laquelle je pense est avant tout politique. Franchement, il y a dans votre croyance en cette idée que des peuples différents tissent des liens différents à l'histoire, au point que nous finissons par avoir affaire à des histoires totalement distinctes plutôt qu'à une histoire commune et unifiée sur laquelle on pourrait s'accorder grâce à des faits, il y a dans cette croyance des relents de ce qu'on a pu appeler par ailleurs le révisionnisme – soit l'une de ces modes universitaires les plus pernicieuses, ces derniers temps, qu'à l'époque où j'étais moi-même étudiant mes professeurs n'auraient jamais approuvée. De nos jours, toutefois, l'heure est plutôt à la tolérance, ce qui ne manquera pas d'inquiéter l'honnête homme qui est témoin de l'infiltration dans les rangs distingués de sa profession de rouges cherchant à pervertir ce qui doit être perçu comme le but de l'histoire, à savoir le renforcement de notre gouvernement et de nos institutions politiques. Or la façon dont cette perversion se produit est aujourd'hui évidente, en un sens ça ressemble à une procédure toute formelle : le professeur d'obédience communiste s'empare d'un détail précis de l'histoire et – prétextant la rigueur scientifique – tente de le préciser davantage pour mieux le redéfinir, jusqu'à ce que les héros soient devenus des tyrans et la citoyenneté une forme de victimisation. Ce travail de sape scandaleux est aujourd'hui en passe de devenir la norme dans les études supérieures, mais pas ici à Corbin, où nous nous consacrons à parfaire le fier Américain de demain. » Le Pr Hillard fit une pause et baissa d'un ton, adoptant la confidentialité d'un murmure. « J'aimerais que vous compreniez, Pr Nétanyahou, que jamais je n'oserais demander à personne de but en blanc sa couleur politique. Je suis à cet égard bien trop patriote et soucieux de la liberté dont jouit chacun pour ses choix personnels. Cela dit, si vous n'y voyez aucune objection, je serais curieux de connaître votre opinion sur cette question du révisionnisme...

— Je vous remercie, Pr Hillard, approuva Nétanyahou d'un mouvement de menton. Et j'aimerais exprimer ces remerciements en répondant de façon la plus honnête qui soit à la question que, dans votre excès de politesse, vous n'osez me poser. Je ne suis certainement pas socialiste, ni communiste. Si je l'étais, je serais encore dans mon pays, où ces politiques sont les bienvenues. Je dirais même plus, où elles sont encouragées. Rien que ma présence ici, à la recherche d'un poste aux États-Unis, devrait suffire à prouver que je partage vos inquiétudes.

— Mais elle prouverait tout aussi bien votre rôle d'agent subversif ou votre tentative d'infiltration.

— Certes. Et j'ai déjà été gratifié de ces noms par le passé, et par des hommes plus puissants que votre McCarthy, là. On a déjà dit de moi que j'étais subversif, infiltré, agitateur, et révisionniste surtout, tout le monde, des lords britanniques aux bolchéviques les plus dociles, un terme que j'emploie, du reste, non pas comme une injure, à la mode américaine, mais comme un signe d'identification, à la mode russe – je parle des vrais Bolcheviks, les vétérans du Palais d'Hiver. Il est bien étrange, ce mot de *révisionnisme.* Utile, flexible, un terme véritablement international. En remettant l'hébreu au goût du jour, nous avons dû trouver tout un paquet de mots nouveaux, sauf que la plupart ont dû être empruntés ou importés, des modernisations atroces comme *auto* ou *supermarché*, et bien sûr *révisionnisme*, aucun de ces mots n'étant mentionné dans la Bible. On ne trouve aucune trace d'un quelconque téléphone dans la Bible, pourtant il y en a en Israël, où on utilise le verbe *l'talpen*, et je *metalpen*, et ma femme *metalpenet*, trop souvent d'ailleurs. Lorsque j'ai entendu le mot *révisionnisme* pour la première fois, je me suis dit que ça devait vouloir dire quelque chose comme réviser, à l'image de ce qu'on fait après avoir écrit un article. On corrige, on opère des modifications. Sauf qu'évidemment le véritable sens de ce mot n'a rien à voir. Le véritable sens de ce mot, c'est justement qu'il n'en a aucun. Il revêt simplement le sens que lui donnent tous ceux qui l'emploient, chacun avec ses propres idées derrière la tête. Ceci, il m'a fallu un certain temps pour le comprendre.

À l'origine, le calque latin *revisionismus* faisait partie du jargon anti-marxiste, une philosophie qui rejetait la poursuite du socialisme par le biais de la révolution mondiale, et prônait plutôt son introduction progressive au gré de réformes législatives, État par État et secteur par secteur. Elle stipulait que la bourgeoisie devait reconnaître les aspirations matérialistes du prolétariat, qui de son côté ne devait pas la traiter en ennemie mais s'en faire une alliée, en recherchant le compromis plutôt que de vouloir l'étriper. Trotsky révisait Kautsky qui révisait Bernstein qui révisait Marx. Qui tous ont ensuite été révisés par Lénine. Mais avec l'émergence de l'Union soviétique, le *révisionnisme* devait changer. Il fallait désormais que ce terme renvoie à tout écart par rapport à l'idéologie communiste ou, mieux, soviétique. Le *révisionnisme* était devenu l'accusation qu'on lançait contre toute tentative visant à modifier l'histoire que Lénine, puis Staline plus tard, souhaitaient. Aujourd'hui, en Amérique, je soupçonne que *révisionnisme* signifie plus ou moins la même chose, à ceci près que le contexte fourni par la structure du pouvoir n'est pas le même : cette volonté insistante d'écrire l'histoire depuis un point de vue qui déstabilise ce qu'on appelle une classe dominante, et qui brouille la tenue du gouvernement et des affaires. J'avoue trouver dans ce glissement de sens une source d'inspiration – ce mot qui, à l'origine, signifiait l'édulcoration d'une doctrine radicale à des fins de compromis a suivi son bonhomme de chemin pour renvoyer, désormais, à la menace pernicieuse qui pèse sur l'ordre établi. Mais n'est-ce pas ce qui finit toujours par arriver dès lors que vous cherchez le compromis ? C'est vous les perdants, votre cause est perdue, et votre propre faiblesse est retenue contre vous, non ? D'un autre côté, la polyvalence du terme *révisionnisme*, la possibilité qu'il a de vraiment s'appliquer à quelque fin politique que ce soit, me fait penser à un autre de ces termes dont on use et abuse : le mot *juif*, justement – un autre mot qui peut être jeté, et l'a été, à la face de tout et de n'importe qui. Juif et révisionniste : ces épithètes en disent long mais en fin de compte ne font rien d'autre que décrire l'intolérance de la personne qui les emploie. Histoire révisionniste ou histoire juive… science révisionniste ou science juive… Ces mots sont interchangeables, on peut les inverser, ce sont ce que les économistes appellent des biens fongibles. De ce point de vue, je dirais que ce sont des termes essentiellement capitalistes, tout comme moi. D'ailleurs, pas plus tard qu'aujourd'hui, j'étais chez le Pr Blum, dont la maison est vraiment charmante, et j'y admirais son téléviseur couleurs flambant neuf… Je faisais mine de me réjouir à l'idée que mes enfants puissent en profiter, mais en vérité je me réjouissais de pouvoir en profiter moi-même, et je serais volontiers resté pour regarder la fin de *Bonanza* parce que, juste après, il y avait un épisode de *Rawhide* – et j'ai toujours envie de savoir comment le génial Rowdy Yates réussit à se sortir du pétrin… Sauf qu'évidemment j'avais ce cours à donner, suivi de cet entretien avec vous… »

XI.

Je garde surtout de cette journée avec Nétanyahou le vif souvenir de l'avoir passée dehors par temps de chien, les rafales ne faisant qu'ébranler mon anxiété – d'avoir dû traverser le campus à toutes jambes pour aller d'un bâtiment à l'autre sans être sûr du chemin, des bâtiments que je connaissais de nom seulement mais pas de visu, ou alors de visu mais pas de nom, anxieux à l'idée d'être en retard, anxieux à l'idée de m'étaler sur la glace et, par-dessus tout – après un tel entretien –, anxieux à l'idée que mes nerfs puissent craquer et que je perde patience une bonne fois pour toutes.

Alors que nous quittions le campus pour retraverser la ville gagnée par le crépuscule, Nétanyahou traînassait quelques pas derrière moi en se lamentant en hébreu, la langue du vent. J'en comprenais les grandes lignes : il se sentait sous-estimé, dénigré, rabaissé. Il se sentait insulté, lui qui pourtant avait décoché les premières insultes et était venu réclamer des faveurs. Un spectacle somme toute assez familier, qui me rappelait Judy à sa sortie de scène, après une représentation au lycée, se plaignant que si son jeu avait été mauvais c'était uniquement parce que les autres acteurs de la pièce l'avaient sabotée : ils avaient loupé leurs répliques, ils avaient récité leur texte par-dessus le sien, et j'avais autant de chance de la convaincre du contraire que j'en avais de convaincre Nétanyahou, avançant meurtri, les pieds de plomb, que ceci n'avait rien d'un guet-apens. Ma fille et Nétanyahou avaient tous deux tendance à surjouer leurs rôles, dont les meilleurs consistaient à épingler sur le dos d'autrui les reproches qu'eux-mêmes méritaient, tout en exigeant pour cela d'être applaudis – et ils s'apitoyaient sur leur sort si tel n'était pas le cas.

« Je vous demande pardon, dis-je lorsqu'il m'eut rattrapé à l'angle de College Drive, où j'attendais au feu. Je n'ai pas bien entendu ce que vous disiez.

— Vous et le reste du comité. » Un crachat. « Crétins, Imbéciles, Simples d'esprit. Voilà la classification dont je me souviens, la trinité des diverses sortes de déficience intellectuelle. Non pas le Père, le Fils et le Saint Esprit, mais les Crétins, les Imbéciles, et les Simples d'esprit.

— Vous parlez des Prs Galbraith, Kimmel et Hillard ? Ou des Prs Hillard, Morse et de moi-même ?

— Qu'est-ce qu'ils y connaissent au juste ? Qui sont-ils pour me défier de la sorte ?

— Des collègues. Des collègues potentiels.

— Seul un expert est en droit de juger un expert. » Il me balança un coup de sacoche derrière le genou. « Et seul un Juif est en droit de juger un Juif.

— Comme vous y allez, dis-je en me frottant l'arrière de la jambe et en regardant son glaviot s'enfoncer dans la glace.

— J'ai eu affaire à l'Inquisition de Corbin.

— Et vous y avez survécu.

— Allez dire ça aux autres membres du comité. Allez dire ça à ma femme, tiens.

— Je doute que mon opinion fasse le poids auprès des uns ou de l'autre.

— Ce qui n'empêche, vous en avez une, d'opinion. Vous devez bien en avoir une. Et il va bien falloir que vous leur disiez quelque chose. Mais quoi, hein ?

— Je ne sais pas ; et je ne sais pas non plus pourquoi je devrais vous répondre. Si vous étiez dans mes bottes, vous diriez quoi, vous ?

— Si j'étais dans vos bottes… C'est la question la plus intelligente que vous ayez posée de la journée… » Il porta son regard de mes bottes à ses chaussures, enfoncées dans leur fourreau de neige. « C'est bien la question la plus intelligente qu'il ait posée de la journée, tiens.

— Vous parlez à vos pieds, maintenant ?

— Eux au moins ils m'écoutent.

— Et s'ils se mettent à vous répondre, on saura que vous souffrez d'hypothermie. »

Il tapa du pied pour libérer son orteil d'une motte de neige avant de se remettre péniblement en marche, à petits pas lourds écrasant le sel sur le trottoir.

« Le département d'histoire doit décider du sort d'un Juif et il s'en remet à un autre Juif pour l'aider à trancher. Leur Juif à eux. Un Juif qui leur est connu. Un Juif à qui ils peuvent faire confiance, en partie du moins.

— On parle de moi, là, fis-je en me calant sur son pas.

— Historiquement c'est une fonction vénérable. Vous n'en avez peut-être pas conscience, mais ça l'est. Une fonction généralement héréditaire, qui fait partie du patrimoine. *El judío de corte*, *der Hofjude*, le Juif de la cour. Le Juif intouchable. Le Juif qu'on garde sous le coude au cas où on en ait besoin, pour jeter un œil aux impôts. Un intermédiaire parfois, ou un intercesseur. Toujours à peser les intérêts contraires. L'Aîné du *Judenrat* qui, lorsque la Gestapo annonce "Nous devons tuer un millier de Juifs", va sélectionner le millier en question. Le *shtadlan* qui, lorsque l'empereur le convoque pour lui annoncer "Il nous faut plus d'argent dans les caisses", va tenter d'obtenir un rabais en évitant le massacre. Une tâche bien délicate, en proie à toutes les corruptions. Il a beau être puissant, il n'est jamais le plus puissant et ne reçoit de part et d'autre qu'une confiance partielle, il n'est à sa place dans aucun des deux camps.

— Comme me le rappellent constamment Edith et Judy. Ce que vous décrivez ne ressemble pas tant au monde universitaire qu'à un père entouré de femmes.

— Non moi je parle de quelque chose d'ancestral. Peu importe qu'il s'agisse du Politburo au sein du Comité central ou de votre comité de recrutement ici même, vous doutez d'y être un membre à part égale. Telle est votre insécurité. Vous sentez bien qu'on attend quelque chose de vous. Quelque chose en plus. Car sinon, votre place dans ce comité n'est rien d'autre que la récompense qu'on vous accorde après vous avoir obligé à me balader un peu partout.

— Demandé de. Ou invité à. C'est plus poli que "obligé".

— Et si l'histoire peut servir d'augure, le comité parviendra à sa décision après avoir radicalement ignoré votre avis, ou après l'avoir suivi à la lettre.

— L'un ou l'autre ?

— L'un ou l'autre, et vous n'avez aucun contrôle pour déterminer laquelle de ces deux options sera retenue. Quel que soit votre vote, pour ou contre, ils le regarderont toujours avec la même suspicion.

— Mais qu'à cela ne tienne, vous voulez savoir quel sera mon vote : pour ou contre ?

— Non. Je ne fais que vous dire ce que je ferais si j'étais à votre place.

— C'est-à-dire ?

— Rien.

— C'est tout ? Rien ?

— Contentez-vous d'être leur petit ornement. Comme le flocon de neige accroché à leur sapin de Noël. »

Il s'était à nouveau arrêté, face à la devanture de la quincaillerie Maclee où des lutins, tournevis et marteau en main, s'en donnaient à cœur joie. « Je n'aurais qu'un service à vous demander. »

Et voilà, pensai-je, c'est maintenant qu'il va me demander de me compromettre : « Un seul ?

— Pas vraiment un service d'ailleurs. Je veux juste que vous me disiez quand me seront versés mes émoluments.

— Pardon ?

— Je veux savoir quand et comment me seront versés mes émoluments pour la conférence de ce soir. » Puis il se remit à avancer du même pas lourd, comme je me hissai à ses côtés.

« Je ne suis pas franchement responsable de ce genre de choses.

— Je ne vais donc pas être payé ce soir ?

— Ce n'est pas votre bar-mitzvah non plus ; ils ne vont pas vous donner une enveloppe remplie de billets. Le paiement doit être validé. Vous recevrez un chèque par la poste.

— Et vous êtes sûr de ça ?

— Vous êtes fauché ou quoi ? De quoi avez-vous peur ? Votre conférence pourrait très bien faire l'éloge de Castro ce soir et vilipender la propriété privée, ou l'accumulation impérialiste du capital, voire le concept même d'argent, vous n'en seriez pas moins payé pour autant. Il n'y a rien de personnel, là-dedans. Aucune rancune ni animosité. Tout est automatisé. Ça passe par le système.

— Et si ça ne passait pas justement ? Et si ça n'arrivait pas jusqu'à moi ?

— Vous avez signé des papiers, non ? Vous avez communiqué vos informations personnelles ? Dans ce cas, l'argent arrivera jusqu'à vous.

— Mais si par le plus grand des hasards tel n'était pas le cas, je peux toujours vous appeler et vous vous assurerez qu'ils me payent bien ?

— Vous m'épuisez.

— Vous me donnez votre parole, hein ? »

Je nous fis quitter College Drive en coupant par le parking du supermarché, où je dérapai sur le macadam rendu cristallin – je me serais cassé la figure s'il ne m'avait pas rattrapé. Il avait passé le bras autour de ma taille et sa moufle élimée agitait mon gant. « Merci. » Je glissai un peu mais sa poignée de main assura mon équilibre. « Vous aurez remarqué que je ne vous ai pas demandé de traitement de faveur. Je ne vous en demande pas et je n'en veux pas non plus. Je comprends les pressions que vous subissez. Vous l'ignorez peut-être, mais j'ai fait des études politiques. Je sais ce que je peux attendre d'un Juif, qui lorsqu'il a affaire à un autre Juif dans un contexte goy ne peut faire preuve que de la plus grande solidarité ou de la pire traîtrise.

— Ce sont les deux seules options ?

— Et j'aurai beau ne jamais savoir ce que vous aurez choisi de faire, je veux que vous sachiez que vous aurez toujours tout mon respect.

— Je suppose que je dois vous remercier ? »

Une voiture cherchait à s'engager dans le parking et comme nous lui bloquions le passage, elle klaxonna. « Vous pouvez me laisser maintenant. » Il refusait de me libérer. « Ça va aller. » Mais il ne me lâchait plus la grappe et rapprocha son visage crevassé du mien.

« Et si les rôles étaient inversés et qu'un jour vous vous retrouviez dans mes bottes, à moi, en venant en Israël, je ne peux pas vous garantir de vous trouver un poste, mais je ferai absolument tout ce qui est en mon pouvoir pour vous dénicher un bel appartement et, en cas de guerre, je serais même prêt à mourir pour vous. »

À environ un demi-pâté de maisons de l'hôtel, le Corbindale Inn, nous sommes tombés sur un attroupement d'avant-match au milieu de la rue, des pom-pom girls en tenue légère s'essayant à une pyramide humaine et cherchant à tenir en équilibre l'une par-dessus l'autre avant de se répandre dans l'hiver qui s'amassait. Un petit bout de femme enveloppée dans un dufflecoat s'éloignait d'elles, portant un appareil photo monté sur un trépied ; elle marchait à reculons, dans notre direction, s'arrêtant par moments pour vérifier si elle pourrait les faire tenir toutes, avec l'hôtel, dans son viseur. Puis elle ficha son trépied dans la neige et exhorta tout le monde à sourire quand un garçon accroupi à la base s'effondra, les filles qui étaient sur lui tombant à la renverse. Après que Nétanyahou eut traversé le cadre à grandes enjambées, sans même broncher sous les quolibets, je lui embrayai le pas, à mon tour passant l'examen de ces jeunes ivres et guillerets.

Le trottoir grouillait d'anciens, pères et fils, empourprés par les festivités de leur réunion. Fourrure de renard sur le dos, peau de raton laveur sur la tête, ils s'entassaient sur les marches et le porche qui courait le long de l'hôtel, nous souhaitant la bienvenue ou cherchant à nous bizuter, ou agitant tout simplement leurs fanions au bout de leurs petits bâtons.

Une fois à l'intérieur, je dus attendre que mes lunettes se désembuent avant de pouvoir distinguer quoi que ce soit : un hall d'entrée encore tout resplendissant de Noël, un bric-à-brac de couples rougeauds dans des tenues victoriennes dépareillées et en piteux état, éclusant leur grog dans des chopes.

Un couple jouait aux dames avec les pièces bigarrées et manquantes d'un jeu d'échecs, et un autre était câlineusement blotti dans un coin-bibliothèque pour feuilleter des ouvrages sur les bonnes mœurs et l'hygiène sexuelle, relevant certains passages tout en se bidonnant.

Nétanyahou se glissa dans la queue face à la réception tandis que je lambinais près du feu – il n'avait qu'à se débrouiller tout seul s'il voulait savoir dans quelles chambres sa femme et ses enfants s'étaient installés.

La file d'attente n'avançait pas bien vite car la dame à la réception était seule et tout le monde, visiblement, avait un problème et un verre dans le nez.

L'histoire du Corbindale Inn, qui était consignée dans un certain nombre de registres, tant étatiques que fédéraux, était en outre calligraphiée sur un vélin fixé au manteau de la cheminée, ainsi qu'au dos des menus du restaurant, puis abrégée sur les boîtes d'allumettes disponibles au bar, ce qui me fit penser que ce thème pouvait être abordé. Il nous fournirait un sujet de conversation neutre : Washington a compté les moutons ici même – ce genre de choses.

Au-dessus du vélin était perchée une corneille mal en point qui perdait sa bourre – de toute évidence une version taxidermée de la mascotte de la fac, même si pour moi il s'agissait plutôt d'un corbeau.

L'animal était pétrifié dans la stridence de sa plainte, calotte coiffée d'un bonnet écarlate posé de traviole.

Mais la voix que j'entendis fut celle de Nétanyahou – que trahissaient ses gutturales. Sa tête remuait à ma recherche. J'eus d'instinct envie de me cacher dans l'une des chaussettes qui pendouillaient, mais son regard noir me piégea et je le rejoignis. Moi, l'intermédiaire. L'intercesseur.

« Cette dame, dit-il, ne trouve pas ma réservation.

— Au nom de Nétanyahou ? fis-je, en l'envoyant frétiller ailleurs et en épelant son nom.

— Ah, ça y est, j'ai compris, dit-elle. Vous devez être le mari d'Edith, le professeur… Et vous, lança-t-elle en direction de Nétanyahou, vous êtes sûrement l'autre professeur… » Se tournant à nouveau vers moi : « Je n'avais pas compris son nom quand il me l'a donné. J'ai saisi quand vous l'avez dit, son nom, mais pas quand lui me l'a dit. La journée a été mouvementée.

— Pas grave.

— Donc tout est bon pour moi et pas d'inquiétude à avoir, Pr Blum, vous n'aurez rien à payer.

— Rien à payer ? Que voulez-vous dire ? demandai-je.

— La fac ne déboursera rien. Mais j'imagine que vous devrez quand même leur apporter une confirmation ? fit-elle.

— De quoi ?

— Comme quoi la réservation a bien été annulée.

— Mais que voulez-vous dire, annulée ? intervint Nétanyahou. Et par qui d'abord ?

— C'est pas moi. Pardon, ce *n'*est pas moi, plutôt.

— Mais c'est absurde. »

C'était une femme d'un certain âge, permanente grise et goutte au nez, bouche immobile. Je lui demandai : « Vous travaillez à la bibliothèque ?

— Mme Marl, dit-elle.

— Oui. Mme Marl, de la bibliothèque. Edith me parle souvent de vous.

— Edith vous parle souvent de moi mais elle ne vous a pas dit qu'elle avait annulé la réservation ?

— Non.

— Ou pas elle, mais cette odieuse étrangère.

— J'ignore ce qui s'est passé. Mais nous allons devoir faire une nouvelle réservation.

— Je crains que ce ne soit pas possible, Pr Blum. On a déjà donné le match à cause de la chambre… Je veux dire, on a déjà donné la chambre…

— À cause du match ?

— Vous ne suivez pas la programmation sportive ? Nous défions Iota. Ou c'est Iota qui nous défie.

— Je vois.

— Iota, notre grand rival ? Mon neveu est leur half-back. Clymer ?

— Je vois.

— Davis Clymer ?

— Bien sûr.

— Football ? »

Ça râlait dans notre dos, les gens dans la queue aigris par l'alcool. Un chat vint se frotter contre ma jambe en y laissant des poils avant de prendre la poudre d'escampette lorsqu'un carlin en laisse aboya derrière nous.

« J'ai fait ce que j'ai pu pour l'aider, continua Mme Marl. Edith et cette odieuse étrangère. » Regard noir braqué sur Nétanyahou. « Mais comme je l'expliquais à Edith, je n'ai plus rien de disponible : plus aucune chambre double, plus de chambres côte à côte ni aucune autre chambre nulle part ; et cette chambre individuelle avec lits jumeaux que vous aviez réservée initialement est partie, elle aussi.

— À cause de ce match de foot contre Iota.

— On est plein de chez plein. Il ne me reste absolument rien.

— Plus aucune chambre dans l'hôtel.

— Plus aucune… Mais vous ferez mieux d'en parler avec votre femme, Pr Blum – elle est au bar, je crois, avec cette odieuse étrangère qui parle avec un accent. »

Nétanyahou avait déjà bondi et traversé le hall, bousculant des fans du ballon au lacet sur son passage, et je dus me frayer un chemin à ses trousses jusqu'aux portes battantes, les franchir et pénétrer dans l'agitation étouffante du bar de l'hôtel, qui orbitait autour d'un comptoir en cerisier poli, ses quatre côtés ceints d'une rampe en cuivre.

Edith et Tsila étaient assises face à l'entrée, toutes pomponnées, leurs verres posés devant elle. Nétanyahou tentait de les faire bouger ; il tentait de se forcer une place entre elles deux, mais le bar était bondé et elles ne pouvaient pas se décaler davantage.

M'apercevant, Edith se leva et lui céda son tabouret, fit le tour du bar et m'entraîna dans le vestibule à l'entrée des toilettes. Verre en main, elle s'appuya contre le distributeur de cigarettes, s'appuya et tangua, esquivant mon étreinte.

« Qu'est-ce qui s'est passé, Edith ?

— Ces gens, Rube, ils sont insupportables. Tu ne me croirais pas si je te disais.

— Ce que j'ai du mal à croire c'est que tu sois en train de picoler. Tu es pompette, là.

— Un tout petit peu, Rube. J'en avais besoin. »

Je voulus prendre son verre mais elle refusa de le lâcher ; elle le porta à mes lèvres en le penchant pour que j'en prenne une goutte. Un Martini, olive au fond du verre tel un œil ne voyant plus rien.

« C'est quoi cette histoire avec la chambre, Edith ? Tu l'as annulée ? »

Des baraques, sportifs bardés de distinctions, se dirigèrent vers les toilettes d'un pas lourdaud. Je dus me presser contre Edith, qui m'écarta à coups de coude.

« Quand j'ai appelé pour demander si on pouvait avoir une chambre supplémentaire, Mme Marl m'a dit que l'hôtel était complet, alors je l'ai fait patienter pour en parler à Tsila, qui m'a arraché le téléphone des mains et a tenté d'intimider la pauvre femme, et quand elle a vu que ça ne prenait pas elle s'est mise à hurler que de toute façon elle n'avait aucune envie de loger dans un trou aussi miteux… avant de dire à Mme Marl qu'elle pouvait se la carrer où je pense, sa réservation ; et c'est pas où je pense qu'elle lui a dit, à Mme Marl, elle a dit de se la carrer dans son *tukhes*, puis elle a raccroché et m'a dit qu'ils dormiraient à la maison.

— Quoi ?

— Non mais quel toupet. Sans même me demander, hein, elle m'a dit ça comme ça. Elle avait calculé son coup. Elle allait et venait dans la maison en me dictant ses conditions. Elle et son mari vont dormir en bas, elle m'a dit, et les gosses dormiront par terre dans ton bureau. C'était décidé. » Et vlan, elle posa son verre sur le distributeur de cigarettes. « Un point c'est tout.

— Un point c'est tout.

— Oh je suis en pétard… c'est pour ça que je bois, pour pas être trop en pétard. Cette femme, dans son genre, est assez remarquable. La force qui l'anime, une vraie garce. Peut-être que je suis jalouse, au fond. Sauf que si pour avoir cette force je dois me transformer en garce, ce sera sans moi merci.

— Je suis désolé. »

Edith sirota son Martini.

« T'es désolé ? Mais t'es sourd ou quoi ? Je viens de te dire qu'elle et son mari dormiront en bas et que leurs gosses vont dormir par terre dans ton bureau, et toi tu dis quoi ? Tu dis que t'es désolé ? Mais ce que tu dis pas c'est où sont les gosses en ce moment ? Parce que toi tu penses jamais à ce genre de choses, Ruben. Ces choses-là te sortent par la tête.

— Ils sont où les enfants en ce moment ?

— Les Yahous ? Ils sont à la maison avec Judy. Tsila a décidé que Judy allait jouer les babysitters.

— T'es sérieuse ?

— Aussi sérieuse qu'une porte reçue en pleine face. J'ai essayé d'inventer toutes sortes d'excuses, de dire que Judy avait une répétition ou devait aller à son club de je ne sais quoi. J'ai essayé de trouver une combine pour contacter Judy au lycée et lui dire de ne pas rentrer à la maison, sauf que Tsila me lâchait pas d'une semelle, et les gosses hurlaient devant la télé qu'ils regardaient à fond, du coup j'ai pas pu, et Judy avait à peine mis un pied dans la maison que cette femme lui saute dessus.

— Comment a-t-elle réagi ?

— Judy ? Prise de court. Prise de court parce que Tsila n'a pas perdu de temps pour commencer à la flatter ; elle n'a pas perdu de temps pour lui dire qu'elle était belle, et intelligente, et Judy pendant tout ce temps qui reste plantée là sur le pas de la porte sans avoir eu le temps de retirer son manchon, et qui se demande bien ce qui lui arrive. Et cette étrange Israélienne qui en remet une couche pour dire qu'elle a rarement la chance de pouvoir assister aux conférences de son mari, et jamais en anglais, et je crois bien que Judy a dû se demander de quel mari elle parlait et qu'elle n'avait pas le moindre souvenir qu'on ait pu lui dire que nous allions avoir du monde à la maison et donc d'un coup, pour se tirer d'affaire, elle se retrouve à accepter de passer sa soirée à s'occuper de ces trois sauvages, ces nigauds de Yahous.

— Ça lui fera peut-être du bien, un peu de responsabilité.

— Sauf qu'elle elle les appelle les Trois Stooges. Ils lui rampaient sur le corps, des vraies bêtes sauvages. Groucho, Chico, et c'est comment son nom déjà, à l'autre ?

— Manny, Moe et Jack. Combien ils la payent ? C'est pas plus mal si elle peut se faire un peu d'argent. Les Dulles lui donnaient combien, un dollar de l'heure ?

— Parce que tu crois qu'ils vont la payer ? Non mais tu perds la boule ou quoi ? Ces gens-là ils donnent rien, ils prennent. »

Un caïd emmailloté dans le cuir d'un bison entier chancela vers le téléphone, dans lequel il inséra sa pièce tant bien que mal.

« Et c'est pas fini, renchérit Edith, parce qu'à partir du moment où Tsila a décrété qu'elle venait, elle a aussi décrété qu'elle avait rien à se mettre, du coup elle m'entraîne à l'étage pour passer ma penderie en revue et essayer mes bijoux.

— Je me disais bien que je les reconnaissais, ces boucles.

— C'est mon collier qu'elle porte, Ruben… et la robe : elle rentre pas dedans mais elle a insisté pour dire que c'est sa taille. »

Le type tenait le téléphone contre une oreille et s'enfonçait un doigt dans l'autre. « Un plus-de à 40 $ dans le match des Corneilles, et je parie Syracuse avec écart supérieur pour 25 $, et va pour 50 $ sur Penn State… Un peu mon neveu que je suis chaud… »

Edith postillonnait : « Et en attendant, maintenant qu'elle a mes vêtements sur le dos, elle met les siens dans le bac à linge sale et j'ai pas le temps de dire ouf que j'ai déjà sorti la table et que je me retrouve à faire son repassage… J'ai pas su résister, j'ai pas pu lui dire non… Qu'est-ce qui cloche chez moi ? J'arrive même pas à dire non… Je me suis laissée mener par le bout du nez et me suis mise à boire… »

Le type mimait une branlette.

« Rentrons. »

Edith éclata de rire : « Tu penses que ce type est un de tes étudiants, je parie.

— Parle pas si fort. »

Loupé.

« Tu penses que ce type est un de tes étudiants, mais en fait non. Tu penses ça de tout le monde, que c'est tes étudiants. Ça fait seulement un an qu'il enseigne quelque part et cet homme a tellement la frousse de pas reconnaître ses étudiants qu'il compense en reconnaissant tout le monde. Et tout ça parce que t'as toujours tellement envie de plaire. Tout ça parce que tu te plies toujours en quatre. Et voilà que ça déteint sur moi maintenant.

— On tient une étude de cas, là. Tu devrais peut-être en parler à ta mère. »

Elle me flanqua son verre contre la poitrine : « Va m'en chercher un autre le temps que je me ravale le visage, tu veux ? On dirait que j'ai pleuré.

— Un autre Martini, vraiment ?

— J'en ai pour une seconde. »

Le type matraquait le combiné du téléphone contre son support pour le raccrocher et Edith dut se faire toute petite pour se faufiler jusqu'aux toilettes.

Il y avait encore plus de monde dans le bar et je dus hurler ma commande par-dessus une paire de têtes, faire passer mes billets, et m'aplatir pour récupérer la monnaie. Lorsque je mis enfin la main sur les deux Martini, Edith avait retrouvé les Nétanyahou et poireautait debout. Son tabouret ne lui avait pas été rendu.

Nétanyahou leva son verre : « À nos vrais patrons ! » Il devait vouloir dire nos épouses, j'imagine. « Et j'aimerais aussi vous porter un toast, Rube, pour avoir eu la sagesse d'épouser une vraie femme, pleine de bravoure, qui incarne si bien toutes les vertus de l'hospitalité.

— Et à votre fille aussi, compléta Tsila, qui est une fille magnifique, mais elle a un cerveau aussi, et qu'elle est si adorable de prendre nos enfants cette nuit pour que on peut être ensemble avec des amis nouveaux, que je sais qu'ils vont aider mon mari pour avoir le poste ici... »

Nétanyahou, grimace aux lèvres, se précipita pour trinquer avec Tsila et renversa du vin sur la robe d'Edith – la robe qui appartenait à Edith mais que portait Tsila.

« Je suis désolée, dit-elle. Je suis désolée pour lui.

— Pour moi ? rétorqua Nétanyahou. Mais c'est toi la maladroite ici. »

Tsila se chamailla avec son mari en hébreu tandis qu'Edith épongeait sa robe, désormais salopée par le picrate local.

Je me demandai si elle avait réussi à ravoir la bouille noiraude sur le clic-clac.

« Quand je bois je perds tout mon anglais, dit Tsila, et mon mari, il me dit jamais… » Elle se tourna vers moi, des serviettes en papier plastronnées au corsage : « Alors vous, Rube – vous allez me dire comment c'était l'entretien et le cours ? Vous pensez que c'est quoi les chances ?

— Vous parlez de nos chances contre Iota ? demanda le Pr Huggles, qui approchait dans notre dos, ou des chances que le match soit retardé, voire annulé à cause du temps ?

— Est-ce qu'on annule tout comme ça, ici ? » remarqua Nétanyahou.

Le Pr Huggles fit tchin en levant sa bière sans toutefois télescoper le moindre verre : « Votre conférence en tout cas ne le sera pas. Par chance et pour notre plus grand profit. »

Les Prs Kimmel et Galbraith nous rejoignirent sans femme à leur bras, suivis du Pr Hillard, non accompagné de naissance : « Car les humanistes se précipitent là où les athlètes craignent de s'aventurer, fit-il. N'est-ce pas la vérité, mes chers collègues ès études théologiques, Pr Huggles, Pr Nétanyahou – que la quête de la sagesse ne recule devant nulle inclémence ?

— Oh moi je n'y connais rien en football américain, dit Nétanyahou, et à peine plus en matière de théologie.

— Vous jouez les modestes », répondit le Pr Huggles, et le Pr Hillard enchaîna : « Pas en ce qui concerne le football américain, dont le terrain semble être le seul qui vous soit impraticable.

— C'est sans doute le sport le plus violent qui exige aussi le plus de stratégie, dit le Pr Kimmel, ou alors le plus stratégique qui exige aussi le plus de violence.

— Plus d'un l'a comparé à une forme de bataille, avança le Pr Galbraith.

— J'en doute, dit Nétanyahou, à moins qu'on fasse référence à cette forme raffinée de batailles, il y a longtemps, pour lesquelles on négociait la date et le lieu, et même les armes, et au cours desquelles, lorsqu'arrivaient les combattants pour s'entretuer, les généraux ennemis s'asseyaient à une table sur leur promontoire pour dîner ensemble.

— Et à votre avis, de quoi parlaient-ils ? interrogea le Pr Morse, tout juste arrivé en compagnie de Mme Morse, qui demandait à Edith de lui toucher les mains tellement elles étaient froides.

— De football, précisa le Pr Hillard, c'est de ça qu'ils parlaient. J'imagine que les généraux regardaient le champ de bataille en contrebas en disant, “Ça nous rappelle le temps où on jouait encore au football", puis ils embrayaient, emplis de nostalgie, sur leur jeunesse, qui datait d'avant la légalisation de la passe en avant, et d'avant le port du casque.

— Ou de soccer, suggéra le Pr Huggles, *quid* du soccer ?

— Que seuls les non-Américains appellent football, d'ailleurs.

— Chez nous le football américain s'appelle football, ou *futbol*, intervint Nétanyahou, mais nous avons un autre terme pour ce que vous appelez le soccer.

— Lequel ?

— *Kaduregel*.

— Ce qui veut dire ?

— *Kadur*, balle. *Regel*, pied. Balle au pied. Donc "football".

— Du coup si je comprends bien, le football américain se dit *futbol* en hébreu parce que le football hébreu se dit autrement.

— Un mot dont le sens littéral est football, dit le Pr Hillard, qui se tourna vers Nétanyahou : Mais est-ce que vous savez comment on appelle le ballon ? On appelle ça la "peau de cochon". Sauf que la "peau de cochon" n'est pas faite de peau de cochon, en l'occurrence. Le cuir a toujours été en peau de vache. On appelait ça comme ça parce que du temps où les équipes fonctionnaient en plateaux, où une même ligne faisait l'attaque et la défense, la peau de vache était remplie d'une vessie de cochon, qu'on pouvait gonfler comme on gonfle les réputations.

— Vous m'excuserez, interrompit Tsila tout en épluchant les serviettes trempées de son corsage, mais moi je connais rien de ça, mais dans le football… dans leur football…

— Ça c'est Tsila, précisa Edith en la pointant du doigt à Mme Morse.

— Dans votre football américain, vous pouvez lancer aussi… mais quand est-ce que vous tapez avec le pied ?

— Eh bien le kicker joue au pied et le quarterback lance à la main, expliqua le Pr Kimmel, et il existe deux sortes de frappes au pied, quand on tire entre les poteaux, on appelle ça "field goal", ou quand on veut dégager, c'est un "punt".

— Et un "down", c'est une tentative, fit le Pr Galbraith, et vous disposez de quatre tentatives pour marquer ou avancer de dix yards.

— Vous aimez bien sa robe ? demanda Edith.

— Je sais pas, répondit Mme Morse. Et vous ?

— Dix yards, répéta le Pr Huggles. Ça fait quoi, ça, en mètres ? Y a combien de yards dans un mètre… ou de mètres dans un yard ?

— Je l'aimais bien, dit Edith. C'est la mienne.

— Et moi qui croyais, fit le Pr Morse, que j'allais en prendre pour toute une soirée de discussions savantes sur le Golgotha ou sur l'avenir de Suez. Mais pas du tout.

— Pr Morse, lança le Pr Huggles, n'allez pas imaginer que c'est moi qui vais vous empêcher d'aborder le Golgotha.

— Parlez-en donc à mon épouse, dit le Pr Morse. Moi je dois dire un mot à Rube. »

Et il m'emmena vers la cuisine où il me coinça contre une étagère remplie de chopes, de pichets, de pipes d'argile à long tuyau, et il me donna une feuille de papier repliée.

« Mon introduction pour la conférence de ce soir, dit-il. Que je vous soumets en toute humilité pour que vous puissiez la relire.

— Maintenant ?

— Malheureusement Mlle Gringling ne pourra pas la retaper. Elle a broderie ce soir, alors s'il vous plaît, écrivez lisiblement. »

Aucun de nous deux n'ayant de crayon, il partit en réquisitionner un, et pendant qu'il n'était pas là, je lus la lettre de motivation de Nétanyahou. Ou du moins une version de sa lettre de motivation. Aussi devrais-je dire que je la relus. Car c'était la lettre qu'il avait envoyée avec son CV, sa candidature. Le Pr Morse, en rédigeant son discours d'introduction, n'avait fait que s'approprier la première personne de Nétanyahou en la changeant en troisième, re-pronominalisant en quelque sorte sa lettre en la dictant ; non seulement une phrase comme « On me considère comme l'une des autorités les plus en vue sur » devint « On le considère comme l'une des autorités les plus en vue sur », mais d'autres comme « Je pense que ma persévérance fait partie de mes plus importantes » se transformèrent en « Il pense que sa persévérance fait partie de ses plus importantes ».

Qu'y avait-il à vérifier là-dedans ? Tout cela était-il autre chose qu'une grossière erreur ?

Le Pr Morse revint avec un stylo, un gadget étonnamment mignon. « C'est au Pr Hillard, dit-il. Seul un célibataire endurci peut se permettre de telles prétentions. »

Edith passait une nouvelle commande au bar ; le Pr Huggles rassemblait ses petites laines.

« Quand vous aurez fini, Rube, on prendra la direction de la Salle des Traités pour le dîner. »

Après avoir repéré la résurgence d'un « moi-même », et après l'avoir corrigé en « lui-même » à l'aide de cet excellent stylo, je rejoignis Edith pour la tirer des griffes d'une nouvelle tournée.

Mais elle avait déjà passé commande pour toutes les femmes.

« Pas des Martini, dit-elle. Des Martina. C'est des Martini mais pour femmes. C'est pareil que les Martini pour hommes, sauf que c'est pour les femmes, quoi.

— Et pour le Pr Morse, ajouta Mme Morse. Du moins j'espère qu'il pourra m'en prendre un peu. Il finit toujours ce que je n'arrive pas à boire. »

Dans la Salle des Traités, nous patientâmes debout autour de la table, le temps qu'un couvert soit ajouté pour Tsila, qui avait forcé son mari à retirer chaussures et chaussettes pour les mettre à sécher près du poêle à bois. Assiettes, couverts, verres : j'avais les yeux fixés plus bas sur ses pieds blancs et nus, ses orteils blancs et taillés.

Nétanyahou avait eu pour instruction de prendre place en tête de table, Tsila était assise à sa droite, du côté où il y avait le plus de convives ; quant à moi j'étais assis à sa gauche, Edith à côté de moi et en face d'elle le Pr Hillard. Il avait fallu se battre pour échapper au plan de table en vigueur à l'époque, qui lors des soirées voulait que les couples soient séparés en respectant la disposition homme-femme. Je suis sûr que certains de mes collègues auraient aimé avoir Edith à côté d'eux, mais ils avaient laissé leur épouse à la maison et j'avais tenu bon, inquiet à l'idée qu'elle puisse continuer de boire.

On servit le repas et l'odeur du pain se mêla à celle des pieds. Une corbeille à pain remplie de petits pieds blancs dans leurs effluves. Entre plusieurs brochées de salade et quelques tentatives infructueuses pour empaler un petit pois qui se faisait la malle, Edith colla ses lèvres à mon oreille : « C'est bizarre », dit-elle. Mais lorsque je l'encourageai à me dire ce qui l'était, elle n'apporta aucune clarification. Elle se contenta de redire la même chose, quand le mouton fut apporté, en se penchant vers moi, en se penchant tout contre moi jusqu'à ce qu'elle fût à deux doigts de s'affaler sur mes genoux : « C'est bizarre.

— Quoi donc ? » J'éloignai son Martini.

« Pas touche… Arrête de me prendre pour une gamine… J'essaie juste de te dire que c'est bizarre de me sentir à ce point gênée par des gens avec qui je ressens aucune affinité, devant d'autres gens avec qui je ressens aucune affinité non plus.

— Excuse-moi, mais qui te gêne devant qui ?

— Bizarre. » Elle récupéra son Martini et en prit une gorgée. « Je ressens aucune affinité avec rien ni personne. Généralement, quand on est gêné c'est qu'on ressent une certaine affinité. »

Nétanyahou n'avalait pas grand-chose, si tant est qu'il avalât le moindre morceau, et il n'arrêtait pas d'enrouler sa serviette en cône puis de la dérouler. La serviette ressemblait à un épicéa tout ébouriffé de neige, visible par la fenêtre ; elle ressemblait à un capirote pointu, au bonnet d'âne qu'arbore un homme du Klan.

« Après votre conférence, expliquait le Pr Morse, on aura du temps pour les questions. Mais si les gens sont trop timides pour se lancer, le Pr Blum brisera la glace. Il en posera une pour amorcer la discussion. » Le Pr Morse se tourna vers moi. « Vous en poserez une, hein, Rube ? Vous amorcerez la discussion pour nous ? » Puis vers Nétanyahou : « Si jamais vous voulez qu'on vous pose une question précise, c'est le moment de le dire.

— Je vous remercie pour cette opportunité », dit Nétanyahou en tirant sur ses chaussettes humides et fumantes, et en lombriquant son orteil dans le trou.

Le Pr Morse, tout en tact, consulta sa montre : « Il va falloir qu'on se bouge, dit-il, et alla vers sa femme pour lui donner un coup de main avec son étole.

— Alors ? demandai-je. Des questions en particulier ?

— Demandez-moi, dit Nétanyahou en enfilant une Blucher, si Corbin va me recruter – la voilà, votre question – posez-la-moi et je vous donnerai la réponse.

— Vous êtes quoi, prophète ?

— À vous de me le dire. »

J'empaquetai Edith dans son manteau, espérant la renvoyer à la maison pour qu'elle dorme ou amuse un peu la galerie, Judy et les garçons, mais Tsila, titubant, l'agrippa par la taille et la réquisitionna pour lui servir de béquille.

Nous sortîmes dans le soir qui tombait et prîmes à nouveau la direction du campus, un troupeau mal assuré suivant les lumières et avançant contre les vents, les vents qui brassaient les neiges aux couleurs d'os jusqu'à ce que personne ne sût distinguer ce qui tombait encore du ciel, de ce qui était déjà tombé et se soulevait maintenant depuis les rues pour s'entortiller spectralement autour de nous.

XII.

Prenant place derrière le pupitre après l'introduction du Pr Morse, et dans l'attente que ce dernier rencogne sa corpulence au milieu du premier rang, Nétanyahou exprima une pointe de regret et nous rappela, à tous ici présents – professeurs de Corbin et séminaristes, Rotariens et Shriners de Corbindale, leurs épouses, les étudiants qui peut-être suivaient mes cours et quelques Coréens en échange qui ne les suivaient pas –, à nous tous, donc, qui dans cet amphi surchauffé faisions grincer nos sièges, que cette conférence étant ouverte au public, son contenu se devait de rester plutôt généraliste, voire vulgarisateur.

« Je vais vous parler ce soir de mon sujet de recherche de façon à ce que tout le monde dans l'auditoire puisse se sentir concerné, du moins je l'espère », dit-il, une déclaration plutôt prometteuse mais qui, dans sa bouche, ressemblait davantage à une sorte d'excuse teintée de mépris.

Il expliqua que son champ d'étude, ou l'un d'eux, concernait les Juifs d'Ibérie médiévale, ce qui dans l'Amérique d'aujourd'hui, il en convenait, pouvait ne pas paraître très pertinent à un public de Gentils. Cela dit, son objectif était de balayer cette idée et de le faire d'une façon qui soit divertissante. Puis il sourit, moyennant un effort perceptible. La complaisance lui coûtait.

Pour les besoins de cette conférence, dit-il, il allait faire tenir l'Ibérie juive entre deux exactions – l'une menée par le croissant, l'autre par la croix. La première eut lieu dans les années 1140, lorsque les Almohades, une dynastie berbéro-musulmane fondamentaliste, vint à bout d'une autre dynastie, les Almoravides, pour prendre le contrôle d'Al-Andalus, soit l'Ibérie sous domination maure, et tenta par la force de convertir les Juifs – qui s'y opposèrent et durent s'enfuir vers d'autres fiefs d'Europe ainsi que vers le Maghreb. La seconde eut lieu des siècles plus tard, lorsque les Juifs qui revinrent en Ibérie dans le cadre de la Reconquista furent expulsés par les monarchies catholiques – expulsés d'Espagne en 1492, à une date coïncidant au jour près ou presque avec le départ de la première expédition de Colomb, puis expulsés du Portugal en 1496, l'année où Colomb rentra de sa deuxième expédition.

Ainsi, du moins, le voulait la tradition. Ce qui, reconnaissait Nétanyahou, pouvait d'un point de vue historique, et selon les critères de ceux qui en firent les frais, ne pas être tout à fait exact. Car contrairement aux autres Juifs de l'époque médiévale – ces Juifs cinq fois chassés de France (par Philippe Auguste en 1182, Louis IX en 1250, Philippe le Bel en 1306, Charles IV le Bel en 1322 et Charles VI en 1394), ces Juifs chassés de Bavière en 1276, de Naples en 1288, d'Angleterre en 1290, de Hongrie en 1360 et d'Autriche en 1421 –, il se pourrait bien que les Juifs chassés d'Ibérie vers la fin du quinzième siècle n'aient pas été juifs du tout, ou ne se soient eux-mêmes pas considérés comme juifs, ni autrement que chrétiens.

Et ceci parce qu'ils s'étaient convertis – ou leurs ancêtres avant eux. Les descendants des familles juives qui avaient refusé une conversion forcée à l'islam au douzième siècle, et qui étaient revenues en Ibérie avec la Reconquista un siècle plus tard, commencèrent à se convertir au christianisme de leur plein gré, des dizaines, voire des centaines de milliers de Juifs, et plus encore, choisissant alors la voie du christianisme au cours des deux siècles qui suivirent. Ce fut la première et l'unique fois dans l'histoire de l'humanité qu'un mouvement massif de conversion eut lieu chez les Juifs, et, chose d'une importance capitale, ce mouvement n'était pas contraint mais volontaire. Les raisons en furent nombreuses, allant du désir de profiter des nouveaux avancements, sur le plan social et matériel, qui s'offraient aux convertis sous domination chrétienne, jusqu'à la résurgence d'une attitude apocalyptique que des siècles de conflit entre musulmans et chrétiens avaient ancrée dans la communauté juive, et qui se manifesta au moment précis où le vent commença à souffler en faveur de la chrétienté (soit après la bataille de Las Navas de Tolosa, en 1212, qui priva les musulmans de la moindre attache andalouse, exception faite de Grenade). Les conversions sociétales massives comme celles-ci dépendent autant de la force que confère la nouvelle identité que de la faiblesse liée à l'identité qui se voit ainsi remplacée, dit Nétanyahou, or partout dans l'Europe des Croisades, le judaïsme avait été déjà considérablement affaibli par une législation antisémite, une fiscalité oppressive et le chambard des pogroms. Pour ces raisons et tant d'autres, expliqua-t-il, les Juifs d'Ibérie trouvèrent refuge sous la houlette de l'Église pour se convertir – notamment au tournant du quinzième siècle – à un rythme étonnant qui témoignait d'une ferveur messianique, certains percevant leur conversion comme un acte vital non seulement pour la re-christianisation de la péninsule Ibérique, mais pour le salut des Juifs eux-mêmes, voire du monde. Ce qui est clair, et ce indépendamment des motivations ou justifications avancées : ces convertis étaient sincères et leur conversion se voulait multigénérationnelle, permanente, durable. Ces Juifs vivaient en chrétiens désormais, ils payaient leur dîme à l'Église, ils produisaient des petits chrétiens qui furent baptisés à l'église et ne connaissaient nulle autre identité. Ils allaient à confesse, ils prenaient part à la communion, ils croyaient en Jésus-Christ, fils de Dieu, leur sauveur.

Ceci, précisa Nétanyahou, relevait du fait historique. C'était indisputable. Mais cela soulevait une Question juive qui durant des lustres ne trouva aucune réponse, et ne fut pas même posée : si tant de Juifs devenaient volontairement chrétiens, quel besoin y avait-il d'une Inquisition ? Ou, pour le dire autrement, quel était l'intérêt de mettre sur pied une institution vouée à la promotion de la foi chrétienne, si la foi chrétienne se débrouillait très bien toute seule pour assurer sa propre promotion ?

Tel était le problème que Nétanyahou se proposait de résoudre, ce qui impliquait, disait-il, de couper court à toute espèce d'obscurantisme et de balivernes, à commencer par celles, et pas des moindres, répandues par l'Inquisition elle-même : à savoir ces textes prétendant que les *conversos* (c'est ainsi qu'on les appelait) étaient chrétiens uniquement par convenance et continuaient de pratiquer le judaïsme en douce, ces textes prétendant que la conversion des *conversos* n'était guère valable, parce qu'on leur avait graissé la patte pour qu'ils se convertissent ou parce qu'on les y avait forcés à la pointe de l'épée... Or rien de tout cela ne faisait grand sens. Pourquoi l'Inquisition s'en prenait-elle aux gens qu'elle était justement censée protéger ? Ces gens mêmes qu'elle était censée créer de toutes pièces ? Pourquoi une telle dépense ? Pourquoi une telle peine ? L'Inquisition était résolue à punir les convertis, ceux-là mêmes auprès de qui l'Église prêchait toujours, et c'est ce paradoxe – un paradoxe en soi quasi juif, précisait Nétanyahou – qui le força à repenser la nature de cette institution.

Sa conclusion, dit-il, qu'il pouvait aujourd'hui résumer en partie seulement, piochait dans les origines de l'institution en tant que telle. Pour le dire rapidement, les Inquisitions ibériques – l'Inquisition espagnole puis, plus tard, l'Inquisition portugaise –, dont la mission consistait à éradiquer l'hérésie, étaient en elles-mêmes des pratiques hérétiques. Elles revendiquaient, par leur nom et leurs statuts, les attributs des Inquisitions médiévales mises sur pied par l'Église catholique, mais là où celles-ci répondaient à l'autorité papale, les Inquisitions ibériques répondaient à l'autorité monarchique. Et cette distinction était cruciale : cela signifiait que les Inquisitions ibériques n'étaient pas des corps religieux mais politiques, fondés dans le but d'apaiser les tensions entre la monarchie et la noblesse – entre la tête des royaumes et ceux qui avaient le contrôle des provinces et des villes. Lorsque Isabelle Ire de Castille et Ferdinand II d'Aragon cherchèrent à unir leurs royaumes et à unifier l'Espagne, à l'image de leur propre union en 1469, la principale résistance à laquelle ils furent confrontés était nobiliaire : elle venait des princes, des notables et des hidalgos qui s'opposèrent à l'idée de devoir renoncer à leur autorité locale. Il en résulta une lutte au cours de laquelle la monarchie tenta d'appauvrir et d'affaiblir systématiquement les nobles, or dans la mesure où une attaque directe à leur encontre était peu indiquée, voire ni plus ni moins qu'un appel à la guerre civile, la monarchie décida que la meilleure façon d'approcher la chose serait par un biais détourné : ils nuiraient à la noblesse en opprimant les Juifs, qui géraient le patrimoine des nobles et l'affermage de leurs impôts. Ayant décidé ce mode d'action, ils réalisèrent que la soumission de la noblesse ne serait totale qu'en opprimant aussi les Juifs convertis au christianisme, car s'ils avaient été nombreux à avoir changé de religion, ils avaient gardé leurs professions familiales et leurs liens dans le domaine de la finance internationale. Dans le même temps, la monarchie chercha à exciter l'antisémitisme intrinsèque aux roturiers et à le tirer vers des sentiments anti-convertis, en alimentant les calomnies et en fomentant des émeutes qui non seulement troublèrent l'ordre public mais vidèrent les ressources de tous les nobles qui cherchaient à y mettre un terme.

Priver la noblesse des services dispensés par les Juifs était chose facile : on pouvait toujours les massacrer, ces Juifs. Mais priver la noblesse des services dispensés par les *conversos* était une autre paire de manches, parce qu'officiellement ils étaient chrétiens, et la moindre tentative visant à leur ôter leurs droits et à invalider leur conversion aurait menacé l'intégrité de l'Église. L'Inquisition espagnole fut alors mise sur pied pour résoudre ce dilemme et pour justifier l'oppression des *conversos*. Ce qu'elle fit en offrant à la monarchie une redéfinition toute simple : le judaïsme avait toujours été défini, et s'était lui-même toujours défini, avant toute chose comme une religion – un ensemble de doctrines, doublé d'un ensemble de pratiques –, or le génie de l'Inquisition espagnole fut d'insister sur son caractère racial, ce qui sous-entendait que les personnes converties au christianisme, et même les plus fervents parmi les nouveaux chrétiens, restaient juifs dans l'âme, car le judaïsme coulait dans leur sang. Cette racialisation les ayant *de facto* renvoyés dans le giron juif, on pouvait les opprimer à nouveaux frais – les soumettre à des taxes exorbitantes, saisir leurs biens et leurs actifs, et la noblesse étant désormais trop impuissante pour les protéger, on pouvait carrément les chasser du pays.

Telle était la thèse de Nétanyahou, résumée sans vergogne : la communauté juive exilée en Ibérie était continuellement coincée entre une population autochtone qui demeurait sensiblement immuable, et une gouvernance aux abonnés absents qui sans cesse changeait, à chaque nouvelle conquête. Et dès que les tensions entre ces deux corps politiques se faisaient jour, elles étaient détournées contre ces Juifs sans qui la noblesse était impuissante, et dont l'oppression restaurait l'équilibre civil. Un tel processus n'exigeait principalement qu'une seule chose : que les Juifs restent juifs, ce qui explique que lorsqu'ils commencèrent à se convertir – ce qu'ils firent volontairement pour la première fois de l'histoire –, ils furent tancés et prévenus qu'ils ne pourraient jamais être autres que ce qu'ils avaient toujours été.

Cette nouvelle glose marqua un tournant dans la conférence de Nétanyahou, qui adopta alors un style différent : la prose académique céda, et j'entrevis le courroux du propagandiste vétéran, du racoleur jadis en charge, lors de ses voyages, des relations publiques, qui avait à cœur de faire valoir ses propres illusions comme irrévocables.

Tandis que sa voix muait – se faisant plus forte, plus ample –, les séminaristes et les Coréens gigotèrent dans leur siège ; Edith s'empara de mon exemplaire du programme de la soirée (« Rencontre avec B.Z. Métanyahou ») et se mit à le déchirer en bandelettes comme si elle était en deuil.

Tsila, elle, piqua du nez.

Il fallait insister sur l'influence révolutionnaire d'une telle redéfinition – Nétanyahou jugea-t-il bon d'insister au moment d'embarquer dans ce nouveau style, tapant du poing sur son pupitre. L'Inquisition espagnole, clama-t-il, introduisit l'idée selon laquelle une personne ne pouvait pas fondamentalement changer ni être changée, étant en réalité définie et déterminée par des propriétés physiques, et par une souillure plus ou moins grande selon le degré qui la tenait éloignée de cet état prélapsaire, ou tout simplement pré-métissé, que les Espagnols nommaient *limpieza de sangre* : la pureté du sang. En promulguant cette idée, l'Inquisition espagnole devint la première institution de l'histoire à traiter le judaïsme principalement en termes de race, en termes de mesure sanguine et de trait héritable qu'on ne pouvait ni perdre, ni abroger, créant ce faisant le précédent pour tous les régimes génocidaires ou quasi génocidaires qui suivraient, en nombre et avec une notoriété tels, précisa-t-il, qu'il était inutile de les énumérer. Puis il se mit à les énumérer : l'Allemagne nazie, l'Union soviétique, l'Oumma arabe, dont la dernière en date avait chassé quasiment toute sa population juive au cours des seules dix dernières années, lançant des réfugiés en provenance du Maroc, de Tunisie, d'Algérie, de Libye et d'Égypte sur la route d'Israël.

En repensant aujourd'hui à ce tour rhétorique, je le trouve assez poignant, quoiqu'il m'ait paru plutôt impérieux à l'époque. Et je savais, d'une façon ou d'une autre je savais que ce nouveau registre qu'il affectait en adoptant ce style trublion avait été perfectionné au cours d'innombrables « interventions », « allocutions » et autres « conversations publiques » dans les synagogues et chapelles et écoles s'étant trouvées sur le circuit emprunté par Jabotinsky lors de son périple à travers l'Amérique profonde – la seule façon de sortir d'une histoire non juive était de passer par Sion.

Il cogna du poing sur le pupitre, se pencha par-dessus, puis avec toutes les grossières abstractions du fanatisme, il évoqua la Pologne, où il était né et où il avait grandi pendant la première des deux grandes guerres européennes de ce siècle, soit à une époque où les empires se fracturaient. Le déclin de l'Autriche-Hongrie causa ou (voire et) fut causé par – *et* fut causé par, semblait-il dire dans son excitation – le provincialisme, l'esprit de clocher, et une hausse du désir d'autonomie pour les États-nations. Ce qui, dans un contexte impérial, était toujours le cas des identités marginales : l'identité, sur un plan racial, ethnique, religieux ou simplement linguistique, est ce sur quoi l'on se rabat après l'échec de tout projet transnational. Dès lors qu'on ne peut plus se considérer comme citoyen de l'Empire austro-hongrois, ni se sentir dignifié et élevé par cette citoyenneté, on commence à se percevoir comme, admettons, polonais, tchèque, roumain, bulgare, ou juif sioniste. Aujourd'hui, après la deuxième des guerres de ce siècle, et le nouvel empire européen étant désormais asio-soviétique, la même chose finirait bien par se produire, et plus vite qu'on ne le pensait : le socialisme, le communisme, finiraient par se fragmenter et se dissoudre dans leurs composantes tribales originelles. C'était aussi la raison pour laquelle une Ligue arabe ne survivrait pas, car aucun peuple n'était plus clanique que les Arabes, dont les loyautés allaient fondamentalement non pas à la secte, mais à la famille. La fonction des empires consistait à fournir aux peuples disparates une identité commune, et lorsqu'ils échouaient à le faire, ces empires périclitaient. Ce qui serait aussi le cas de l'Amérique, où tout le monde, à la question qui êtes-vous, répond je suis irlandais ou italien, voire – ce qui était risible – à trois quarts écossais, moitié belge moitié hollandais, avec tout au plus une goutte de sang noir mexicain ; bref, tout sauf américain. Si l'empire américain ne parvenait pas à garantir une allégeance à la démocratie plutôt qu'à l'origine, il se solderait lui aussi par un échec. Il disait cela en me dévisageant, sans sourciller : un échec. Il aurait tout aussi bien pu me pointer du doigt : votre échec. Ce qui fut vrai de l'Europe au moment où le sionisme émergeait le sera aussi de l'Amérique, un jour, dès lors que l'assimilation se sera révélée frauduleuse, ou dès lors que la révélation sera faite que ce pays ne renferme rien à quoi s'assimiler – aucun centre, aucun cœur inné –, et ce pas seulement pour les Juifs, mais pour tout le monde. C'est du moins ce qu'il impliquait, le texte sous le texte de sa conférence, qu'il continuait de me communiquer, regard de steppe aux paupières tombantes, quand bien même il en avait fini avec ses remarques préparées et était passé aux remerciements, saluant sous les applaudissements, modiques, respectueux, soulagés : Voici ce que je pense de l'Amérique – rien. Voici ce que je pense des Juifs d'Amérique – rien. De votre démocratie, de votre inclusivité, de votre exceptionnalisme – rien. De vos chances de survie – absolument aucune. Vous, Ruben Blum, êtes en dehors de l'histoire ; vous êtes cuit et dans une génération ou deux, tout au plus, le souvenir de qui était votre peuple sera mort, et l'Amérique ne laissera à vos méconnaissables descendants rien de réel avec quoi ils pourront remplacer ce sens de l'appartenance à un peuple qu'elle leur aura pris ; l'ennui de votre épouse – qui déchire son programme en petites pilules de papier blanc qu'elle aimerait pouvoir ingurgiter comme du Percodan – n'est pas seulement un ennui dirigé contre vous ou son travail, ni même contre le faible nombre d'options qui s'offrent aux femmes instruites de ce pays, il ressemble davantage au sentiment de n'avoir pas su vivre pleinement dans un temps conséquent ; quant à la folie de votre fille, ce n'est pas seulement la folie d'une adolescente qu'on aurait soustraite à la grande ville pour l'abandonner en pleine campagne et sur qui on ferait peser une pression trop forte en vue de sa réussite, ça ressemble davantage à la violente rancune qui naît de ne rien trouver à faire dans sa vie qui revête à ses yeux ne serait-ce qu'une once de sens, et de constater que le moindre défi se présentant à elle – quelle université choisir, quelle carrière suivre – est bien maigre en comparaison, par exemple, des défis auxquels mes garçons à moi – ceux-là mêmes qu'elle a été condamnée à baby-sitter ce soir –, seront un jour confrontés, comme la manière d'amener un nouveau peuple sur une nouvelle terre à se forger une histoire vivante. Votre vie ici est riche de toutes ces possessions mais d'une telle pauvreté d'esprit qu'elle en est minable, qu'elle est vouée aux oubliettes, malgré votre frigidaire et votre TV couleurs, devant laquelle vous pourrez toujours ruminer votre dîner exprès, pouffer de rire à la moindre blague et vous étrangler en réalisant que vous avez troqué les droits reçus à votre naissance contre un bol de lentilles en plastique…

… ou du moins contre un autre verre de cette piquette rouge sang que le Pr Morse invita tout le monde à prendre, dès que les applaudissements se furent estompés…

Fort heureusement, nul n'évoqua une séance de questions-réponses. La conférence avait assez duré comme ça. Les gens se levèrent péniblement, quittèrent l'amphi et passèrent dans la salle de réception pour se jeter sur les tranches de serrano, le manchego et une paëlla gluante de riz blanc et dur – ce qui se rapprochait le plus des tapas dans le Corbindale des années 60, un buffet co-financé par l'histoire, le séminaire et la société hispaniola.

Le fromage était un large bloc solitaire que tout le monde tripotait. Le jambon était installé sur une planche à découper posée à côté d'un grand couteau aiguisé, doté d'un manche en bois de cerf. Le vin n'était pas un cépage ibérique mais un cru du Niagara, le même vin fort en sucre que les Nétanyahou buvaient depuis un petit bout de temps maintenant, dans des fiasques en accès libre.

Je me sentais bidon. Costume, cravate, pipe, même ma peau semblait faire partie du déguisement.

Auréolé de sueur, Nétanyahou était retranché avec Tsila derrière un mur de compliments, des séminaristes et le Pr Huggles. Tsila avait un verre de vin dans chaque main. Nétanyahou surprit mon regard et cligna de l'œil.

« J'ai dit que j'étais fatiguée, répéta Edith. Tu m'écoutes oui ou non ?

— Je t'écoute, oui. Moi aussi je suis fatigué.

— Je veux rentrer.

— Allons-y. J'imagine que nos invités sauront retrouver leur route comme des grands.

— Ce serait pas un drame sinon.

— Je veux pas que tu rentres toute seule.

— C'est pas ça qui m'embête, Ruben. Ce qui m'embête, c'est d'avoir à déplier le clic-clac toute seule… Tu pourrais au moins me donner un coup de main… »

Elle avait l'air exténuée. Elle s'était saoulée et avait dessaoulé presque aussitôt, une conférence lui ayant suffi. Elle avait fait la conversation et maintenant en avait marre. Elle s'était acquittée de son devoir d'épouse. Ne restait plus que les lits à faire. « Je vais chercher nos manteaux », dit-elle, mais en allant vers le vestiaire elle fut accostée par Mme Morse, qui s'enquit de la paëlla.

Je dus donc y aller moi-même, surprenant le Pr Hillard en train de me faire les poches. « Vous avez perdu quelque chose ?

— Seulement ce que vous m'avez chipé. » Il enfonça la main dans une poche intérieure et en sortit son excellent stylo.

« J'ai dû le glisser là par habitude.

— Intéressante, cette habitude », fit-il en me rendant mon manteau.

Je décrochai celui d'Edith de son cintre puis pris mon chapeau sur l'étagère, que dans un esprit de frivolité je lui tendis : « Vous voulez fouiller dans celui-ci aussi ?

— Vous auriez beau l'avoir sur la tête qu'il resterait vide », dit-il en baissant les yeux sur les pellicules qui en tapissaient l'intérieur.

Le Pr Morse entra pour prendre son propre paquetage, ainsi que celui de sa femme. « Vous avez entendu ça, Pr Hillard ? Nous devons à Rube une chandelle plus fière encore que ce qu'on imaginait. »

Il rassembla les peaux de mouton des Nétanyahou – « Les Blum vont héberger le Pr Nétanyahou et sa famille chez eux » –, puis les posa en tas sur le

Pr Hillard. « Voilà bien un signe de votre dévouement, Rube, intervenir comme ça après que le Corbindale Inn décide de nous lâcher salement.

— C'est à Edith qu'il faut dire merci, croyez-moi.

— Oh mais je vous crois. »

Le Pr Hillard s'éclipsa en marmonnant sous ses peaux de mouton.

« Nous vous sommes vraiment reconnaissants, et le moins qu'on puisse faire pour vous prouver notre gratitude c'est, je pense, de vous escorter jusque chez vous… Y a pas mal de brutes qui traînent ce soir, football oblige… »

Et c'est donc ainsi qu'on se mit en route : en groupe, prenant le corridor juste à côté pour nous enfoncer tous ensemble dans les couloirs ténébreux du département d'art dramatique – Edith, de son pas plus vif, creusant déjà la distance tandis que nous avancions vers le froid.

Les couloirs de la fac peuvent paraître interminables, des fois, donnant l'impression qu'on n'en sortira jamais ; à d'autres moments, parce que tous ces couloirs se ressemblent, on a l'impression de s'être perdu ; et quand soudain on se retrouve dehors après avoir pris une sortie pourtant habituelle, on ne reconnaît souvent plus rien. Il faut un certain temps avant de retrouver ses repères. Surtout en plein blizzard.

Je passai le bras sous celui d'Edith pour tenter de la soutenir et de la ralentir un peu, tandis qu'elle nous hâtait dans la neige dont la blancheur se constellait de ses trouées de botte.

Le silence régnait dans la cour de l'université. Un silence gothique. Les bâtiments de pierre formaient de lointaines collines. Je me penchai sur l'oreille froide de ma femme pour lui demander, « Alors, t'en as pensé quoi de cette conférence ? » – passage obligé, la question post-conf qui, sur le chemin de la maison après la réception, lui arrachait généralement un rire ou au moins un léger sourire, sauf que là, d'un haussement d'épaules, elle dégagea mon bras.

En approchant en douce et par derrière de Mather Corbin, notre vieux fondateur entrôné, je tentai à nouveau d'insuffler un peu de bonne humeur en pointant le doigt sur ma femme et en déclarant : « Prosterne-toi devant l'idole, femme. Incline-toi devant ton Dieu. »

Or Edith ne voulut rien savoir : « Arrête, Ruben.

— Ainsi donc, femme, choisis-tu la mort en réponse à ta débauche ?

— C'est pas drôle. Je choisis que tu la mettes en veilleuse.

— Pardon.

— Je choisis que tu me fiches la paix. Je réfléchis. »

Ce que je fis, je lui fichai la paix. Edith et ses sautes d'humeur. Elle ajusta son manchon et se gratta un coin de peau sèche près des narines. Sous les becs de gaz, ma femme n'était que manteau d'hiver et bas, menton fuyant dédoublé comme elle se concentrait sur ses pieds, avançant jambes écartées comme si elle avait toujours porté des raquettes.

Tandis que nous quittions le campus en trombe, le silence que j'avais jusque-là contenu fut dispersé par les vents qui rapportaient les grivoiseries rauques et autres croassements de nos gaillardes Corneilles.

« Je sais qu'il a été décrété, dis-je, que les parents restent en bas et qu'on installe les gosses dans mon bureau… Mais on pourrait peut-être coucher les gamins sur le canapé et laisser notre chambre aux parents, pour qu'on puisse se retrouver tous les deux dans mon bureau ?

— Tu es incorrigible, Ruben.

— Ça pourrait être drôle. Toi, moi, le sac de couchage de Judy ? »

Nous nous étions arrêtés à un coin de rue transformé en monticule de neige ; Edith jeta un coup d'œil dans notre dos, sur les portes du campus dans la lueur des lampions, où mes revenants de collègues prenaient congé du Pr Hillard, en route vers sa cellule de chasteté.

« Tu te souviens de quand on était jeunes, Ruben ?

— Oui.

— Quand on était jeunes, on prenait tout trop au sérieux. Tout ce qu'on lisait. Chaque expo, chaque concert, chaque livre. Et tous ces poèmes. On était des gens sérieux et on croyait en plein de choses. Plein d'idées. Avec sincérité. Et cette façon qu'on avait de parler d'"esthétique éthique" et des "passions morales de la culture"… Cette façon qu'on avait de parler de politique aussi, du droit à "une vie à l'abri de la peur" et à "une vie à l'abri du besoin", on disait que c'était honorable de pouvoir servir son pays, et que même se montrer sceptique envers son pays pouvait être une façon de le servir… On était si sérieux, on avait tellement de principes et en même temps toute cette intensité, à propos de la démocratie et de l'amour et de la mort, comme si on savait ce que c'était, tout ça…

— Je me souviens, oui. On était de bons petits Juifs.

— Mais qu'est-ce qui cloche chez toi ? Qui t'a parlé des Juifs ? J'en ai ras le bol d'entendre toujours parler des Juifs. Je te parle de nous deux, là.

— Pardon.

— Ce que j'essaie de te dire, Ruben, c'est que d'avoir rencontré cet horrible type et son horrible femme, ça m'a fait prendre conscience de quelque chose. Ça m'a fait prendre conscience que je ne crois plus en rien et non seulement ça, mais que je m'en fiche totalement. Je n'ai plus aucune croyance et je m'en porte pas plus mal ; je m'en porte même mieux, je suis contente… Je suis contente de pouvoir vieillir sans convictions…

— Comment elle dit, Judy, déjà, avec ses amis ? "Au poil" ?

— Au poil, oui. »

Elle me reprit le bras et nous nous remîmes à marcher, deux tourtereaux dans la neige. Notre quartier était totalement enseveli. Des haies de neige. Des buttes de nacre à la place des voitures.

Cahin-caha, nous gravîmes les marches jusqu'à notre porte, où la neige était douce et poudreuse, nous arrivant à mi-mollet, même en haut de l'escalier, sous le porte-à-faux.

Quand j'y repense, je vois ça comme une sorte de bénédiction : Puissiez-vous ne jamais verrouiller votre porte… Puissiez-vous n'avoir jamais à verrouiller votre porte… J'ouvris et – résistant à la tentation de la soulever telle une jeune mariée – tins la porte pour Edith. Elle fit un pas à l'intérieur. Écrasa ses pieds sur le paillasson puis se pencha pour dénouer ses lacets, s'arrêta net, se tourna et se cramponna à moi. Je jetai un œil par-dessus son épaule, perçant la brume de mes verres, et je vis que notre nouveau meuble-télé était renversé face la première, son écran brisé, et que le plus jeune des Nétanyahou était juché en position fœtale sur un monticule de verre et de restes de la maison en pain d'épice.

Il avait dû tirer sur la télé et la faire tomber sur lui comme Samson avec les piliers du temple. Il doit être mort, pensai-je, parce que les Samson de ce monde ne se blessent jamais. Mais alors il se mit à mâchouiller un bout de toit confit et changea de position, faisant tinter le verre sous lui.

« Il dort », déclara Edith.

Je crois qu'elle aussi avait oublié son prénom.

Elle alla pour allumer la lumière quand, percevant du bruit à l'étage, j'entamai la montée des marches et découvris, à mi-course, le cadet, Benjamin, accroupi en sentinelle indienne près du haut de l'escalier, à même le tapis qui courait sur toute la longueur du couloir. Son visage rebondi se prenait dans l'éclat lumineux qui filtrait par la porte neuve et légèrement entrouverte de Judy. Lorsque la lumière apparut au rez-de-chaussée, il tourna la tête, m'aperçut et se figea. Faon dodu et pétrifié, pris au piège des lumières de la maison, regard d'abord tendu vers moi, puis relevé sur la porte entrebâillée, puis à nouveau tendu plus bas sur moi, avant qu'il ne se mette à brailler – et ce qu'il brailla, je crois, fut « Yoni ! », mais comme s'il avait voulu dire « Geronimo ! », et c'est alors qu'il me fonça dessus ; il me projeta contre la cloison du palier et, telle une bille de flipper, cogna la rampe d'escalier, trébucha-valdingua devant moi avant de dévaler les marches jusqu'en bas. Je me ressaisis juste à temps pour voir l'aîné, Jonathan, débouler de la chambre de ma fille, nu comme un asticot et pénis obstinément raide ballottant à chacun de ses pas comme s'il hésitait à me harponner ou à braquer le plafond depuis ce nid touffu de poils entortillés et noirs de jais. Trop abasourdi pour l'attraper – et ne sachant franchement pas par où ni comment l'attraper –, je m'aplatis à nouveau contre le mur, et tandis qu'il bondissait devant moi sur le palier, l'odeur de chaleur et de sexe qu'il portait sur lui était évidente. Judy apparut sur le pas de sa porte, derrière laquelle elle s'époumonait et dissimulait sa nudité. Edith gravissait alors l'escalier et me repoussa, avant de se mettre à hurler sur Judy qui, hurlant de plus belle en direction de sa mère, sortit de derrière la porte, seins et touffe à l'air, en moulinant des jambes, ses jambes de Rockette – elle était parée à se défendre, elle et son nez débossé, contre l'assaut de sa mère qui se jeta sur elle. Je me précipitai pour retenir Edith mais tout ce que cela me valut fut un talon de botte mouillée dans l'œil, qui me fit dégringoler plusieurs marches et me cogner le haut du crâne, et c'est alors que me revint le prénom du petit dernier, Fido – Iddo, qui pleurait au rez-de-chaussée. Je posai les yeux plus bas mais ne le vis pas. Je descendis jeter un coup d'œil, ouvris la porte du placard, vérifiai sous la table-plateau, puis du côté du piano, du chevalet et des étagères, et, saisi par un courant d'air dans mon cou et un cri tout proche, je virevoltai pour le voir, calciné et en pleurs, sortir du foyer de la cheminée en suçant son pouce, les pieds entaillés et couverts de sang et constellés de bris d'écran, les orteils scintillant de vermicelles arc-en-ciel. Derrière lui, une traînée de verre, de bonbons pulvérisés et d'empreintes partielles découpées dans le sang menait jusqu'à la porte ouverte, avant de se métamorphoser en creux dans la neige. Je suivis cette piste dehors, où elle se dédoubla dans les zigzags et les croisillons qu'Edith et moi avions dessinés – dans ces lacets qu'un homme blessé aurait pu tracer en titubant jusque chez les Dulles, où j'aperçus le Pr Morse et les Nétanyahou. Je promenai mon regard plus loin dans Evergreen ; je promenai mon regard de l'autre côté de la rue. J'essayai de fuir le leur et n'avais rien pu dire d'autre que « Vous n'auriez pas vu vos fils par hasard ? » lorsque Edith se précipita le long du trottoir comme un joueur de foot que rien n'arrête pour tacler Tsila, les deux femmes roulant dans la neige et froissant la froide couverture posée sur la pelouse des Dulles ; Edith hurlait – je ne crois pas l'avoir jamais entendue crier de la sorte en public auparavant, et je suis certain de ne l'avoir jamais entendue jurer – « Sales pervers ! Détraqués sexuels ! Espèces de tarés ! Vos fils c'est dans un zoo qu'ils devraient être, avec les animaux violeurs ! » J'eus un mal de chien à la tirer de là, à la tirer par les chevilles, sous le regard sidéré du Pr Morse et de Nétanyahou. « Allez chercher vos fils », lui criai-je, en continuant de tourner autour de cette boule enchevêtrée que les deux femmes – se débattant dans tous les sens – formaient, pour tenter de récupérer mon épouse. « Ils ont pris la fuite je sais pas où ils sont. » Les lumières s'allumèrent chez les Dulles et je dis au Pr Morse : « Si ça ne vous embête pas, vous pourriez aller voir là-bas et demander aux Dulles d'appeler la police pour leur dire que deux enfants se baladent dans les rues et que l'un des deux est tout nu ?

— Il est tout nu ?

— L'un des deux seulement. »

Le Pr Morse mit en branle sa lourde carcasse jusqu'à la porte des Dulles, et Edith était maintenant à quatre pattes sur Tsila, ses cheveux tombant tel un voile, et elle l'immobilisait là, à bout de souffle, tandis que la femme couchée sous elle riait et hoquetait et déblatérait dans un hébreu hystérique.

« Mais qu'est-ce qu'il y a de si drôle bordel ? pantela Edith. Mais bordel de merde qu'est-ce qu'elle raconte cette tarée ? »

Nétanyahou – imperturbable, digne – répondit : « Cette tarée qui est ma femme raconte que vous êtes une prude. Et que c'est elle qui devrait être en colère contre vous, car si quoi que ce soit de sexuel a pu se passer entre l'un de nos fils et votre fille, c'est de la faute de votre fille, car c'est elle la plus âgée.

— Arrêtez de rire. Vous êtes ivre.

— Sauf qu'elle n'est pas en colère contre vous, elle n'est pas en colère du tout », poursuivit Nétanyahou, qui traduisait le charabia de sa femme, s'arrêtant pour vérifier une expression, avant de reprendre, l'air renfrogné : « En fait elle est même contente qu'au moins quelqu'un dans cette famille ait des relations sexuelles. »

Tsila s'égosillait et Edith prit une pleine poignée de neige qu'elle lui écrabouilla sur le visage avant de se relever, de glisser, de se redresser de plus belle et de prendre la direction de la maison, le pas chancelant.

Comme Nétanyahou aidait sa femme à se relever, je pensai : ne t'excuse pas, seul un poltron s'excuserait. « Y a que les deux plus grands. Ils se sont enfuis. Iddo est toujours à la maison.

— Et vous êtes sûr qu'il est en sécurité là-bas, fit-elle en crachant de la neige, avec votre fille qui séductionne tout le monde ? »

Le Pr Morse sortit de chez les Dulles, expliquant que les policiers avaient besoin du nom complet, de l'âge et d'une meilleure description des enfants que « tout nu » et « acolyte connu du tout-nu ».

Je retournai chez moi, m'enfonçai dans le garage en quête d'une pelle pour déneiger la voiture – et je me mis à déblayer la leur, de voiture, car je voulais qu'ils soient mobiles ; je voulais qu'ils soient partis.

Mais ils insistèrent pour que je les emmène, alors je pris place derrière le volant de cette Ford archéologique appartenant à M. le Pr Rabbi Edelman pour rôder dans les rues entravées.

C'était difficile d'y voir quoi que ce soit avec un seul phare. Le faisceau était faiblard et vacillant, et la neige tombait dans un sifflement semblable aux parasites que crache un monde ayant cessé d'émettre, une pluie de cendre à la fin de ses jours d'antenne.

« Et par ce temps vous me dites qu'ils sont tout nus ? » hurla Tsila depuis la banquette arrière, où ils s'étaient tous les deux installés pour se laisser par moi conduire.

« Jonathan seulement.

— Yoni ! » beugla-t-elle, mais Nétanyahou la coupa : « Qu'est-ce que ça change ? S'il avait dit Bibi, tu aurais lâché le même bruit.

— Et pourquoi vous donnez pas une chance de s'habiller, je me demande, avant de les jeter à travers la porte ? Yoni déteste avoir froid et qu'est-ce que Bibi il porte, son pyjama ? » Elle cogna l'arrière de mon siège. « Ils vont mourir ! À cause de vous ils vont mourir ! » Puis elle tenta de lever les bras pour me frapper avec la pelle qu'elle avait emmenée dans la voiture, mais Nétanyahou la lui arracha des mains et la replaça entre eux deux, tel un ersatz de fils mutique.

Je me tassai et plissai les yeux pour voir à travers ces demi-lunes de visibilité que l'unique essuie-glace de la voiture dégageait, distinguant des étendues noires que seul perçait le scintillement freluquet aux fenêtres des rares maisons ayant conservé leurs bougies de Noël. La plupart des habitations étaient plongées dans l'obscurité, relevée tout au plus par le froncement d'une ampoule esseulée en territoire cubiculaire. Un enchevêtrement de guirlandes voletait et alla se nicher dans un buisson de houx totalement noir où il se mit à étinceler comme la touffe de ma fille, et là, juste au-dessus du volant, le panneau Stop s'était transformé en un sein horripilé et rougi d'éraflures.

Je m'arrêtai, les phares en sens inverse braqués sur moi tel un projecteur de cinéma me montrant un Bibi grassouillet dans sa grenouillère, qui cherchait à s'écraser sur la moquette tandis que Yoni se donnait pour lui en spectacle derrière la porte entrouverte, tout à ses grognements, ses va-et-vient, et ce ruban qui finit par gicler…

Cette voiture, dont les phares transperçaient mon parebrise, retentissait de consonances latines, un genre de mambo qu'accompagnaient en rythme les coups de klaxon. Je me baissai et donnai un coup de volant au carrefour avant de freiner brusquement – pour éviter d'écraser les étudiants qui traversaient la rue ; alors l'un des membres de l'équipe universitaire tapa sur le capot avec une bouteille et un autre balança une canette sur le flanc du véhicule, les pom-pom girls agitant leurs pompons sous mon nez tels des flocons de neige aux proportions radioactives.

L'idée me traversa l'esprit de les suivre pour savoir si nous finirions par tomber sur les deux gosses qui, tête en bas et buvant au tonneau, prêteraient serment à l'une de ces résidences étudiantes d'obédience grecque, toutes délabrées.

Tsila hoqueta. Nétanyahou ne décrocha pas un mot.

Une voiture de police s'arrêta et je baissai ma vitre.

« C'est vous qui cherchez les mômes ? beugla l'agent. J'allais justement tirer ce bazar au clair là-bas… » Il leva une main et parla dans sa radio. « Ouais, dis, j'ai trouvé sur ma route ces étrangers dans leur Ford déglinguée, là, et je les emmène vérifier cette piste aux Écuries, mais ma main à couper que les mecs de Psi Upsilon sont en pleine chasse à la petite culotte chez les filles d'Alpha Phi qui viennent d'Iota… » Sa radio baragouina un truc, auquel il répondit « OK, bien reçu », puis il me dit : « Eux ils s'occupent des grands frères qui font du rodéo à poil et nous on s'occupe des petits frères qui traînent les rues à poil… vous avez qu'à me coller au train, ça le réchauffera si vous arrivez à faire avancer votre cage à poules, là », et il pencha la tête pour que je le suive – ce que je fis en tournant la manivelle autant que je pouvais, mais la vitre refusait de remonter.

De la neige s'engouffra et me rafraîchit les cuisses tandis que nous faisions le tour du stade et que les gyrophares de la voiture de police balayaient la blancheur de leur rouge sordide. Les poteaux des buts ressemblaient à des panneaux publicitaires écrêtés. On aurait dit qu'ils avaient jadis été le support d'écrans. La bâche jetée sur le terrain n'était visible que dans la lueur des fusées de détresse à chaque coin. Quant aux tribunes, elles s'élançaient au ciel.

Nous avancions vers les Étables, ces nouveaux blocs carcéraux de préfabriqués où le petit personnel de la fac vivait dans de mornes fortifications collées les unes aux autres, donnant sur le dépôt de bus et les voies ferrées à l'abandon qui protégeaient le campus des caravanes et des cahutes où étaient parqués les plus pauvres de la ville. L'agent qui ouvrait la voie se gara entre deux blocs et continua dans les entrailles d'un Bronx miniature, qu'on aurait transporté jusqu'ici et à peine banlieusé : une ruelle étroite où ne passait pas la déneigeuse, jonchée de détritus ensevelis dans la neige. Nous sortîmes et poursuivîmes à pied, l'agent aux avant-postes, les Nétanyahou et moi-même lui emboîtant péniblement le pas tandis que deux nouvelles patrouilles arrivaient et que depuis les fenêtres en hauteur des visages noirs plongeaient leur regard apeuré vers la rue ; les gyrophares – qui giraient en silence, un silence les rendant plus sinistres encore – balayaient la scène et fardaient les peurs, balayaient leur fard sur les flancs blancs des immeubles. Les deux patrouilles qui fermaient la marche s'étaient garées en formant un angle, biaisées l'une vers l'autre, leurs cônes de lumière se croisant en bout de ruelle sur une benne à ordure toute bosselée, fichée dans un énorme glacier lui-même planté d'une forêt de sapins démantelés. Et recroquevillés contre la paroi de métal se trouvaient un gamin grassouillet en pyjama et son frère aîné, ses membres tels des fétus frissonnant et ses mains en prière autour de la souche froide de son pénis.

Quand pour la dernière fois je posai les yeux sur les Nétanyahou, Tsila passait sa peau de mouton sur les hanches de Jonathan, lui constituant ce faisant un pagne bien trop grand pour lui, et elle se soustrayait aux tentatives de son mari pour l'envelopper dans la sienne, ce qui occasionnait des prises de bec entre eux avant qu'ils ne commencent à s'engueuler avec les flics, tandis que Benjamin s'éloignait pour admirer le camion de pompiers venant tout juste d'arriver.

Je rebroussai chemin, sortis ma pelle de la Ford, dont je me servis, manche à l'envers, comme d'un bâton pour m'extraire de ce bouchon : une ambulance, une camionnette du service qui assurait la sécurité du campus, et une voiture dépêchée par les bureaux du shérif.

La vitre avant côté passager était ouverte et on en fit sortir un Iddo somnolent, pouce dans la bouche, qui rejoignit les bras d'un ambulancier le tenant bien au-devant de lui tel un paquet souillé pour aller le rendre à ses parents.

Je jetai un œil par la vitre et aperçus le Pr Morse, qui me fit signe de monter à l'arrière du véhicule, telle une bête dans une cage mouvante, au chaud mais dans une odeur nauséabonde. « Quelle nuit ! » dis-je.

Le Pr Morse grommela.

Le shérif – dont je n'ai jamais pu apercevoir pleinement le visage, au-delà d'une moustache blonde qu'il portait si longue que des touffes étaient visibles de derrière – conduisait tout en douceur et imposait le silence.

Je fis en sorte que ma pelle ne cogne rien.

Le shérif ralentit au niveau de College Drive, où le professeur descendit. « Merci pour tout, shérif, lança-t-il avant de se tourner vers moi : Bon à demain, Rube. Quelle histoire. »

Puis il s'éclipsa et le shérif reprit la route.

« Je peux marcher depuis Hamilton.

— Je vous ramène chez vous.

— Ce n'est pas nécessaire.

— Je sais que ce n'est pas nécessaire. Ce n'était pas une question, mais une affirmation. Je vous ramène chez vous. Avec le temps qu'il fait j'aime autant que personne ne traîne dans les rues, même si je dois faire le taxi toute la soirée.

— C'est gentil, monsieur l'agent.

— Shérif.

— Shérif… Il faudra tourner ici…

— Je sais où vous habitez, Pr Blum. »

Je me rassis dans le fond de mon siège, main agrippée au manche de ma pelle contre le siège bossu du milieu, et je regardai par les barreaux du siège arrière : tous ces bonshommes taillés dans la neige, ensevelis dans les jardins sous leur propre élément, ces maisons sans lumière où les voisins sommeillaient.

Le shérif tourna dans Evergreen et s'arrêta devant chez moi.

« Merci.

— C'est à vous qu'il faut dire merci. Et à tous ceux qui payent leurs impôts. »

J'avais beau essayer, je n'arrivais pas à sortir. Je n'avais qu'une idée en tête, troquer cette geôle étouffante pour celle située de l'autre côté de la pelouse, ma maison à coup sûr remplie de cris, avec ma fille au nez meurtri et à la peau dénudée. Or les portes arrière étaient dépourvues de poignée.

« Vous parlez d'une nuit, fit le shérif. Ces gens, putain. Excusez-moi, Pr Blum. Mais ces gens, putain. »

Il lâcha un soupir avant de sortir du véhicule pour me libérer ; je mis un pied sur le trottoir, puis deux, armé de ma pelle en guise de houlette de berger.

« Merci bien, shérif, et je suis d'accord avec vous concernant ces gens. Les parents de ces deux garçons. Ils sont turcs, vous savez », et je gravis l'allée.

Or ma porte d'entrée était verrouillée et, bien sûr, je n'avais pas la clé. Il me fallut donc toquer. Comme j'attendais qu'Edith vienne m'ouvrir, je continuai d'agiter ma pelle en direction du shérif tout en marmonnant, « Des Turcs… on s'attendait à quoi, hein ?… Rien qu'une bande de Turcs complètement givrés… »

Quatre ans après la soirée qui vient d'être rapportée, la dépouille de Ze'ev Jabotinsky fut exhumée d'un cimetière de Long Island pour être rapatriée en Israël, où elle fut à nouveau inhumée à côté de la tombe de Theodor Herzl, sur le mont Herzl, à Jérusalem. Cette cérémonie en grande pompe dissimula derrière les honneurs ce qui pour l'essentiel constituait un affront, une blessure posthume – Ben Gourion et l'*establishment* israélien avaient fini par comprendre que la seule chose susceptible de porter à l'héritage et à la dignité de Jabotinsky un préjudice plus grand que le refus britannique de l'enterrer dans la terre à laquelle il avait tant aspiré, était de lui octroyer, sous l'égide de l'État moderne, un nouvel enterrement dans une tombe adjacente à celle de son grand rival, sur une colline portant son nom.

En cette même année 1964, Jonathan (Yonatan) Nétanyahou, alors âgé de 18 ans, rentra au pays où il rejoignit l'Armée de défense d'Israël en tant que parachutiste. Il combattit avec les honneurs lors des guerres des Six-Jours et de Kippour, ce qui lui valut un poste de commandement dans le commando d'élite antiterroriste connu sous le nom d'Unité spéciale de renseignement de l'état-major (le *Sayeret Matkal* en hébreu), au sein duquel, incidemment, les trois frères Nétanyahou serviraient. Le 27 juin 1976, le vol 139 d'Air France quitta Tel Aviv pour Paris et fit escale à Athènes, où parmi les nouveaux passagers montés à bord se trouvaient deux membres du Front révolutionnaire de libération de la Palestine, ainsi que deux membres des Cellules révolutionnaires de l'Allemagne de l'Est. Peu après que l'avion eut quitté Athènes, ces quatre terroristes le détournèrent et le redirigèrent vers Benghazi, en Libye, afin de faire le plein, puis ils prirent la direction d'Entebbe, en Ouganda – soit, ironie du sort, le pays que les Britanniques avaient initialement choisi pour servir de patrie juive, du temps où la région s'appelait encore l'Afrique orientale britannique. À l'aéroport d'Entebbe, les 241 otages de l'avion furent regroupés dans la principale salle d'embarquement du vieux terminal. Là, les Juifs furent séparés des non-Juifs ; ces derniers eurent l'autorisation de rentrer en France, tandis que les Juifs furent retenus avec l'équipage dans le but d'obtenir une rançon. Les terroristes proposèrent de les relâcher contre cinq millions de dollars et la libération de 53 militants palestiniens et pro-palestiniens alors détenus dans des prisons israéliennes, ainsi que dans d'autres prisons situées en Allemagne de l'Ouest, au Kenya, en Suisse et en France ; or parmi ces militants se trouvaient des membres affiliés à la Fraction armée rouge, plus connue sous le nom de bande à Baader, ainsi que Kozo Okamoto, le citoyen japonais qui en 1972, sous la bannière de l'Organisation de libération de la Palestine, avait tué 23 personnes à l'aéroport de Lod, en Israël. Si on n'accédait pas à leurs demandes, prévinrent les terroristes, les otages seraient éliminés. Pendant ce temps, alors que le gouvernement israélien réfléchissait à sa réponse, les terroristes furent rejoints par des soldats de l'armée ougandaise, sur l'ordre du président ougandais, Idi Amin Dada. Le 4 juillet 1976, tandis que l'Amérique célébrait son bicentenaire, les forces spéciales israéliennes donnèrent l'assaut sur l'aéroport d'Entebbe, prirent les terroristes et les soldats ougandais par surprise, et parvinrent à libérer les otages, la manœuvre n'entraînant qu'une seule victime – Jonathan Nétanyahou, « Yoni », un beau jeune homme de 30 ans aux cheveux bouclés qui, par l'entremise de nombreux livres et téléfilms, devint immédiatement le héros-martyr de son pays et le symbole international de l'audace militaire israélienne qui serait ensuite cruciale pour lancer la carrière de ses frères, et entretenir la mythologie politique de la famille.

Après avoir passé des dizaines d'années entre Israël et les États-Unis – pour son service militaire (*Sayeret Matkal*), ses études (au MIT et à Harvard), un poste dans le secteur privé (au sein du Boston Consulting Group), et un bref passage à l'ONU en tant qu'ambassadeur israélien (1984-1988) –, Benjamin (Binyamin)

Nétanyahou annonça son retour permanent au pays qui le vit naître et fit part de ses ambitions politiques en rejoignant le Likoud. À l'époque, ses vues politiques n'avaient visiblement d'autre but que de s'opposer à celui qui était alors Premier ministre, Yitzhak Rabin, et à ce qu'il percevait comme la volonté de Rabin de concéder aux Palestiniens, dans le cadre des accords d'Oslo (1993-1995), une partie du territoire en délogeant des colons juifs de Cisjordanie. Il prononça alors plusieurs discours accusant Rabin et son gouvernement de se tenir « trop à l'écart de la tradition juive [...] et des valeurs du peuple juif », au cours de plusieurs rassemblements où l'effigie de Rabin était vêtue de l'uniforme nazi, et d'un autre où fut organisée une fausse marche funèbre pendant laquelle le cercueil de Rabin fut porté par des types qui déversèrent leur kaddish. Quoiqu'il fût alerté par les services de sécurité israéliens que de sérieuses menaces pesaient sur la vie de Rabin, Nétanyahou refusa de réprimer ses sympathisants. Le 4 novembre 1995, Rabin fut assassiné par Yigal Amir, un Juif religieux qui avait assisté aux meetings de Nétanyahou et évoqua une exonération rabbinique pour son meurtre : il avait, expliqua-t-il, attenté à la vie d'un Juif pour en sauver beaucoup d'autres, ce qui, dans son esprit, faisait de son meurtre un geste non seulement entériné, mais requis par sa religion. En 1996, année marquée par la recrudescence des attaques terroristes palestiniennes et une incertitude grandissante quant au sort réservé aux colonies après l'arrivée au pouvoir du successeur de Rabin,

Shimon Peres, le parti du Likoud obtint la majorité aux élections – Nétanyahou fut élu Premier ministre, le plus jeune à servir son pays et le premier à y être né. Après ses revers politiques sous les gouvernements Barak, Sharon et Olmert – une période de dix ans marquée par le carnage de la seconde Intifada –, Nétanyahou revint au pouvoir en 2009, puis fut réélu en 2013, en 2015, en 2019 et à nouveau en 2020, et ce, malgré sa condamnation pour fraude et corruption (entre autres délits), et au terme d'une série d'élections peu concluantes qui, n'aboutissant à aucune majorité parlementaire, laissèrent Nétanyahou à son poste de Premier ministre jusqu'en juin 2021 : il a ainsi été le chef d'État avec le plus long mandat dans l'histoire d'Israël. *Bibi, melech Yisroel* – c'est ainsi que l'appellent ses supporters, « Bibi, roi d'Israël ». Son règne, marqué par l'érection de murs, la construction de colonies et la normalisation de l'occupation et de la violence d'État contre les Palestiniens, constitue le triomphe ultime du révisionnisme, jusque-là tenu en disgrâce, que promouvait son père.

Ben-Zion Nétanyahou – qui après quelques vacations dans plusieurs universités américaines obtint un poste de professeur d'histoire médiévale à l'université Cornell – demanda un congé après la mort de Jonathan et quitta Cornell pour rentrer à Jérusalem avec Tsila. Il passa les vingt années suivantes sur son opus magnum, une somme de 1384 pages écrites en anglais, *The Origins of the Inquisition in Fifteenth Century Spain*, qu'il dédia à la mémoire de son fils aîné et publia aux

États-Unis en 1995. Quoique controversé, ce texte a conservé les honneurs de la critique. Tsila est morte en 2000 à l'âge de 88 ans, mais Ben-Zion eut le plaisir de connaître le régime mis en place par son fils cadet, qui ne lésina pas sur la propagande pour redorer le blason de son père, faisant de lui le père des relations israélo-américaines – ou « l'homme qui introduisit l'idée d'un vote juif sur la scène politique américaine », dans les termes d'un éminent historien de la communauté juive, un portrait totalement dénué de fondement qui fut repris quasiment mot pour mot par les nombreuses nécrologies, ainsi que par certains membres du Congrès américain, dans le sillage de son décès en 2012, à l'âge de 102 ans.

Après avoir terminé ses études et effectué son service militaire, Iddo Nétanyahou – le petit troisième, le Juif de la famille – s'installa à Hornell, dans l'État de New York, une ancienne ville ferroviaire plutôt pittoresque, dotée d'un moulin et située à la lisière ouest du comté de Steuben ; il y ouvrit un cabinet de radiologie tout en s'adonnant à l'écriture de nombreux ouvrages relatant l'histoire, ou plutôt l'hagiographie familiale, des ouvrages qui me furent d'une aide précieuse lors de la rédaction de ce texte – et précieuse surtout pour ce que ces ouvrages omettaient de dire. Depuis qu'il a pris sa retraite en 2008, Iddo partage son temps entre Hornell et Jérusalem, où il se concentre principalement sur l'écriture dramatique, ayant commis plusieurs scripts sur la montée du nazisme, les théories de Viktor

Frankl et les relations tendues entre Albert Einstein et Immanuel Velikovsky. À ce jour, Iddo a rejeté toutes mes tentatives pour entrer en contact avec lui – par email, téléphone ou courrier –, et lorsque je suis passé chez lui à Hornell, il devait se trouver à Jérusalem, et lorsque je suis passé chez lui à Jérusalem, il devait se trouver à Hornell. J'ai rencontré l'un de ses enfants lors d'une soirée, ou d'un *after* – une rave party, peut-être ? – à Tel Aviv, mais je ne m'en suis rendu compte qu'après mon départ. Le cousin par alliance de mon cousin est avocat à Rochester, et il a intenté un procès à Iddo pour faute professionnelle ; au cours d'une bar-mitzvah familiale, il me l'a décrit comme « un chic type, plutôt charmant », « qui ne ferait pas de mal à une mouche » – « s'il te plaît, fais pas le con, sois sympa avec lui ».

J'ai connu cet éminent critique des lettres américaines qu'était Harold Bloom seulement peu de temps avant sa mort, et j'avais commencé à lui rendre régulièrement visite, chez lui, à New Haven dans le Connecticut. Je n'ai jamais été son étudiant ni ne serai jamais son collègue, et le romancier que je suis, dont il fit d'abord la rencontre sur la page, avait alors presque cinquante ans de moins que lui ; tout cela fait de moi une anomalie parmi ses nombreux admirateurs. Je prenais place dans sa salle à manger, où j'examinais les piles de livres neufs qui trônaient sur sa table en attendant qu'il soit poussé jusqu'à moi dans son fauteuil roulant et qu'il s'installe en bout de table pour commencer à m'assaillir de questions : il voulait connaître les derniers potins du monde littéraire et éditorial ; il voulait savoir sur quoi j'écrivais et quand il aurait l'occasion de me lire, me demandait ce que je pensais de Kafka, de Proust, de D.H. Lawrence (« David Herbert Lawrence ») et de Nathanael West (« Nathan Weinstein ») ; il voulait savoir quels livres venaient de sortir, quels livres étaient sur le point de sortir, lesquels j'avais déjà lus et lesquels étaient « à mon goût », ainsi que les rumeurs et anecdotes au sujet de leurs auteurs que j'étais en droit de partager. Je faisais de mon mieux, tâchant de satisfaire sa curiosité au plus vite pour pouvoir l'orienter – avant que la fatigue n'ait raison de lui – sur ses opinions, à lui, et surtout ses propres anecdotes, que j'en étais venu à apprécier de plus en plus à mesure que nous nous rapprochions et qu'il se confiait davantage. Si Harold était connu pour sa mémoire – son souvenir parfait des textes, un exploit dont il était encore capable malgré son âge avancé et son handicap –, il m'était surtout précieux pour ses réminiscences, son souvenir souvent intact du passé, ses anecdotes à propos d'amis ou d'ennemis, de villes ou de disputes. Personne ayant lu Harold avec un tant soit peu de sérieux ne peut douter des raisons pour lesquelles, parmi les nombreux ouvrages qu'il a offerts au monde, ne figure aucun mémoire : pour Harold, la vie coïncidait parfaitement avec les textes qu'il lisait, et pour un universitaire à ce point marqué par la question de l'influence et de ses angoisses, questionner de front ses propres antécédents faisait courir le risque de la littéralité et ne pouvait manquer de passer pour un acte d'auto-sabotage. Cela dit, il n'était pas dépourvu d'une certaine vanité et il me suffisait de le pousser un peu pour que les histoires se mettent à fuser, dans cette voix nasillarde et haut perchée qui était la sienne – celle d'un gamin du Bronx rêvant d'un accent aux consonances british-érudites –, des histoires qu'accompagnaient les postillons et les gorgées d'eau, la prise de pilules et les petits morceaux de poisson blanc étalé aussi copieusement sur du pain de seigle que sur une babka au chocolat. Il me racontait son enfance sur le Grand Concourse et sa découverte de la poésie de Moyshe-Leib Halpern et de Jacob Glatstein : le poisson provenait du marché et était emballé dans du papier journal (le *Forverts* ou le *Morgen Freiheit*), et lorsqu'il le déballait l'encre avait parfois coulé et des vers de poésie s'étaient imprimés sur le flanc du poisson, qu'il essayait alors de déchiffrer ; il essayait de déchiffrer le poisson et de deviner qui était l'auteur, dans ce yiddish inversé et reporté sur ces écailles iridescentes d'humidité. Il me racontait avoir lu le Nouveau Testament pour la première fois en yiddish, dans un exemplaire gratuit que d'intrépides missionnaires avaient déposé à sa porte (« Je me souviens que Jésus était Yeshua, mais tous les *shlikhim* [apôtres] l'appelaient *rebbe* [rabbi] ») ; il me parlait de ses premières rencontres avec les romantiques (« Le nom, l'appellation, continue de me séduire »). Il y avait les histoires concernant des écrivains qu'il avait connus : Bernard Malamud, qui mettait Harold sur la paille dès qu'ils jouaient au poker ; Saul Bellow, qui préférait Allan Bloom à Harold et avait une tendance à la kleptomanie dès qu'il s'approchait de nœuds papillons ; et Philip Roth, qui eut l'idée du protagoniste du *Théâtre de Sabbath* en se posant la question : « Que se serait-il passé si, au lieu de faire la fierté de ses parents en allant étudier dans une université de l'Ivy League, Harold s'était laissé aller dans le Greenwich Village des années 50 ? » – selon l'aveu de Roth lui-même, apparemment. Harold me raconta son combat contre une armée de chauves-souris dans une petite maison de vacances qu'il avait partagée avec John Hollander ; la fois où il eut un accident de voiture avec Paul de Man ; où il se baigna nu en compagnie de Jacques Derrida (« il était plutôt musclé ») ; où il joua au croquet avec Delmore Schwartz (« un type plutôt dingue et invitant à la caricature, mais jamais une auto-caricature lui-même ») ; où il picola avec Dwight MacDonald (« un authentique trotskiste – mais imagine-t-on un trotstkiste qui ne soit pas authentique ? – qui ne connaissait pas la sobriété »). Il y avait quelques anecdotes concernant T.S. Eliot (« quel malheur, son rejet de Milton ») ; Northrop Frye (« l'un des rares collègues que j'ai connus pour qui Eliot n'avait rien d'un représentant terrestre du Christ ») ; Susan Sontag ; Camille Paglia ; Toni Morrison et Cynthia Ozick ; des discussions sur l'antisémitisme à Cornell, où il avait fait ses études, ainsi qu'à Yale, où il avait été le premier Juif à se faire titulariser au département de lettres. Quoi d'autre ? Ses querelles avec Anthony Burgess au sujet des limbes et du purgatoire (« ayant lui-même abjuré sa foi catholique, Burgess allait tout droit en enfer, tandis que moi, je suis toujours là et je ne vais nulle part ») ; sa partie d'échecs avec Nabokov (« ça n'a surpris personne que je n'en sois pas sorti vainqueur ») ; et ses conversations avec Don DeLillo (« c'est moi qui palabrais, pas lui »), Cormac McCarthy (« il m'appelait au téléphone en barbotant dans son bain, tel un cowboy »), W.G. Sebald (« un homme gentil, sans doute trop d'ailleurs »), et Gershom Scholem, « qui lorsque je lui rendais visite à Jérusalem, dans son appartement de la rue Abravanel, parlait systématiquement de lui-même à la troisième personne… de sorte qu'une phrase typique était "Le jugement prononcé par untel sur ceci-ou-cela est patati-patata, mais Scholem est d'avis que…", une habitude qu'il partage avec notre président actuel, soit dit en passant, qui aime répéter "Personne n'a fait autant pour Israël que Donald Trump"… En littérature, lorsqu'on parle de soi à la troisième personne, on appelle ça l'*illéisme*. » Sur mon célibat : « Je ne saurais trop vous conseiller, mon cher Joshua, de revoir votre position » ; sur le célibat en général : « Dans l'ensemble, mon cher Joshua, la littérature sur le sujet ne le recommande pas » ; sur l'homosexualité liée à la judéité ; sur la judéité liée à l'homosexualité ; sur l'intelligence de ses anciens étudiants employés par le *New Yorker*, et l'incongruité d'associer une telle intelligence à la médiocrité du *New Yorker* ; sur John Ashbery : « Je mettrai ma colère à profit pour construire un pont comme celui / D'Avignon » ; sur Hart Crane : « Migrations qui par force vident la mémoire, / Inventions qui pavent le cœur ». Quoi d'autre encore ? Des conflits autour de questions de politique identitaire (qu'il appelait « politique du ressentiment », et dont il disait « Je trouve ça assez curieux que tant de nos meilleurs écrivains voient dans le "ressentiment" quelque chose d'intrinsèquement négatif »), du relativisme, de la déconstruction, du structuralisme, du poststructuralisme, du gnosticisme, de la Cabbale, ou de la fois où on lui avait demandé de coordonner la visite sur le campus d'un obscur historien israélien du nom de Ben-Zion Nétanyahou, qui s'était pointé à son entretien d'embauche et à la conférence qu'il devait donner en traînant à ses basques sa femme et ses trois gosses et fit un foin pas possible. De tous les récits de Harold, c'est celui-là qui m'est resté durablement, peut-être parce que c'est l'un des derniers qu'il m'ait racontés. Alors, à sa mort en 2019, j'ai commencé à le mettre par écrit. Ce faisant, j'ai été amené à devoir inventer un certain nombre de détails qu'il avait omis, et, en raison de circonstances que je m'apprête à dévoiler, à devoir en fictionnaliser quelques autres. Il va sans dire que « Ruben Blum », ce professeur prosaïque d'histoire économique américaine, n'a nullement vocation à dresser le portrait de Harold Bloom, professeur de littérature anglaise lui-même à cent lieues du prosaïque, de la même manière qu'Edith n'a nullement vocation à dresser celui de Jeanne, l'épouse de Harold, hautement cultivée, avisée et pleine d'esprit ; elle me confirma le récit de son mari concernant la visite des Nétanyahou et m'autorisa volontiers à en faire usage, à une condition toutefois : que j'en parle au préalable avec « Judith ». Car si Harold et Jeanne n'ont pas eu de fille, il y avait bel et bien une « Judy », une jeune fille de leur famille qui, pour échapper au Bronx, fut envoyée en pension chez les Bloom – et je n'en dirai pas plus à son sujet. Je ne l'ai jamais rencontrée en personne – elle n'est pas venue à l'enterrement de Harold –, aussi m'a-t-il fallu la traquer sur Internet, et lorsque je lui ai expliqué la teneur de mon livre, elle m'a demandé de la laisser en dehors de tout ça. Je lui ai répondu que je ferais tout mon possible pour la rendre méconnaissable, et en m'efforçant de le faire, je me disais que les modifications qu'il me fallait apporter à son personnage m'obligeaient à en opérer d'autres sur les personnages incarnant les Bloom, et c'est ainsi que les « Blum » ont commencé à prendre une vie bien à eux, et ce quand bien même les Nétanyahou, pour leur part, restaient les Nétanyahou. Durant cette période de révision, j'ai remarqué que si « Judy » n'avait jamais pris la peine de répondre à mon email accédant à sa demande de la rendre méconnaissable, elle m'avait néanmoins mis sur sa liste de diffusion « Holistique et homéopathie », de sorte qu'au moins deux fois par mois, voire par semaine comme c'est arrivé quelquefois, je recevais, et reçois toujours d'ailleurs, ses envois groupés au sujet de retraites méditatives, de traitements magnétiques, de thérapie hallucinogénique, d'expériences de chélation, d'opérations secrètes russes visant à miner les élections américaines, et, bien sûr, l'empoisonnement de la terre et l'imminence d'une catastrophe anthropocène. Après avoir terminé le premier jet de ce livre, j'ai bêtement répondu à l'un de ces emails en y joignant le fichier, pour informer « Judy » que j'étais désireux de recevoir ses corrections et suggestions, si elle était disposée à m'en donner, et voici la réponse qu'elle m'a faite (dans sa mise en forme originale) :

Cher Joshua Cohen,

Je viens de terminer la lecture de votre « livre » et ce que je vais dire, je vais le dire une fois pour toutes et basta : le judaïsme est l'autre nom du PATRIARCAT (et de l'HÉGÉMONIE DU PATRIARCAT). Nous formons un seul peuple, le Peuple Humain, sans aucune différence entre nous. La planète est foutue, les machines prennent le pouvoir, et rien dans toutes ces conneries juives n'a plus d'importance. RÉVEILLEZ-VOUS !!!!!! Plus personne ne lit de livres et les Juifs sont soit du mauvais côté de l'histoire soit tout simplement hors sujet. SI VOUS ÊTES EN PLEINE CRISE IDENTITAIRE, j'en suis désolée, mais vous n'avez pas d'autre choix que de développer votre conscience et de rejoindre le Peuple Humain dans notre lutte commune contre la pollution et la technologie, ou de passer le reste de votre vie à vous lamenter sur un passé qui, soyons honnête, ne devait pas être super-génial si c'est ici qu'il a mené. Tout ce en quoi vous croyez n'a jamais eu d'existence, et ça inclut votre propre identité, si toutefois vous avez cru un jour pouvoir changer ça aussi. Admettez-le, même la littérature est mal en point – et lorsque le dernier de toutes ces antiquités juives que vous êtes sera enfin aussi mort que (((Dieu))), la gouine **OUI LA GOUINE** que je suis, non binaire et fière de l'être, VIENDRA DANSER À POIL SUR SA TOMBE.

J. C., New York, 2021

Cet ouvrage a été achevé d'imprimer sur Roto-Page
par l'Imprimerie Floch à Mayenne
pour le compte des éditions Grasset
en juin 2022.

Mise en pages
PCA 44400 Rezé

PAPIER À BASE DE
FIBRES CERTIFIÉES

Grasset s'engage pour
l'environnement en réduisant
l'empreinte carbone de ses livres.
Celle de cet exemplaire est de :
800 g éq. CO_2
Rendez-vous sur
www.grasset-durable.fr

N° d'édition : 22530 – N° d'impression :100693
Première édition, dépôt légal : janvier 2022
Nouveau tirage, dépôt légal : juin 2022
Imprimé en France

EN LETTRES D'ANCRE

DU MÊME AUTEUR

LE PARADIS DES AUTRES, Le Nouvel Attila, 2014.
VOTRE MESSAGE A ÉTÉ ENVOYÉ, Le Nouvel Attila, 2018.
DAVID KING S'OCCUPE DE TOUT, Grasset, 2019.